我是 LUCKY99

治愈系萌猫自传

Lucky99　张丹　著

中国广播影视出版社

图书在版编目（CIP）数据

我是Lucky99 ：治愈系萌猫自传 / Lucky99，张丹著
. -- 北京 ：中国广播影视出版社，2018.8
ISBN 978-7-5043-8151-4

Ⅰ . ①我… Ⅱ . ① L… ②张… Ⅲ . ①日记－作品集－中国－当代 Ⅳ . ① I267.5

中国版本图书馆CIP数据核字(2018)第145721号

我是Lucky99
——治愈系萌猫自传
Lucky99 张丹 著

责任编辑 许珊珊
装帧设计 嘉信一丁
封面绘图 冯恩宜
责任校对 龚晨

出版发行 中国广播影视出版社
电　　话 010-86093580 010-86093583
社　　址 北京市西城区真武庙二条9号
邮　　编 100045
网　　址 www.crtp.com.cn
电子信箱 crtp8@sina.com

经　　销 全国各地新华书店
印　　刷 北京凯德印刷有限公司

开　　本 787毫米×1092毫米 1/16
字　　数 280(千)字
印　　张 16.75
版　　次 2018年8月第1版 2018年8月第1次印刷

书　　号 ISBN 978-7-5043-8151-4
定　　价 68.00元

World Animal Day
4th October

谨以此书献给

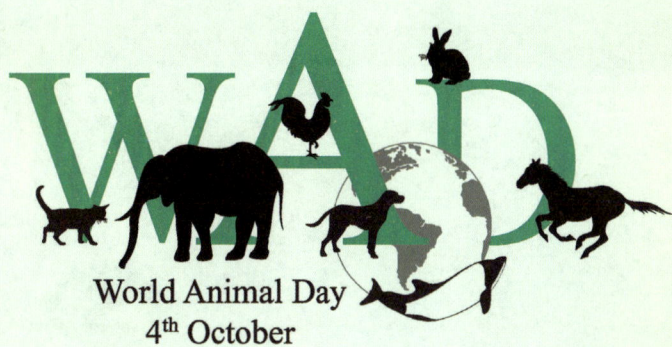

所有的喵星人与关爱喵星人的地球人

所有的非人类动物与关爱非人类动物的人类动物

对不起！请原谅！我爱你！谢谢你！

请与本猫一起，穿越四年的时空，来一场喵呜妙悟之旅吧！

谨以此书献给

于 2017 年 10 月 26 日驾鹤西去的马欣来女士

不为自身求安乐，但愿众生得离苦

高山仰止，景行行止，虽不能至，心向往之

从北大同窗到动保同人

你永远激励着我为无声的它们呐喊请命

你收养的一众喵星人和汪星人

我和战友们会像你一样呵护善待养老送终

不负重托，不辱使命

直至彩虹桥重逢之日

张丹合十

目　录

第一章（2013/08—2013/12）

第二章（2014/01—2014/08）

第三章（2014/09—2015/03）

第四章（2015/04—2016/07）

第五章（2016/08—2017/04）

第六章（2017/04—2018/03）

人类对其他生灵高贵的义行实践

朱天心
台湾著名作家与动保人士

我得看张丹此书，是通过我们的共同友人、年轻的动保战友龙缘之的热心转交。我看得极慢，看看逃逃，因在咖啡馆里连日涕泪到引人注意了，因一字一句唤起同为动保人的满腹伤心事，那些曾经救援、救活的、没救活的、救活残的、没救活的最后一程……唤起回忆，如同置身那无时无处的无间地狱。

张丹此书，大篇幅的从救援车祸重伤的幼猫 Lucky99 始，但若以为整本书她做的仅只此（尽管那已是一巨大耗时耗心耗钱的工程），那就太小看她了。她不浪费一分一秒的同时做着教育宣导、不分国内外动保组织的串联合作培力，从流浪动物到经济动物、展演动物、实验动物、野生动物，全方位的火力全开。读张丹，会知晓在一个动保法律未备的社会做动保工作，如同在荒漠中洒水播种一般几近徒劳（唉，想想我们自己努力七八年的“TNR 入法”还不是原地踏步），但这，是无论是否佛门子弟、凡动保人的一生修行吧，做了不一定有成果，但若放弃眼下小善念小义举不作为，那是断乎没有成果的。

但这在华人世界的某些角落默默但又热火朝天的动保工作，到底是何意义呢？我自己就被相熟因此以为应该足够了解的曾经的友人质疑，为何荒废文学、而“耗费”在那救也救不完的动物身上（友人还列举了红毛猩猩、北极熊等），但我根本以为文学的黄金核心是注目、不松手那被忽视被歧视、那受损伤受侮辱的，与动保的核心和初衷几近重叠——若我们轻易对生命势利眼，早晚，也会对人类的生命势利眼。张丹书中便引用了周国平语“一个虐待动物的民族，一定也不会尊重人的生命”，“人的生命感一旦麻木，心肠一旦变残酷，同类岂在话下”。

我真不愿意说，关心动物其实是在关心人，但若这让人们听了好过些并多少有效，那就这么说吧。

固然张丹的关注实践并不仅只是在流浪动物，但确实三脚猫 Lucky99 占了绝大篇幅，这在动保稍走在前头的台湾动保圈，势必又会引发其他动保人的“毛保”之讥（意味只关心喜欢毛茸茸可爱动物的处境），但这又如何呢？我的逻辑是，如果不会为眼下熟悉的伴侣动物之悲惨处境悲悯动心的人，势必更不会对那些我们天天吃它用它娱乐它甚至一生不会看到一眼的经济动物、野生动物、濒绝动物……的处境赋予任何真正的关注，反之亦然。

教育宣导尊重生命，从身边、举目所及的伴侣动物做起，谁曰不宜？

书末，读到张丹记她北大同窗马欣来鞠躬尽瘁至最后一刻，我读得热泪盈眶。马欣来的长相神态行事多像我姊姊天文，她的“不可以、不可以，等不起、等不起”，“天堂地狱、举手之劳”更是多像我那得“小跑步”才得以做完一日之事的姊姊天文啊。

或许正如马欣来所言，“一次偶遇，一个善举，足以改变它的生命轨迹”。

于此书，我再次看到人类对其他生灵高贵了不起的义行实践。但，这不是向来自视高万物一等的最聪明的我们，所当为的吗？

不过是闻声救苦，不过是乘愿再来九百年。

致张丹。

一人一猫的善缘与使命

蒋劲松
清华大学科学技术与社会研究所副教授、
动保网理事长、中国食文化研究会素食委员会主任

作为一个以哲学为业的人，我自认为是不适合为本书写序的。因为我略显干涩的说理语言，很可能会吓走本书许多潜在的读者。然而，由于我从 Lucky99 获救之日起便亲自见证了张丹与 Lucky99 这只励志猫咪共同成长的历程，也是最早劝她把这个故事写下来奉献给广大读者的那个人，所以为本书写序，是我义不容辞的任务。

我一直认为，面向公众进行传播是中国动物保护界最为严重的短板，我们非常缺乏有影响力的动保作家，以至于动保作品太少，社会对于动保的认知度很低，而这与动保事业的迅速发展极不相称。所以每次见到张丹，我都会劝她克服困难，努力挤出时间来多多写作。见到其他认识的动保人，也会劝他们争取写一些文字来与大众结缘。

书的内容，暂不剧透；张丹多年来在动保事业上的全心付出，有目共睹。本篇序言，只想就人们阅读本书时可能误解忽略之处稍作提醒。

阅读这本书，我的感受非常复杂，既有对流浪猫命运之牵挂，也有由幽默文字和另类叙述角度所引发的会心微笑，更有对中国动物保护现状的焦虑与愤懑。从字里行间可以感受到中国动保面临的巨大问题，但同时也看到了社会进步的微熹。

这本书也不仅仅是写给动保圈内人看的（事实上真正在第一线忙于救助动物的人可能还真没有时间认真阅读这本书，尽管我坚持认为阅读本书对他们来说也是非常有益的)，更是写给对动保议题了解不多的普通公众看的。我们不仅可以读到感人的故事，也可以在生动的阅读中学到不少很有价值的科普知识，更可以从一个全新的视角认识我们身处其间的社会，乃至反思人生的意义。

本书的一大特点是以一只被救助的残疾猫咪的口吻叙述，这很可能是国内第一本喵星人“自传”。对于这种叙述方式，“猫奴”们自然会非常喜欢，十分欣赏；可能也会有一些人不太适应，觉得过于煽情。其实，试着从一只动物的视角看世界，何尝不是在拓宽人类的认识视野呢？人类道德进步的表现形式，就是不断将曾被当作异类的“他者”纳入“我们”这一群体中。先是奴隶，然后是妇女、有色人种，都曾经历了由“他者”纳入“我们”这样身份认同扩展的过程。这一扩展进程，我认为现在将要发生在动物身上了。

可能有人会质疑，人与动物语言不通，所有以动物口吻叙述的语言不过是人类一己的臆想而已，毫无意义。的确，人类与动物之间存在着物种的差别，人对动物的理解毕竟是有限的，试图站在动物立场上的叙述的确可能发生错误。对此，我的看法是，一方面，有大量的证据说明人类与动物之间的沟通在许多时候是非常有效的；另一方面，就算存在误读，这种“换位”的尝试仍然是值得鼓励的，因为它至少让我们意识到，不同的物种具有不同的立场。实际上，类似的误读也同样会发生在人类社会不同的阶级、性别、种族、文化之间。所以，我们可以说，人类与动物之间的相互理解，其实与人类内部不同族群的相互理解一样，既存在可以沟通的一面，也存在相互误解的一面。二者之间并无本质的区别，只有程度的不同。

这不仅仅是一本写猫的书，还是一本写人的书。从 Lucky99 坎坷曲折而又幸运励志的故事中，我们不仅看到了这些可爱可怜的猫咪令人感叹的命运，也看到了我们置身其中的人类社会；看到了各种各样的人，看到了人性中的复杂，既有恻隐、慷慨、善良与温情，也少不了卑劣、残忍、践踏与陋俗……从众猫的遭遇中，我们得以窥见世间的冷漠，但更感受到了越来越浓厚的暖意。

这也不仅是记述一位中国动保人救助动物的书，更是以Lucky99与麻麻的“母女情深”为线索，引发出中外动保人乃至许多普通人对动物的深情厚谊，他们在推动中国动保事业进步的过程中所付出的不懈努力以及海峡两岸乃至中外各国动保人联手保护动物的可贵合作。我常说，动物保护这项事业的意义，总会超出动保人自己所能感受到的范围。因为它不仅会改善动物的处境，同时还具有极大的“外溢效应”。从这本书中，我们可以看到，在动保议题上，各国朋友们真诚合作，亲密无间，自然跨越了许多政治、宗教、文化的差异，这与当今世界上各种冲突充斥的乱象形成了鲜明的对照。也许，将来动物保护可以成为化解、消弭人类内部纷争的辅助手段。

本书的出版为张丹诸多出色的动保作品书目又增加了一部，作为读者，我期待她写出更多的好作品。中国动保界其实还有无数个像张丹一样默默奉献的人，衷心希望本书的出版能激励他们，在百忙之中拨冗写下他们与动物共同成长的故事。张丹常说“与其诅咒黑暗，何如点亮烛光”，让我们衷心祝愿有越来越多的动保人能在黑暗中点燃我们的心灯。

是为序。

为了众生仅有的一生

谢罗便臣（*Jill Robinson*）
亚洲动物基金创始人暨行政总裁、
兽医博士及荣誉法学博士

张丹是一个为动物而工作的强大发电站，她的新作充分展现出它们是多么需要与多么获益于其代言。身为一名万物生灵的积极捍卫者，她见证了中国动物福利运动的卓越发展与非凡进步。无论是参与发起抗议加拿大海豹猎杀、亚洲熊胆汁农场，还是狗、猫肉消费，张丹长年奋战在诸多动保项目的第一线，这些项目与各类众生能否安享其在地球上的仅有一生至关紧要。

本书闪耀着慈悲与智慧的光辉，提供了关于猫科物种之复杂多样性和不屈不挠精神的令人信服的证据，必将吸引与感动各年龄段的读者。作为 50 多个喵星人的骄傲守护者，张丹始终坚定不移地致力于保护动物的生存权和人类的基本善意，呼吁人们对我们所有的动物家人富有同情心，而这是关乎正义又极端重要的。

常言道，宇宙降使命于每一生命个体。感谢上苍使张丹与 Lucky99 这一人一猫结为美好伙伴关系，为实现积极改变和宝贵进步而共同奋斗，直至残酷从这世间消失。

作者序言

一猫一世界，众生灵且美，万物生光辉。

“故天将降大任于是猫也，必先苦其心志，劳其筋骨，饿其体肤，空乏其身，行拂乱其所为，所以动心忍性，曾益其所不能。”（“猫”与“人”通用）

孟大圣人所言“是猫”正是在下。有道是：像猫一样思考，像猫一样生活。连莎士比亚老爷爷不都“更希望自己变成猫并且喵喵叫而不是一个叙事诗作者”吗？在下不费吹灰之力便能像猫一样地思考和生活，因为，就像夏目漱石代表作的书名一样:《我是猫》——我是小猫Lucky99，初次见面，请多关照！

“所有动物之中，猫离人最近。人与狗之间需要绳子牵，而人与猫之间却不需要，这是因为猫与人被肉眼看不见的命运之线联系着。”日本最具影响力的推理小说作家森村诚一的最大贡献便是发现了这条堪称天作之合的“命运之线”。

无论是对人还是对猫而言，这条命运之线上的重要时刻一定要记牢。我的猫生有一个清晰的转折点，那就是2013年10月13日，我的命运在那之前和在那之后天差地别。

正如我后来学会的一首歌里所唱道的：

“我有两次生命，一次是出生，另一次是遇见你。”

这个“你”，就是我的地球人或曰两脚兽麻麻（读音为“马麻”，乃“妈妈”之昵称，来自宝岛台湾）。

不用说，她是个猫缘极深的地球人，而并非每个爱猫人都是外星人哦！

亲爱的麻麻，世界那么大，幸好遇到你。你有全世界，而我只有你。

在万丈红尘生死轮回之中，我们前世修得相遇相认于今生并相依相惜共度共筑了一段无比宝贵的时光，彼此互为对方生命中不可分割的一部分，这，难道还不足够庆幸吗？

音乐和猫是逃离生活苦难的唯一出路——思想家史怀泽老先生讲得真好。

还有什么礼物比猫咪的爱更弥足珍贵？——大作家狄更斯老人家说得更妙。

我们喵星人是谁？我们本是上苍与人类之间的“说情者”或“满怀对未来美好期许的使者”啊！我们是谪仙的神灵，是永恒的化身。

本书由本喵口授，喵语八级的麻麻代笔，是我迄今为止的四岁猫生中的所见所闻、所思所想、所感所悟，按事件自然发生的时间排序。

爱美，缺爱，怕死——据说这是当下地球人的共同特点。希望这本小书能帮助地球人调整三观，爱上真善之美，缺爱补爱与爱同行，向死而生不枉此生，共赴疗愈、成长、觉醒之征程。

只要本喵还在卖萌，只要喵星人还在卖萌，这个世界就不会变得太糟。

那么，就请跟本喵一起，穿越四年的时空，来一场喵呜妙悟之旅吧！

宝宝们，请一定要幸福啊！

猫猫哒！

小猫 Lucky99 谨志

1

第一章

（2013/08—2013/12）

1

生而流浪　祸从天降

2013年8月8日，我出生在北京市大兴区黄村镇后辛庄村，那地方距市中心20多公里。

全身皆白的三岁妈咪原本也算是只有家之猫，主人是一对60多岁的退休夫妇，原来家住在北京老城区一条胡同里的一个大杂院，后因大杂院拆迁而搬到了黄村镇前辛庄村附近一个新开发的高层楼盘的一楼。邻居多为原来的街坊，孙家和胡家的母猫先后生了小猫，毛茸茸、肉乎乎的小猫看上去怪讨人喜欢的，夫妇俩便分别从两家各抱回来一只养着玩，解闷儿。一公一母两只小猫很快就长成了大猫，主人不给母猫——也就是我日后的妈咪——做绝育，结果自然是三年来妈咪生了一窝又一窝，每次小宝宝们刚满月就被一只只送给了不同人家，妈咪、爹地与我的哥哥姐姐们从此永别，天各一方，再无相见之日。

到妈咪怀上我们这一胎前，主人夫妻俩正因感情不和而关系紧张。在这样的背景下，妈咪的叫春声岂止不合时宜，简直火上浇油。不胜其烦之下，她索性把妈咪扔到了楼外小区院里让她自生自灭，任凭妈咪在窗下日夜哀号也绝情地不开门、不开窗。妈咪恋旧，更主要的是，她希望能把孩子们生在温暖安全的家里而不是一生下来就成为小流浪猫。我们的爹地在家里干着急，爱莫能助。

千呼万唤也换不回主人的回心转意，妈咪的身子又一日沉似一日，她只好走啊走啊，想给自己找个相对安全和安静的地方把孩子们生下来。她从前辛庄村步履蹒跚地走到了后辛庄村，实在走不动了，便在一个高楼林立的小区里找了个犄角旮旯——也就是一栋塔楼一层东侧阳台下一个凹进去的水泥地角落里——停了下来。地上有一张被踩扁了的布满了尘土的包装箱纸板和一根旧拖把，这就是她的“产房”和“育婴室”了。好在时值夏季，不用担心她和我们会被活活冻死。

最大的问题是，妈咪到哪里才能找到食物和水来养活她自己和肚里的娃娃呢？一开始，只能靠垃圾桶、垃圾车和2号楼传达室旁一个大鱼缸解决。后来，有个白发苍苍的老奶奶看妈咪可怜，经常送点吃的来。妈咪生产后，老奶奶还拿来一个旧纸箱和一件旧衣服，妈咪好开心啊！老奶奶偶尔还会从农贸市场买回几斤散装猫粮，虽然质量低劣，数量稀少，但这对妈咪来说就已经算得上是美味大餐了。对她而言，喂饱肚子最重要——她可是有好几个孩子在嗷嗷待哺啊！为了表达感恩之情，每次老奶奶来送吃的，妈咪都会喵喵地叫着，蹭蹭老奶奶的裤脚，每逢此时老奶奶都会对妈咪说：乖！吃饱啊！

我是妈咪所生的五个孩子中最小的一个，我的前面是两个姐姐和两个哥哥，也就是说，我们这一窝有三个女孩和两个男孩。老大和老二像妈咪一样是白色短毛，老四是黄色中长毛，而老三和我则是黄白相间的短毛，遗传密码的事我可真闹不懂啊。刚出生时，我们五个娃的平均体重只有100克左右，双眼紧闭，双耳紧贴，胸脯、肚皮、四肢近乎透明。

对我们而言，每天只有吃、睡、玩三件事。我们既看不到也听不到，但我们可以凭嗅觉和触觉找到妈咪的乳头，把妈咪那有限的奶水吮吸得点滴不剩。妈咪本来就身材“苗条”，都快临盆了才勉强看得出来怀有身孕。尽管如此，她仍然是世界上最好的妈咪——没有之一，除了出去觅食觅水外不离我们半步，不舍昼夜地把我们每一个都舔得干干净净的，这样做既是为了保持清洁卫生，也是为了确保我们实现呼吸反射。我们总是争先恐后地把脑袋和四肢拱进妈咪怀里，用我们的小嘴寻觅乳头，用两只比火柴棍粗不了多少的小手在妈咪的乳房上踩奶——刺激奶水的分泌，踩呀踩踩呀踩，我踩我踩我踩踩踩，踩得可起劲儿了，嘬得更是啧啧有声，边踩奶边吃奶边打小呼噜。而我们的妈咪呢，则一动不动地侧卧着给她的五个孩子哺乳，仿佛在告诉我们，有她在天下便平安无事。

有一天，外出遛弯归来的一楼那家女主人发现了阳台下角落里的妈咪和我们，马上打电话给在家里看电视的老公，用嫌恶的语气大声嚷嚷道：“有一母猫把小猫生在咱家东边阳台下了！”她老公在电话里肯定没说什么好话，因为她接着说：“可不是吗？要是把蟑螂、虱子、跳蚤什么的招到咱家屋里就麻烦了！我马上把它们轰走！”收起手机，她用手里的阳伞挥向妈咪和尚未睁眼的我们：“走！走！躲远点儿！别在这儿待着！”正在喂奶的妈咪慌忙起身，用嘴叼起一个娃娃的后脖颈便往外走，走几步，放下第一个娃娃，又忙跑回去叼第二个娃娃……如此循环往复，直到她终于把我们五个都叼了出来。

妈咪为我们选择的下一个“家”是小区自行车棚的最里侧。那个昏暗多尘的角落堆满了各种废弃自行车、三轮车，甚至还有残障人士用的轮椅。这里应该够隐蔽的，妈咪总算松了口气。没想到大约十天后，小区居委会决定来个大扫除，一向藏污纳垢的车棚是重点。妈咪和我们不得不再次搬家了。

最后，我们在一所小学校与一家沙县小吃店之间的夹角处落了脚，那有一张弹簧和海绵都开肠破肚露在外面、早已看不出颜色的破旧沙发。运气好的时候，妈咪还能从小吃店后门外淘到点儿吃的，时常会有客人把吃剩的盒饭扔到垃圾桶附近，引来无数苍蝇蚊虫。

在出生后的第 9 天上午 10 点 23 分 52 秒，我睁开了眼睛，看见这个世界的第一眼，便是我那不停地舔舐我全身的妈咪。

妈咪的亲吻好温柔，妈咪的乳汁最香甜，妈咪的怀抱是天堂。

从那天开始，我的哥哥姐姐们也都陆续睁开了眼睛，二乖直到第 12 天才睁眼。我们开始学习爬行蠕动，动不动就肚皮朝天翻倒在地，想要把身子正过来都困难重重。然后，试着摇摇晃晃地站立和行走，就像醉汉一样迈不稳步子……

妈咪按照我们出生的顺序为我们起名为大乖、二乖、三乖、四乖和五乖，我是小五——五乖。日子虽然过得艰难，但我们有妈咪的怀抱和乳汁，有彼此的摸爬滚打，全不知愁为何物，以每周平均增加 100 克体重的速度成长着。

我们五个还无师自通地学会了一首人类的歌曲《世上只有妈妈好》：

世上只有妈妈好
有妈的孩子像块宝
投进妈妈的怀抱
幸福享不了

后来我才知道，很久很久以前，有一部名为《妈妈再爱我一次》的“台湾经典催泪电影”，一经上映便“感动了全中国”，我日后的地球人麻麻当年还曾在长春电影节上采访过该片的小主演、来自海峡对岸的谢小鱼小朋友，她特别喜欢这个哭功了得的懂事孩子。该片的主题曲正是《世上只有妈妈好》。

话说回来，我们最喜欢的游戏是叠罗汉和练瑜伽。我们叠的罗汉有时多达三层，就是说，大乖摞在二乖身上，三乖又摞在二乖身上……四层罗汉没玩过，估计一准儿会掉下来。瑜伽更是小意思，随便什么动作我们都能轻易做到，比如四肢抱头，比如用嘴啃脚丫子，等等。后来长大了我才知道，这些动作人类根本无法做到。还有一个游戏就是对打，为了争抢妈咪的乳头，或者仅仅为了好玩，两娃侧靠妈咪的身体用双手对打，速度很快，嘿嘿！嗨嗨！看拳！妈咪开玩笑地说这叫作“猫猫拳法”。打累了、玩累了就吃饱便睡。刚过完满月的我们完全依靠妈咪的母乳为生，现在基本能够站立和行走了，除了二乖。

可怜二乖先天性残疾。他双前肢发育不良，肩、肘、腕关节畸形，尺骨和腕骨缺失，而且严重缺钙，他的残疾随着我们慢慢长大而日益显著。他不能像我们四个一样地站立和行走（虽然我们还站和走得不稳），而只能用左肘和下巴匍匐前进，右手弯在身后成了累赘。妈咪整日忧心如焚，像这样一个孩子今后可怎么讨生活啊？

尽管流落街头、跳蚤满身、风餐露宿、营养不良，虽然妈咪原来的主人不欢迎我们，虽然这个世界上没人喜欢我们，虽然没人会因为我们的问世而开心，但我们仍然在一天天长大，除二乖外都已经能够蹦蹦跳跳跑跑了。

因为我们现在的家就安在一所小学边上，9 月 1 日开学后这里就热闹起来了，人类的孩子们上课读书、课间休息、做操、午餐……放学后还有那么多家长眼巴巴地等在校门外接他们回到各自温暖安宁的家里，丰盛的晚餐和舒适的睡床在等着他们，他们是多么幸福啊！

妈咪从垃圾堆里觅食回来，除了喂奶和舔舐我们，一有空就一遍遍地教导我们生为喵星人在这个人类主宰的世界上的生存之道。活下去——这是首要的乃至唯一的目标，我们必须认真学习才能设法活下去。首先，因为我们是流浪的街猫，所以要先学会这首我日后的地球人麻麻所作的《流浪猫之歌》，歌曰：

天当床来地当房，
垃圾剩饭当干粮。
风霜刀剑严相逼，
生离死别两茫茫。

不像后来意外生在张家猫窝的大宝、二宝、三宝和四宝，没人给我们这些“垃圾猫”拍照，记录我们成长的每一步，但也许可以从这两张流浪猫的图片中一窥我和我的一家作为流浪猫艰难生存的情形：

妈咪深知我们在一起的日子不会太久，所以总是争分夺秒地教给我们尽可能多的生存知识和注意事项，比如，要学会分辨好人和坏人，分辨哪些东西能吃哪些不能吃，分辨危险与冒险。其中，特别提醒我们注意以下各项：

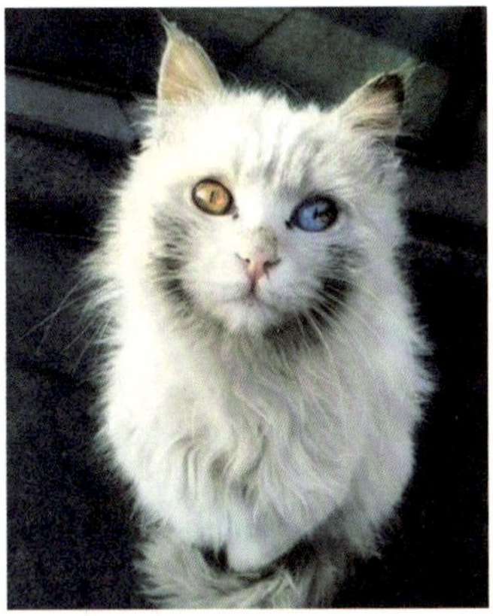

妈咪长得好像这只猫猫

我亡命天涯时也就这么大

一、不要往南走；

二、万一往南走，切莫去一个叫“广州”的城市；

三、万一到了广州，切记远离这三个地方：火锅店、皮毛厂、烧烤摊；

四、……

这是我日后的地球人麻麻的好友杨如雪阿姨在短篇小说《猫之家》里通过猫妈妈之口谆谆告诫猫娃娃们的，作为一只猫，务必牢记以上各条。广州等地的某些餐馆售卖来历不明的猫咪，食客在餐馆门前的铁笼中自选不幸被他看中并将吃掉的一只或数只猫，食法、菜谱“与时俱进”，每天、每年被吃掉的猫只难计其数……

这天下午不到四点，隔壁小学的孩子们放学了。其中有几个淘气包经常跑来看我们，每次都把我们一个个从妈咪怀里抢过来放在手上玩，玩够了就把我们重重地扔到水泥地上，好痛啊！妈咪急得大喊：“还我孩子！还我宝宝！”却只能惹来他们的哈哈大笑。这一次他们又如法炮制，结果残疾的二乖被摔得惨叫，妈咪忍无可忍冲上去咬了那个孩子的脚踝一口，那男孩一边叫疼一边飞起一脚把妈咪踢到半米外的墙上！跟他同去的几个男孩见状也纷纷从地上捡起碎砖头向我们砸来！妈咪忍着痛，使出全身力气，用嘴叼起我们中的一个就跑，放到不远处又飞奔回来再叼另一个……

就在此时，一个男孩的砖头狠狠地砸中了趴在地上的二乖！鲜血流了出来，二乖扭动着小身躯垂死挣扎，痛苦无助地哼哼着，妈咪大叫着冲回去舔着二乖身上的鲜血，试图把他叼走，二乖却像一团棉花似的趴在地上，了无生气……

我永远忘不了妈咪救不了二乖那悲痛欲绝的神情！那也是我跟妈咪的最后一面。二乖已死，男孩们还不解气，继续用碎砖头和树枝袭击妈咪、大乖、三乖、四乖和我，我们家破猫亡，四散逃命。

这一天，我 50 天大。

妈咪、大乖、三乖、四乖和我离散后四处逃亡的遭遇不必多说读者诸君也能想象得到。我流浪的经历印证了《世上只有妈妈好》的歌词是多么真实不虚：

世上只有妈妈好
没妈的孩子像根草
离开妈妈的怀抱
幸福哪里找？

能活着跑到一个农家小院里只能算我这根小草命大。

院子的主人是来自河南的小两口小李和小秦，他们租住在这里，每天早上开着一辆面包车到城里一个小区售卖蔬菜和水果，晚上再开车返回大兴。那天一早，小两口打开院门准备往车上装货，就在这当口，与妈咪和兄弟姐妹们失散后的我跑呀跑呀、把吃奶的劲儿都使完后跑进了他们家的院子。小李把此事告诉了小区的一位常客张阿姨，因为她知道张阿姨一直在救助流浪动物。张阿姨感谢他们收留小猫并承诺会提供猫粮以及驱虫、绝育、免疫等一条龙服务。七八年来，张阿姨一直在他们的店里购买蔬果，店里店外都被她贴上了各种爱护动物的海报，她还收养过他们在附近发现的一只小奶猫（南南）和一只老病猫（龙龙）。她如约送去幼猫猫粮和驱虫药，心里盘算着，很快天就冷了，他们的农家小院连土暖气都没有，睡觉全靠电热毯，小猫做完绝育放回他们家太冷了，多半得先放在自己家过冬再说了。

一转眼，我已经在这个院子里生活半个月了。2013 年 10 月 11 日星期五晚，辛苦了一天的他们开着那辆上了年纪的面包车回到家时已经是晚上 8 点多了。他们开门卸货时，我一不小心跑出了院门，说时迟那时快，一辆小货车疾驶而来，我躲闪不及，小货车从我的身上碾压而过！小李夫妇见状忙把像一摊软泥似的我抱进屋里放在地上，我在一条旧毛巾上熬过了受伤后的第一夜……

妈咪你在哪里啊！我好痛啊！我好怕啊！

初见麻麻　结缘清华

还记得我在作者序言里说过我的猫生有一个清晰的转折点、我的命运在那之前和在那之后判若两猫吗？那个转折点就是今天——2013 年 10 月 13 日。这里要插播张阿姨——也就是后来收养了我、成了我地球人麻麻的张阿姨——的日记。

麻麻日记：星期六下午自沪返京。去上海是为了和其他动保志愿者一起在第八届上海国际渔业博览会上抗议加拿大参展商推销残暴血腥的海豹制品。正在收拾行李时，10 楼的保姆小王按响了门铃，说卖菜的小李让她来转告我，两周前跑到她家院里的那只小猫昨晚被车撞伤了，好像很严重，问我该怎么办。我连忙交给小王一个猫包，让小李次日一定把猫儿带来。

13 日是个星期天。左等右等不见小李或小王送猫来，我于是下楼来到菜店，这是上午 10 点 45 分左右。我一眼就看见了装在门外猫包里的她。一只成年猫就能装满的最小号的猫包，对这个小不点儿来说还是太大了。

这就是我看见她的第一眼：那么小、那么无助、那么让人心疼。

看到张阿姨的第一眼我就产生了依恋之感，就像以前和我的妈咪在一起的感觉一样。在心里，我已经开始把她当作我的另一位母亲了——没错，从此，她就是我的地球人麻麻啦！

麻麻赶紧把装着我的猫包提回了家，放在桌上，打开猫包门，麻麻的麻麻——也就是我后来的奶奶——急切地走到桌前，和麻麻一起俯身察看：只见我的身子偏向右侧，左脚略微抬起。麻麻小心翼翼地把我抱出来放在桌上，我仍然保持这个姿势不变。她又轻轻地触摸我的小身体，尤其是腰以下的部分，貌似没有发现明显的骨折。麻麻端来幼猫妙鲜包和清水，又饿又痛的我一通狼吞虎咽，她很高兴，说能吃能喝、能拉能撒就是好迹象。

麻麻后来写道："小不点儿不时喵喵地叫着，一对纯净无比的大眼睛就那样看着你、看着你……"

怎么办？就这样期待我自愈还是送医求治？正在纠结中，和麻麻共同发起动保网的清华大学蒋劲松叔叔来电，催麻麻下午去参加在清华举办的动保讲座。麻麻本来觉得那是个很熟悉的题目，不一定要去，但看着眼前的我这个小不点儿，想到两位主讲人的身份，决定还是去吧，而且带我同行！因为，同时可请两位主讲人给我诊断并提出专业意见——这点私心她很坦白地提前透露给蒋叔叔了。以下是讲座详情：

北京市社会科学界联合会重点资助学术项目"动物伦理学与护生文化系列讲座第22讲"
主题：流浪动物的福利问题——如何帮助校园流浪猫开展TNR
主讲人：Nicola Lichtenstein（英国资深犬行为训练师）
　　　　张拥军（北京荣安动物医院院长）
主持人：蒋劲松（清华大学科学技术与社会研究所副教授）
主办：清华大学科学技术与社会研究所/动保网/中国动保记者沙龙/中国青年动保联盟
时间：2013年10月13日下午3点……

在清华大学新斋335教室，麻麻把猫包打开放在桌上，我把前身探出包外，安静地向右侧趴着，环视着满屋子的年轻人。来听讲座的几十人多半是清华及附近高校的学子，大家看到一场关于流浪猫救助的讲座听众里居然有一只真正的流浪猫，都很兴奋和开心。2014年，我曾两次应邀前来清华讲课，这是后话。

麻麻轻轻按摩我的额头和颈部，而我居然在大庭广众之下发出了舍我其谁的呼噜声，不认生，不怕人，这也奠定了我日后常随麻麻外出举办公益讲座的基础。其实，我可不是随便发出带有私密性的呼噜声的，一则，我是用这种方式参与主讲——今后所有关于喵星人的讲座的标配都应是"地球人 + 喵星人"；二则，就像一个小朋友说的，我发出呼噜声是因为我肚子里有个小和尚在念经不止——既是在加持主讲人和听讲人，也是在疗愈本宝宝自己。

在中国石油大学任外教的Nikki阿姨——Nicola Lichtenstein——第一眼就爱上了我，她在演讲中几次把大家的目光引向了我。更奇妙的是，当她一开场讲到"猫很重要"以及引用伟大的思想家、人道主义者、1952 年诺贝尔和平奖得主史怀泽的名言“音乐和猫是逃离生活苦难的唯一出路”和英国大作家狄更斯的名言“还有什么礼物比猫咪的爱更弥足珍贵”时，我以“喵！”或“喵！喵！喵”呼应了她的演讲，仿佛在赞叹道：“妙！妙啊妙！”这更令 Nikki 深信她与我之间明显存在的善缘。

也就是在讲座进行中，麻麻给我起好了名字，英文名先脱口而出：Lucky——幸运的；中文名稍费思量：重阳——九九——久久，这一天正是农历九月初九重阳节；全名为“Lucky 久久”或“张久久”。后来“久久”变成阿拉伯数字“99”则是拜赵若冰阿姨的一次笔误所赐。

讲座结束后，按照惯例，主讲者被主持人蒋叔叔邀请至天厨妙香素食餐厅聚餐叙谈。席间，Nikki 阿姨一直抱着我，在座所有人都希望我的伤情不重。

麻麻请 Nikki 阿姨发来一段自我介绍文字并翻译如下：“我毕业于英国剑桥安格利亚鲁斯金大学，专修动物行为学。18 岁时我在伦敦一家兽医诊所争取到了我的第一个夏季工作，从那以来我一直与伴侣动物工作在一起。我曾在泰国和印度管理过动物收容所，在印度一家从事宠物保险索赔评估的跨国公司工作过两年，还曾在印度一所国际学校教授过动物福利课程。目前我已在北京生活了两年，在一所大学教英语，业余时间在荣安动物医院帮忙。最重要的是，我热爱动物，痛恨这个世界对于它们是多么的残忍！”

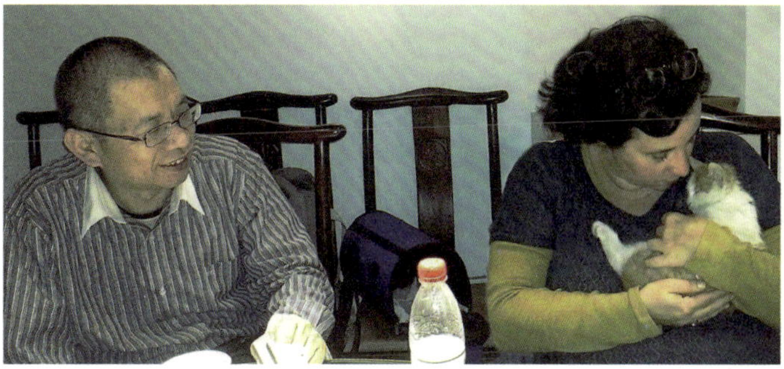

Nikki 阿姨即将迁居深圳开始新生活，她在那里找到了一份报酬更好的工作，她需要更多的钱来救助动物。她在京收养的流浪狗奇奇和流浪猫艾未未将随她前往深圳新家。现在她最操心的是一只被医院员工以她的名字命名的小狗 Nikki，小狗出生不久就被人扔到她家门口，浑身是病，经过治疗现已痊愈。她离京赴深的日期将至，还不到两个月大的小狗前途未卜，为此她不由得忧心忡忡。

伤情严重　手术成功

以下内容出自张拥军院长：

10 月 13 日下午在去清华讲座的路上，张丹老师来电说，有一只被车撞伤、后肢不能站立的小猫，让我一会儿给看看。到了清华后见到小久久，她很安静，转着脑袋四处好奇地东看看西看看，不一会儿睡着了，觉得精神还好。

晚上回到医院，经初步检查，这是个小女生，大约不到 2 月龄，体重才 1 公斤。右后肢没有任何反应。左后肢可以前伸、后曲，但不敢外展。大腿内侧皮下瘀血严重。怀疑是被汽车撞击或者车轮子碾过造成的。

经过详细的体检后拍摄 X 光片，在看到片子后我惊呆了，这是我从医二十多年来看到的最严重的骨盆骨折——小久久的骨盆几乎被撞碎了！如此严重的骨盆骨折实在罕见。考虑良久，给张丹老师三个治疗猫咪的方案：

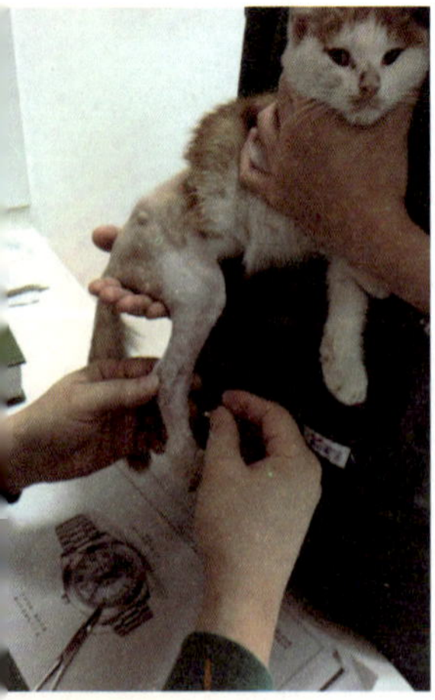

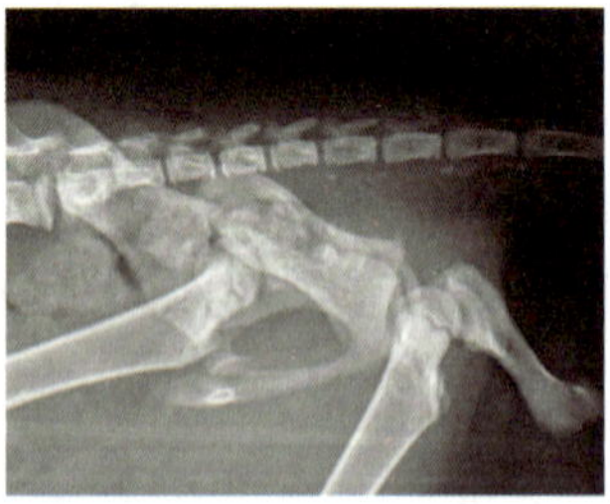

从 X 光片来看，右侧荐髂关节脱位，髂骨翻转 90 度，髋关节骨折

用针刺、钳夹来做神经学的检查，右后肢完全没有触觉和痛觉

1. 保守治疗：保守治疗就是不做手术，给予药物来预防感染和止疼，然后顺其自然，看看猫咪是否能够自愈。但依据小久久的受伤程度来看，自愈几乎不可能。因为右后肢与骨盆完全分离，右侧髂骨、荐骨、坐骨联合都断开，断端相距甚远，皮下血肿相当严重，感染并造成败血症的概率很大，并因此危及生命。在此期间，动物相当痛苦。

2. 外科手术：通过手术，清理血肿，修

复损伤的肌肉，将断开的骨骼复位，使骨盆达到解剖学结构的相对完整，为功能恢复提供支架，也最大程度减少感染和疼痛。虽然术前的检查已经表明，右侧坐骨神经已经受损，右后肢已经没有知觉，但解剖学上的复位给神经的恢复提供可能。最重要的，外科手术能最大限度地提高猫咪的生活质量，达到生活自理。

3. 安乐死：这是不得已的一个选择。保守治疗，康复遥遥无期，随时可能出现意外；外科手术的方案，一是费用很高，二是手术有一定的风险，三是复健的工作也很艰巨，需要极大的耐心和照顾她的人的艰辛付出。对于如此幼小的流浪猫咪，要经受如此磨难，未来还是个未知数。所以对于流浪动物来讲，安乐死是有尊严的解脱，是不得已的抉择！

当张丹老师听完我的方案后，毅然决定给小久久进行手术，即使手术后右后肢不能恢复知觉，但生活能够基本自理，这就足够了。小久久的坚强，也配合了张丹老师的决定，坚持！绝不放弃！

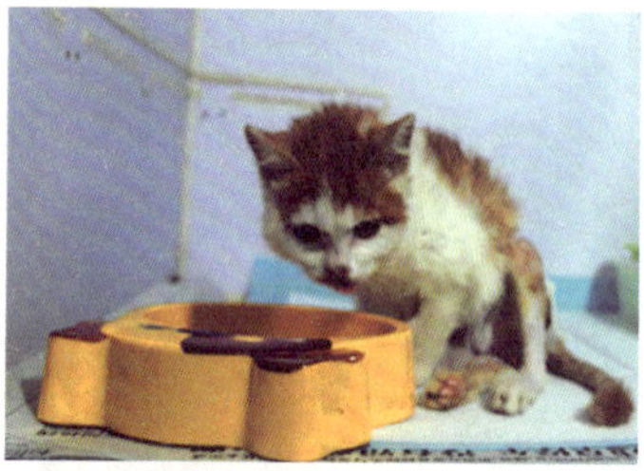

抽血。我一声不吭、一动不动，医生、护士和麻麻都夸我是个勇敢坚强的好孩子。已经是晚上 9 点多了，张院长说他次日还要给我做神经系统的检查和会诊，然后再决定是否手术及手术方案。同时，由于我血肿非常严重，必须马上止痛与消炎。

我住院了。我在病笼里望着麻麻拼命地喵啊喵，麻麻则一遍遍对我说：

“Lucky 小久久好孩子，别害怕，别担心，放心吧，你平安了。张院长一定会有好的方案，你一定会好起来的！即使手术失败或因神经系统的损伤无法弥补而导致你终身残疾——就像被他不幸而言中的那样——需要一辈子给你按摩、照顾你吃喝拉撒，麻麻也心甘情愿，绝不食言。”

听懂了麻麻的话，我安静下来。我知道，等待我的将是一场硬仗，必须养精蓄锐，全力以赴。

这一天可真漫长啊！发生了这么多事，见到了这么多人，最最重要的是，我见到了亲爱的麻麻和奶奶，还有张家猫窝的那么多小伙伴——请等着我，等我好了就回来跟你们玩啊！

第二天，伤处的毛毛全部被剃掉后，张院长再次惊讶地发现，我的伤情远远超过原来的预料，就像前面说的，我真的几乎被撞散架了！

手术方案和日期确定下来了。17 日下午术后，麻麻直到关门才离开医院，想多陪陪刚经历了这样一台大手术的我，她一遍遍地告诉我："Lucky，你是最棒的小宝贝！麻麻爱你，我们大家都爱你，你一定要快点好起来啊！"

以下图文由张院长提供：

确定三套手术方案。术前体检和血液检查，然后按照"吸入麻醉"流程给予麻醉。

开始手术，皮下血肿严重，切开后流出大量暗红色血水；切开皮肤，髂骨已经暴露，臀深肌、臀浅肌、臀中肌已与髂骨分离；膀胱从骨直肌和阔筋膜张肌的肌缝间被挤压出来至皮下。小猫太小、髋关节太小了，即使最小的钢板也显得太大了，因此用两根钢丝固定断开的髋关节。荐髂关节用一枚拉力螺钉和一根克氏针进行固定。

因为采用最佳的麻醉方案，小久久苏醒很快。手术后 3 小时，喂她猫罐头，吃得可香了，"光盘行动"！已排尿！

救助者：张丹
2013/10/13 20:51:14新建病历
B. W. =1. 2kg,

2013/10/13 门诊病历 20:51:25,星期日 张拥军医师诊治
流浪猫，大约6-7周。撞击导致骨盆骨折。
右后肢无痛觉反应。
精神尚好，饮食正常。未见排便。排尿较多。

诊断：
1，右荐髂关节脱位；2，右髋关节骨折。

进一步诊断：
神经功能评估
荐骨形态评估

计划：
骨折内固定：右荐髂关节固定，右髋关节固定

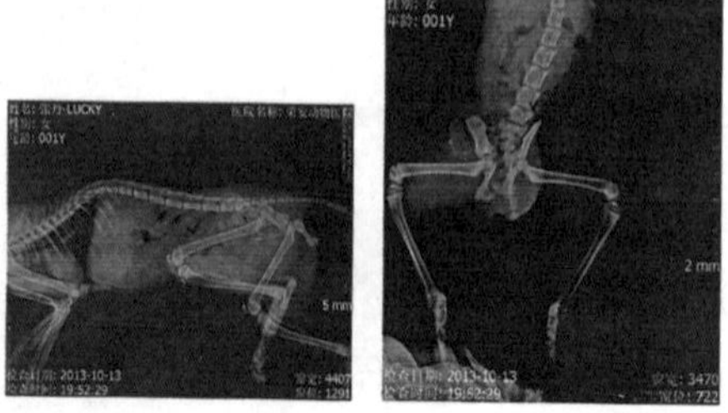

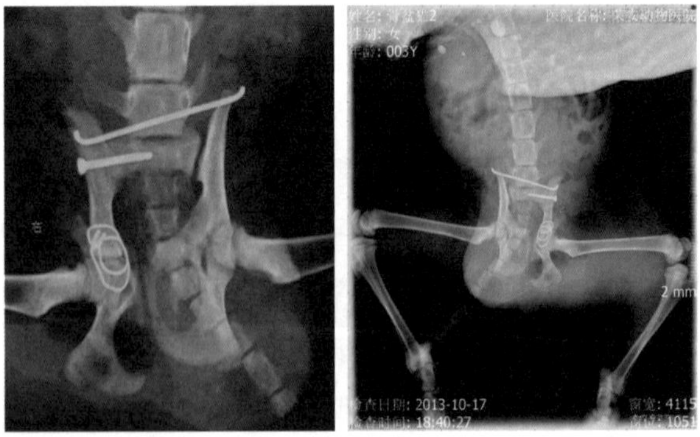

固定好后，拍个片子确定一下，对合完整

我累坏了，在麻麻的呢喃絮语中渐渐进入了梦乡。我梦见我长了一对白色的翅膀，飞起来忽闪忽闪地，飞得可高可快啦，一点声音都没有。飞呀，飞呀，穿行在棉花糖一样的白云里，久违的妈咪、从未谋面的爹地和两个姐姐两个哥哥也和我在一起无声地飞翔，没有病痛，没有残疾，没有流浪，没有伤害，没有羁绊，自由自在的感觉真是太棒了！

你有梦想吗？有！那就赶紧睡！睡前原谅一切，醒来便是重生。

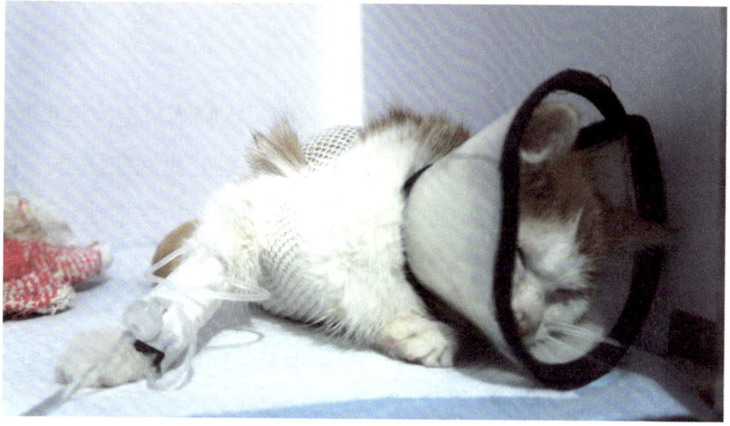

请以领养代替购买

“喵！喵！喵！麻麻！麻麻你怎么才来看小久久啊？喵喵喵！抱抱抱！”

术后每天都来看我的麻麻马上打开笼门，小心翼翼地把我抱在怀里，生怕弄疼了我的伤口。我费力地转过身来，一定要面对面、心对心地贴着麻麻，生怕她会随时走掉。

“小 Lucky 是世界上最乖的孩子，最坚强的孩子，最勇敢的孩子，最懂事的孩子，最可爱的孩子！”

听了这些话，我一头钻进麻麻的外衣里，更紧地贴住她的心脏。

每天来看我的还有 Nikki 阿姨，她是这家医院的义工。

“我和 Lucky 在一起呢，她看起来还不错，嗓门很大，小呼噜打起来动静也挺大……”

10 月 26 日，麻麻给我称了体重——1.22 千克，比 13 日入院那天增加了 0.22 千克亦即半斤重量。算来该打疫苗了，麻麻抱着我请张院长为我接种了猫三联疫苗（此为国际上通行的猫瘟疫苗，预防猫瘟热、猫杯状病毒感染和传染性鼻气管炎）。

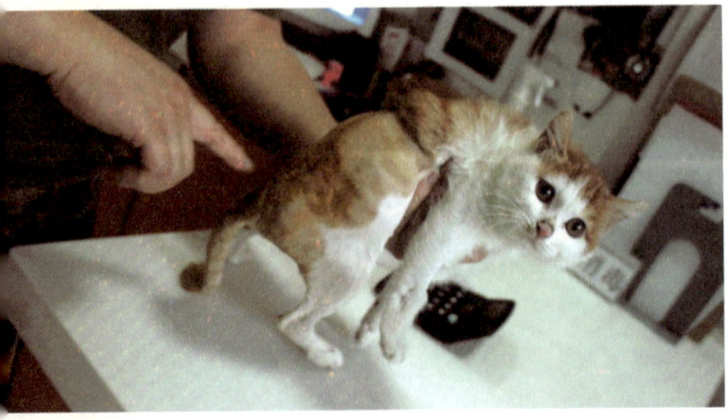

张院长检查我的伤口，伤疤好长哦

有一天，麻麻抱着我边按摩边谈心时，旁边有位奶奶在照顾她家生病输液的贵宾犬。奶奶最发愁的就是她家宝贝狗儿“欢欢”不吃东西。看着我大口大口吃猫罐头的样子，奶奶真羡慕啊！麻麻告诉奶奶，我们 Lucky 久久其他啥都没有，全靠嘴壮，嘴壮就吃嘛嘛香！

喏，细看挂在病笼门上的治疗记录单，每天都有“食欲佳”三个字！再看看我的小黑鼻头就更清楚了，护士姐姐每天给我擦干净，我每天吃猫粮（尤其是猫罐头）时又一猛子扎进饭盆里，等吃完饭抬起头来，得，又成小黑鼻头了！

六七十岁的奶奶在欢欢之前从未密切接触过动物，也压根儿没想过此生会跟动物打什么交道，平时看见街上的狗和猫都嫌脏，总是躲得远远的。儿子的朋友送了只小狗给他，三四十岁的儿子和儿媳妇正是干事业的时候，哪里照顾得了小狗啊？这不，活儿全落在奶奶

奶奶不仅接受了欢欢，而且还把欢欢当成了心肝宝贝，连

。我们动物就有这样的本领，无条件地爱你，也让你无

！”奶奶说。

奶奶靠在欢欢身边也睡着了，一只手还搭在欢欢身上，好

一边对我说：

地配合麻麻做按摩，积极锻炼，咱们不能让右半边身子就这

做的轮椅很快就要到了，到时候可要积极配合进行康复训练

乖了，手术的时候乖，今后也要乖哦！”

。

时，靠近手术室的候诊区坐下来一位哭泣着的阿姨。看得

泪水不听命令，一个劲儿地流下来，她不停地擦拭着、抽泣

真像是梨花一枝春带雨啊！

渐渐地，她被麻麻和我之间的对话给吸引住了，不禁擦干眼泪开口问麻麻：

“你也喜欢跟动物说话呀？”

麻麻说：“是啊是啊！”

梨花阿姨问：“你说它们听得懂人话吗？”

麻麻答：“它们什么都听得懂啊，只是不会说人类的语言罢了，或者说自诩为万物之灵长的我们人类这种动物不会说其他动物的语言罢了。”

梨花阿姨说：“对对对，我也是这么觉得的，我也天天跟我家狗儿说话！别人都说我有病，我才不在乎呢。”

麻麻一问之下了解到，她家狗狗是买来的松狮犬，从买回家到今天病故，前后不到一

个月！买狗的经历是这样的：每次陪儿子去上钢琴课她都有一个小时的闲暇时间，钢琴学校隔壁恰好是个宠物市场，她总去那里消遣解闷儿。有一天，她突然看见了这只眼神与神态像极了她丈夫的狗儿，下决心买回了家，作为对丈夫之爱的证明。她为它取名为“乖乖”，像对待孩子一样对待这只有缘的狗狗，把它的一举一动都发到微信朋友圈里，希望跟大家分享她对丈夫和狗儿的挚爱之情。

再说乖乖，买它那天它可精神了，没想到刚到家就病了，然后就是漫长的求医之路，今天就在这家医院，它短暂的生命走到了尽头……除了无比真诚的悲痛外，梨花阿姨还一直感叹乖乖的体贴、懂事和仁义。原来，乖乖因为病情过重而痛苦不堪，医生建议她考虑安乐死，她却始终纠结不已难下决心。没想到，乖乖最终选择了死亡而使她得以避免做出那个痛苦且很可能会悔恨终生的决定，她说她太感谢乖乖了。

麻麻尽力安慰了梨花阿姨的丧失爱犬之痛，随后把话题转到了以领养代替购买上，请她或她认识的任何朋友，如果真心决定养狗，切莫高价买狗支持那些无良的狗贩子，而选择从动物救助组织那里领养被救助的流浪狗——有太多太多健康的孩子们在找家找爸妈呢！她听了若有所思，说有道理，她会告诉朋友们的，但她太伤心了，今后不敢轻易再养任何动物了，唉。

无辜的、可怜的小狗乖乖——黑心宠物繁殖业的牺牲品，但愿你早日离苦得乐。

张院长说梨花阿姨的遭遇很有代表性：

李女士，松狮犬，大约 2 月龄。9 月 27 日，在一个小狗市买的。买回来第二天就发现咳嗽。当时检查犬瘟热，是阴性。治疗后，好转，过了 20 天，再次咳嗽，检查（CDV）犬瘟热，阳性，经过全力治疗 1 周，出现抽搐，治疗无效死亡。

特别提醒：狗市购买的狗狗，通常是狗贩子去养狗的家庭或者饲养场收购的。据说大型狗市的狗狗，一部分是从东北运到北京，经过短时间的打理后，没有注射疫苗就销售了，没有进行有效的预防、驱虫，此时往往已经携带病毒了，在市场集散地也容易传播疾病或被感染。所以，请以领养代替买卖。领养的动物几乎都已做过防疫，绝育 / 节育过，体质很好。领养前了解清楚小狗狗是否打过 3 次疫苗以及饲养小狗狗的常识与经验。

定制轮椅　善缘继续

麻麻日记：关于我一直试图解读的猫语，生活于18世纪的一位法国传奇神父加利亚的观察与见解最棒：

“我确定在猫语中，有20多种不同的变调，它们说的真的可以称得上是一门语言，因为它们总是用同一个音籁表达同一个意思。”

20世纪最著名的艺术家之一安迪·沃霍尔的母亲在为他们母子共同收养的26只猫咪出版的书里写道：

“有些猫咪会和天使说话，有些猫咪自言自语，还有一些猫咪，因为知道自己是猫咪所以一直安安静静的，和谁都不说话。”

最好不要动不动就鄙视地说什么“动物既听不懂也不会说我们人类的语言”。放下世界主宰的架子换位思考一下，我们人类又听得懂、说得了哪种动物的语言？

说喵星人、汪星人、鸟星人不懂地球人的语言，敢问我们地球人又有几人通晓喵星语、汪星语、鸟星语？

语言连接心灵，《猫国物语》系列绘本作者莫莉蓟野猫语十级，您的喵星语几级啊？及格吗？

嗯嗯，麻麻说得真好，问得真好。就在这一次次跨物种、心对心的交流中，本宝宝欣喜地看到，麻麻的喵语水平在稳步前进。不管是在医院、在路上还是后来在家里，各路神灵都经常看到和听到麻麻在和我们说话，说得高兴了她还常常录下音来保存。对话主题从来不变——告诉我们她有多爱我们，我们有多值得她爱，要我们活得健健康康、平平安安、长长久久、开开心心！

因为明显地感觉到我的右臀部和腿脚愈发萎缩，麻麻开始认真考虑为我定制轮椅。请教张院长，他认为这是个好主意，因为“轮椅可以辅助活动，帮助康复，减少患肢摩擦地面”。他还为我仔细测量了尺寸，将左下图中的狗狗替换为猫咪即可：

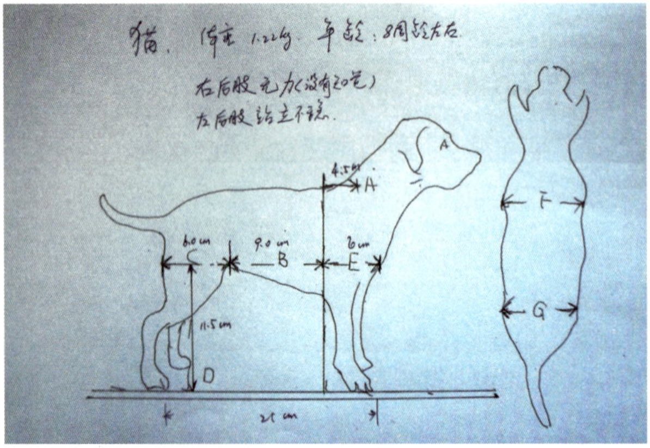

猫。重：1.22 千克。龄：8 周左右。后肢无力（没有知觉），站立不稳。

看我残疾的右腿右脚

没错，Lucky 我是只猫儿而图上却是只狗儿，那是因为张院长是按轮椅公司提供的范图绘制的。麻麻马上就下单定制了，看来她很期待轮椅能发挥神奇的作用。

谁说残疾动物就只配拥有残缺的一生！麻麻相信，借助轮椅的帮助和不懈的按摩，我的身体状况和生活质量会提高的。我是谁啊？我是身残志坚的小猫咪 Lucky 久久！

到现在为止，还没来得及说说麻麻与张院长的善缘呢。话说 2007 年 2 月 11 日，麻麻与中国小动物保护协会会长芦荻教授、全国政协委员胡启恒女士以及数位志愿者一同前往天津，将天津志愿者从民权门市场抢救下来的 400 多只受尽磨难的待宰猫咪接到北京。那是一场她终生难忘的艰巨战役。后来，国际爱护动物基金会（IFAW）决定负担部分天津获救猫咪的医疗费用，其中包括由麻麻和志愿者照顾的 40 多只猫咪，而张医生当时正好是 IFAW 北京办公室的兽医顾问，于是就有了他们的第一次合作，正所谓因缘不可思议啊！

麻麻与胡启恒奶奶的善缘也持续下来。麻麻和王寅阿姨曾去胡奶奶家里为其收养的流浪猫送医送药。胡奶奶心情沉痛地说，从前院里的流浪猫天天都到她家窗台上来吃饭喝水，后来有一天它们突然集体消失了，令她百思不得其解。天津救猫行动后才知道，原来是被猫贩子抓去卖给餐馆做菜吃掉了！

麻麻不由得想起中国现当代著名诗人艾青作于1938年的那首名诗中的名句：

"为什么我的眼里常含泪水？因为我对这土地爱得深沉……"

这是个万能句型，可随心所欲地改成——比如：

"为什么我的眼里常含泪水？因为我对我们的动物朋友爱得深沉……"

我在荣安动物医院住院24天，人缘不用说了，猫缘、狗缘、兔缘、龟缘、鸟缘、蛇缘……也都超好，交了好多各式各样的好朋友。

先说猫缘吧。猫咪病房的地上放着两个笼子权当临时病房，里面住着两只猫咪。其中靠里的一个笼子里住着的是一只跟我长得很像的黄白猫咪，约3个月大，拼命地叫唤，努力从笼子的缝隙间伸出手臂试图拉人，那信息实在是太明确无疑了，任谁也不会错读：

"求求你！行行好！请带我回家吧！我会很乖的！求求你了！"

张院长说，这是一只被志愿者救助的小流浪猫，救助者在高速公路中间的隔离栅栏上发现了他。当时，他像是正准备要过马路，飞驰而过的滚滚车流挡住了他的路，令他迷惑、战栗。志愿者兜了一大圈，在下一个能掉头处把车开回来，一看小家伙还在栅栏上趴着呢！故取名为"栅栏"。送来医院时有腹泻等症状，现在已经好多了，等彻底健康后就会开始给他找人领养。如果没人愿意收养他，那么等他再大一点做完绝育手术后就会被放到某个有志愿者照顾的小区。这个小男孩因为跟我长得像，Nikki阿姨给他取名为"Big Lucky"（大Lucky）。每次麻麻喂我吃好吃的东西都会给他一份——好东西就是要与朋友分享！

小乖乖是一只小奶猫，我很喜欢她。一对儿穿着入时的年轻人带她来打疫苗，顺便清理眼睛和耳朵。护士姐姐在为小乖乖清洗时，小乖乖因为不舒服而挣扎，奶声奶气地喵喵叫，我马上拖着残腿跑过去看看出了什么状况，直到确认小乖乖平安无事才放下心来。小乖乖的麻麻和护士姐姐连连说Lucky真有爱啊！我还把我最爱吃的幼猫奶糕让给小乖乖吃：

"小乖乖请吃吧，麻麻给我买了好多呢，Lucky姐姐管够啊！"

再说人缘吧，美丽温柔的斐姐姐最疼我了！

我请小乖乖吃幼猫奶糕（小乖乖的尾巴尖是白的！）

有一天，麻麻正坐在候诊区的椅子上为我按摩，一位手提猫包的年轻姑娘走进了张院长的诊室，从猫包里抱出一只用毛巾被裹着的可爱之极的苏格兰折耳猫，原来她是来给猫咪做绝育的。麻麻顿时对她产生了好感——须知，可不是每只名猫名犬的主人都会给他们的宝贝做绝育的哦！麻麻于是抱着我上前跟姑娘聊天，知道她家里有两只名猫，都是因为不同的原因“被塞给她的”，今明两天她分别带它们俩——苏格兰折耳猫汤圆和英国短毛猫Becky——来做绝育手术。这位文静的姑娘在北京读大四，明年毕业后即将赴英国攻读西方艺术史硕士学位，到时候她将带着两个宝贝同行——俩猫咪也算是回到老家了。

麻麻后来告诉我，斐姐姐让她想起了前年参加美国人道对待动物协会的动物关爱博览会（Animal Care Expo）时认识的一位委内瑞拉美女动保人，她们机构的名字麻麻太喜欢了，用在斐姐姐身上同样也再合适不过了，叫作“大天使帮助小天使”！

张院长去给汤圆做绝育了。听了我的故事，斐姐姐满怀怜惜地把我抱在怀里，别提多疼爱我了。而我也特别喜欢这位神仙姐姐，对她百依百顺，服帖之极。我们马上就成了好朋友，这里的“我们”是指斐姐姐、麻麻、汤圆和我小 Lucky。接下去的第二天和第三天，斐姐姐都到医院来看我，发短信给麻麻说我特别惜福、特别懂事，麻麻告诉了我，不难想象我有多高兴了。

听张院长说，斐姐姐非常有爱心，经常帮助人和动物。她妈妈是给人治病的医生，在新疆开了家医院，同时也救助了好多流浪猫，还经常给病猫看病、打针。受这样有大爱的医生、院长妈妈的教育和熏陶，斐姐姐从小就富有同情心，经常给妈妈打下手帮助落难的动物，要不怎么说家长是孩子最好的老师呢！

斐姐姐和乖猫汤圆

斐姐姐好疼我

斐姐姐带着汤圆回家后，我又在候诊区的桌子上拖着残腿跑到一位倍儿新潮、倍儿有爱的杨哥哥身边。杨哥哥轻轻地抱起我，我呢，顺势舒舒服服地趴在他的腿上睡上大觉了，梦里还踢胳膊踢腿呢，简直把杨哥哥、和他一起来的女朋友赵姐姐（一直在照顾一只患肠梗阻的流浪猫输液）和麻麻都笑翻了！

连载开写　出院回家

在见到我半个月之后，在清华大学蒋劲松叔叔的建议下，从 2013 年 10 月 28 日起，麻麻开始为我撰写题为“Lucky 久久：一只励志、治愈系、正能量猫咪的故事”的网络连载。

“对不起！请原谅！我爱你！谢谢你！”——源于古老神奇的夏威夷土著疗法的这四句箴言是 10 月 13 日我和麻麻相见以来麻麻每天必默念无数遍的，祈祷的对象就是我这样一只出生不到两个月、体重不足一公斤便遭遇严重车祸的小流浪猫。麻麻在第一篇连载中写道：

对不起——我们没能保护好你免受伤害与痛苦

请原谅——我们人类动物对包括你在内的非人类动物的残忍冷血

我爱你——你是如此的纯真无瑕、可怜可爱、可敬可赞

谢谢你——你是这么的坚强、勇敢、无畏、宽容、乐观

迄今为止，亲眼见过你的 50 多人和听说了你的故事的更多人，无一不爱上了你这个不幸落入凡间、代表和传递着正能量的流浪天使。

从今天起，我将每天在动保网用图文记录你的故事，并转发至我的新浪博客和微博（动物之友张丹），希望给你这个不幸而又有幸的生命奇迹做个见证，也给在身与心的雾霾中困扰纠结的你我人类动物们排毒、输氧、打气。

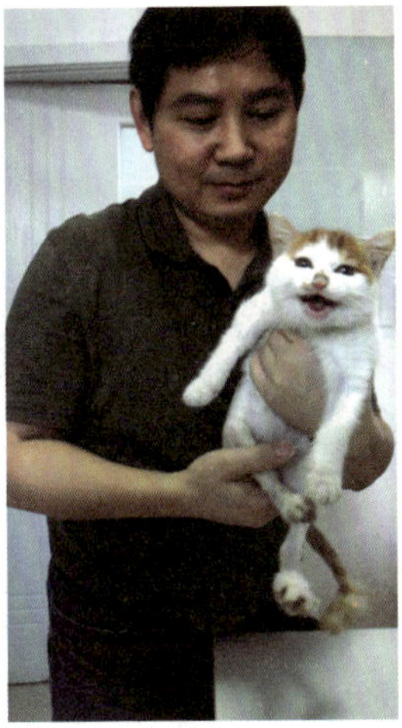

出院前张院长抱我

奶奶欢迎我回家

11 月 6 日，麻麻来接我出院啦！ Nikki 阿姨也来给我送行。再见了张院长，再见了医生护士叔叔阿姨哥哥姐姐，再见了 Nikki 阿姨，谢谢你们，我会想你们的，我会回来看你们的！

一到家，我先在猫包里观察了一会儿周围的形势，确定平安无事后，立即钻到麻麻的战友金椒妈送的猫隧道里，以守为攻。妈妈咪呀，怎么有这么多哥哥姐姐啊！今后的生活准保热闹非凡。10 月 13 日麻麻把我从小李的蔬果店带回家时，我只短暂地停留了一个多小时就被麻麻带到清华大学去参加活动，当晚我就住院了，直至今日。所以，我对张家猫窝还有待摸索和熟悉。

原以为等我出院回家后我就是张家猫窝最小的小不点儿了，没想到半路杀出个程咬金——小满仓从天而降！

麻麻每次来看我都会给我讲张家喵星人的故事，我已经烂熟于心了，小满仓的故事自然也是麻麻讲给我听的。他刚到张家猫窝时虽然既不像我当初被车撞得那么惨，也不像后来的张金豆小朋友那样肠子肚子都暴露在体外必须马上送医院做大手术，可那模样也够一瞧的啦：

10 月 31 日上午，门铃响起，麻麻一开门，见同楼的郝奶奶用一只手高高地托举着一只小脏猫！之前麻麻已听说楼下蔬果店那有只小猫玩命儿地叫唤，嗓子都快叫哑了，正准备下去看看呢，没想到这么快就被人送来了。麻麻双手接过来一看，小猫身上的跳蚤那叫一个多、耳螨那叫一个厉害啊！赶紧洗澡、掏耳朵、驱虫，用了两个多小时才算基本上弄干净了！麻麻说，他身上的跳蚤紧贴着肉皮太难清理了，而他的耳道简直就像是个藏污纳垢的下水道，要多脏有多脏！

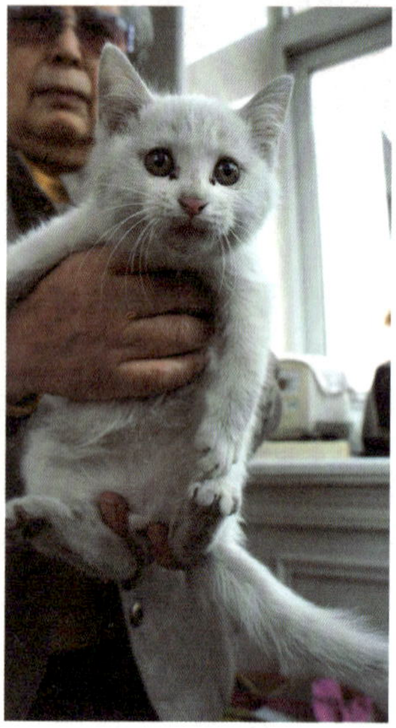

第一面

王寅阿姨给洗过澡的小满仓上药

小满仓获新生

洗干净一看，这个小男生还挺帅的嘛！一开始，奶奶给他取名为“小耗子”，后来改叫“小满仓”，还说以后万一家里再来新猫一律按这个路数起名，容易记，好养活，所以就有了后来的英子、喜子、金豆、团团、圆圆、大顺、来福等小朋友。麻麻有一次来看我时还带了小满仓同来，想尽早让我俩见面培养感情。

一见面我就对小满仓说：“古德猫宁小满仓弟弟！”

小满仓弟弟也向我问好：“古德猫宁 Lucky 姐姐！”

言归正传。麻麻告诉我和小满仓弟弟，她和志愿者们刚在第 18 届中国国际渔业博览会上抗议海豹产品，她还在东北财经大学举办了一场题为《在全球化背景下迎接动物保护的新挑战——以狙击加拿大海豹制品为例》的讲座。讲座的最后，麻麻为她写我的故事连载做了个小广告，所以最后一张屁屁踢（喵语，意即 PPT 演示文稿）定格在我的一张图片上，棒棒哒！

我和小满仓弟弟在美猫榻里睡觉觉（后面是一排玩接龙游戏的喵星人）

出院对我而言并不意味着痊愈，而是新征程的开始。我还在拉肚子，要坚持吃很多天的药。从现在起，每天喂我吃药什么的就都是麻麻的活儿了。

出院的第二天和第四天，麻麻分别收到了斐姐姐快递来的礼物——给我治疗腹泻的药、给我和小满仓的幼猫猫粮和罐头、给其他大猫娃的成猫猫粮和罐头、给所有猫娃共用的饮水机和猫砂。收到斐姐姐惠寄的第二批礼物后，由我口述、麻麻代笔给斐姐姐写了封感谢信：

我和小满仓弟弟形影不离

斐姐姐你好！姐姐寄来的治我拉肚肚的特效药收到了，一会儿麻麻就要喂我吃药了，我会乖乖的，因为吃了药才能不拉稀粑粑啊。我已经迅速适应了我的新生活，家里的哥哥姐姐可真多啊，它们都对我很好奇，经常围着我转来转去，还蹭我的鼻子、闻我的身子。跟我玩得最好的是小满仓——他是个比我还小的小男生哦！小满仓总喜欢猛地往我身上一扑，然后我们俩就打成一团分不清你我了……虽说男女授受不亲，可我们俩都还小，再过几个月成年后我会注意学习姐姐的英伦淑女风范的。小猫咪 Lucky 久久感恩敬上。

小满仓弟弟成了我青梅竹马的“发小”，我们俩成天黏一起，无论是吃饭、睡觉还是玩游戏，亲亲热热打打闹闹可美了！他好胳膊好腿的，整天精力过剩，除了缠着我玩耍嬉戏外就是上蹿下跳地搞破坏，看得我好不羡慕。车祸导致我右腿残疾，加之感冒与腹泻，所以多数时间我都只能安养静观，还好他没被我传染。

有一天小满仓对我说，他的小目标是：“待我飞黄腾达，带你勇闯天涯！”看来他是好了伤疤忘了疼，还没流浪够啊这孩子！

再见轮椅　Lucky 之歌

传说中的轮椅今天终于快递到家了。盼望已久的麻麻赶紧装好给我试用，没想到却遭到我的激烈反抗，她刚把我的四肢塞进四个口里我就马上缩回来，如此这般反复不已。我小 Lucky 是励志猫，我不喜欢轮椅，我就想看看不借助任何人造工具我究竟能不能如常生活，右腿残疾又怎么了？我能行！无论如何，我也算是拉着小轮椅往前走了几下猫步。拍照时因为我不配合，麻麻忙中出错把轮椅的方向前后颠倒了，嗨，这事闹的，对不起了好麻麻。很快，麻麻便偃旗息鼓，将轮椅捐给了一家流浪动物收容基地，物尽其用。

北京人民广播电台北京故事广播邀请麻麻和我在其一小时的直播节目中给听众朋友讲我的故事，我尚未痊愈不能亲临直播现场，所以麻麻就代表我前去了。

在北京一个部队大院长大的主持人庄兵叔叔也曾有过一只非常可爱的猫咪，后来，猫咪在院子里玩耍时不幸被一辆横冲直撞的汽车给轧死了，他目睹了这幕悲剧，至今回想起来仍唏嘘不已，痛在心口……他将自己的这段亲身经历在节目中与麻麻和听众做了分享。庄兵叔叔说，“希望通过这个节目能让更多的人了解流浪猫，知道人们应该如何帮助流浪动物，人与动物应该如何和平共处，那些家有宠物的主人也都能懂常识、负责任、讲文明，做到不离不弃，相伴永远。”

笨麻麻把轮椅方向放反了

几十只猫咪的奶奶好容易才学会念

我的英文名字“Lucky”，对我越来越赞不绝口、疼惜不已了：“小 Lucky 太可爱了！太可怜了！太能干了！太坚强了！”

由于我的身体尚弱有待康复，麻麻特别为我准备了专门的猫窝、清水和幼猫粮，可我还是喜欢到其他娃娃们的“公共食堂”去吃饭喝水，还会找个阳光灿烂的地方晒晒太阳——我小 Lucky 最喜欢太阳公公的味道了。有空的时候，我还会兴致盎然地到处转悠，奶奶说我这是要好好地看看自己的家，因为俗话说得好——金窝银窝不如自己家里的猫窝！

尽管我自己也能走到阳台上，爬到（其他猫娃都是跳进）砂盆里上厕所，但毕竟不太方便，更何况我还在拉肚子，而右腿的全无知觉使得我清洁自身的本能无法实现，腹泻后经常会将秽物沾到腿上和身上，所以麻麻每天都要数次给我用温水清洗，用大毛巾包裹，再用吹风机吹干，把我抱在怀里安抚道：“好孩子，咱们洗洗干净多舒服啊，要乖乖地配合麻麻哦！”

在麻麻、奶奶的照料和上天的眷顾下，我的感冒和腹泻总算基本痊愈了，身体也一天天好起来，尽管右腿已经完全残疾了。

北京终于迎来了久违的蓝天白云，天气好心情也跟着好，吃嘛嘛香。本宝宝在阳台上一边进行日光浴一边率众猫高歌《励志小猫咪 Lucky 久久之歌》，好不开心。孟圣人不是教导我们说，“独乐乐不如众乐乐”吗？

这首歌是由麻麻作词、小 Lucky 我亲自作曲的。曲谱就不在这里公布了，因为那是世界上独一无二的，每次演唱都变化多多，全看当时的心情和环境而定，所以很需要才情哦！总的来说，演唱风格提示是：励志地、坚定地。温馨提示：最后一句“普天之下真善美　慈悲之光照大地”要连唱两遍哦！一二三，开唱！

励志小猫咪 Lucky 久久之歌

作词：久久麻麻／作曲：Lucky 久久

我叫 Lucky 小久久，
我是励志小猫咪。
生而流浪尝百苦，
父母同胞生别离。
雪上加霜遇车祸，

命悬一线危而急。
幸获救兮送入院，
接骨疗伤养生息。
远近菩萨勤护佑，
无怨无悔不离弃。
感恩惜福克万难，
身残志坚诚可期。
何德何能何以报？
正能量加治愈系。
喵星汪星皆同体，
地狱天堂在人心。
普天之下真善美，
慈悲之光照大地。

残疾猫玛丽、希腊老街狗与导盲犬珍妮

我出院后不久，麻麻收到著名自由漫画家和流浪动物救助志愿者焦海晶阿姨（网名“Happy 喵”）的私信，请她转发为流浪猫找领养的“文字＋图片＋漫画”三合一的独创微博，麻麻立即评论并转发了。说到 Happy 喵阿姨与麻麻之间的相识，自然也是“猫为媒”啦。阿姨微博的自我介绍是：“俺没有远大的理想和期望，只想踏实过好我的小日子，轻松地画画，优哉地养猫，尽力照顾外头的一群小流浪”。看了我的故事连载后，阿姨给麻麻讲了一个与我很类似的猫咪玛丽的故事：

今天，我把您写的关于小久久的连载从头到尾读了又读，从开始的心疼、心酸到后来的无限曙光和希望，心里有难以表达的各种滋味。更巧的是当我看到前几篇关于久久的遭遇时，竟然和我前阵子救助的一只残疾猫猫有着如此相像的遭遇！

今年九月，朋友在下班的路上捡到了一只被车撞的小家伙，直接送到了我们常去的宠物医院，检查后发现她的右侧前后腿都受伤了，经过几周的治疗，小家伙的后腿基本恢复了，但右前腿因为整条神经断裂，所以永远失去了知觉，只能一直耷拉着。小家伙那时候正在换乳牙，前面的四颗犬牙还没换利索。我们给她起名玛丽。玛丽是个乖巧但敏感的小丫头，可能是知道自己的伤势，所以变得更加胆小谨慎。好在我们每天照顾她，渐渐和她培养了感情，她慢慢开始和我们互动，并大声打呼噜示好了。因为不能让玛丽一辈子关在笼子里，也不可能放归户外，所以我决定抱着一丝希望试试给玛丽找个家。10 月 10 日，我在微博上发了一篇给玛丽找家的帖子。

虽然不敢奢求，但还是一直期盼着有个好的回应。终于，有一位好心人联系了我，并决定来看看玛丽。经过几天仔细的审核和沟通，10 月 18 日，领养人夫妻俩一起开车来到我

玛丽，女孩，大概5个月，性格安静乖巧，
一碰就打呼噜，虽然胆子不算大，但从来不出爪。
朋友在马路边捡到时，右侧前后腿都被车撞断，
经过住院治疗，后腿基本恢复，
可右前腿整个神经断掉，没有了知觉。
现在玛丽只能在笼子里养着，如果让她拖着一条
没知觉的前腿放归户外，很容易受伤，危险很大。
我知道要给一个残疾的流浪猫
找领养希望是多渺茫，
可又不忍心让玛丽关一辈子笼子，
所以想搏一把，希望能有人愿意收养
这个大难不死的小家伙，给她一个家…
@Happy喵

们小区接玛丽。两口子人特别好，家里已经有了一只猫猫，也是他们自己救助的断尾巴小猫。把玛丽送给他们我真的特别放心。我亲手给玛丽和他们家之前的猫猫做了两个猫窝，还准备了猫粮、罐头、小碗、猫厕所、玩具等一箱子嫁妆给玛丽。

这次送养，让我对给流浪猫找领养的信心大增，不管曾经多么不幸的流浪娃，只要有了家就是最幸福的。

让我们一起加油吧，期待您的连载尽快编辑成书！

Happy 喵上

麻麻把玛丽的故事念给我听，伤残流浪猫玛丽有如此一个苦尽甘来、皆大欢喜的结局真是太好了！麻麻还与 Happy 喵阿姨相约：为了无数的玛丽和 Lucky 久久，我们要不断地写下去画下去，让更多的人知道它们的真、善、美。

无独有偶，在收到 Happy 喵阿姨发来的玛丽故事的当天，麻麻正好在 The Great Animal Rescue Chase 网站上读到一只希腊流浪狗的故事。当时，麻麻正在准备周五与加拿大政府官员面谈海豹贸易问题时的发言稿（我们中国人和动物都不欢迎血腥的加拿大海豹产品），中间查收邮件时看到该网站发来的这个短篇故事，马上就读给我和我的小伙伴们听了。

这个题为“老街狗中大奖”的故事是这样的：一只生活在希腊首都雅典街头多年的无名流浪狗，又脏又臭又病又老又半瞎，路人见了她都嫌恶地避之不及。可是有一天，她幸运地碰到了一位叫 Nady 的好心人，Nady 带她去看兽医，洗了澡，剃了毛，治好了病，做了绝育，打了疫苗……因为家里早已猫狗满员乃至“为患”，Nady 只好先把她送到一家动物收容所，同时开始如大海捞针般地给她找家。发出去的求领养信息如石沉大海，Nady 心知肚明，并不抱太大希望。您瞧，像这样一只老狗，谁会稀罕她呢？除非这个人跟这只老狗一样老眼

昏花，看走了眼。

没想到，三个月后，一位名叫Teresa的中年女性领养了她，从此她过上了幸福的日子，这个故事也就有了一个童话般的美满结局。后来 Nady 去 Teresa 家做回访，看到的是一幅再温馨不过的画面：Teresa 夫妇待她就像孩子，像他们的女儿，对她有无尽的耐心，抱她，亲她，跟她说话，陪伴她，努力想把她从前所受的苦全都补回来。她头上戴着红丝带，脸上那笑容就像……就像是刚中了超级大奖！

很难相信又不难相信，在经过了这么多年和这么多事之后，读到这样一篇“普普通通、平平常常”的动物救助故事仍然让麻麻莫名感动。北京初春里这个雾霾弥漫的日子，因为这个故事而显得不那么难以忍受了。

是呀是呀，麻麻和她的朋友们经常被问道：要救的动物那么多，你们能救几只啊？反正救也救不过来，救那么几只有意义吗？没错没错，引颈期待被救助的动物太多太多，而麻麻她们能救的又太少太少，甚至也许少到区区一只、两只……然而，对无数个像故事里的主角老街狗“她”这样的流浪天使而言，获救则意味着百分之百的新生、改命、中奖，我小 Lucky 不就是另一个活生生的好例子吗！对麻麻们而言，则是不错过与我们这些生灵广结良缘的机会。

11 月 23 日，麻麻为导盲犬珍妮姐姐和她妈妈陈燕阿姨举办了一场以“与导盲犬同行——我愿意！”为主题的中国动物保护记者沙龙主题活动。

麻麻告诉我，陈燕阿姨是中国第一位女盲人钢琴调律师，珍妮姐姐是中国第 18 只导盲犬，也是北京第 5 只导盲犬。可你知道中国有多少盲人吗？ 1731 万（中国盲人协会数据）！对比多么悬殊的数字啊！珍妮姐姐每天都尽职尽责，认真工作，快乐生活，妈妈陈燕就是她全部的世界。她在迄今为止的短暂狗生中阅尽了人间百态、世事沧桑，却依然选择对人信任与宽容。她知道她和妈妈一样，都是来以身说法、度化人心的。

陈燕阿姨说，珍妮不光是她的眼睛，更是她的亲女儿，她和珍妮是生死与共的关系。一旦在茫茫世界中找到了彼此，她们就再也不分开了。她们的关系正应了英国大诗人拜伦对狗的赞美：

一生中最忠实的朋友，第一个迎接我，第一个保护我。

“我是妈妈的翅膀，我带妈妈去摸美丽世界。我是妈妈的孩子，我引领妈妈前行。我是妈妈的导盲犬，我能代替妈妈那双失明的眼睛。妈妈给我唱《隐形的翅膀》，人狗合一变成完整的人。请不要拒绝盲人的眼睛——导盲犬。我不闹不叫不咬人。您愿意跟导盲犬同在公共场合吗？”

陈燕阿姨笔下的黄黄——她年少时的唯一朋友

全副武装的珍妮与妈妈出行

麻麻带我同去，把我交给帅哥哥冷冰洋照顾，说等活动结束后就正式把我介绍给那了不起的母女俩。结果她光忙着主持了，竟忘了兑现诺言，好在不久我又有了跟珍妮姐姐见面的机会。几十位与会者中几乎有一半跑来看我、跟我玩、抱我合影，我一点儿也不怵，来者不拒，有求必应，乖乖配合。到后来我累了，干脆在猫包前呼呼大睡起来了。中国地质大学的李山梅老师和女儿“晴天娃娃”告诉麻麻和我，她们一直在看我的故事连载。这么说我们已经有“久粉”了啊！

在会上我还见到了常辉法师（河北省佛教协会副会长、河北省佛教慈善基金会会长），他慈爱地摸了摸我的小脑袋瓜儿，鼓励我继续加油，传播正能量。

“其实世人皆是盲人，只是自己不肯承认而已。《华严经》有段经文道：‘于诸病苦，为作良医。于失道者，示其正路。于暗夜中，为作光明。于贫穷者，令得伏藏。菩萨如是平等饶益一切众生。’佛法的经典都是给我们治心病的，所以佛也被比喻为大医王，医治一切众生的心病。佛教也如同导盲犬，是心盲之人需要的一只导盲犬。导盲犬所导的不仅是眼之盲，更是心之盲。”法师的发言令人深省。

整场活动的高潮是陈燕阿姨演唱《隐形的翅膀》，珍妮姐姐静静地聆听她最爱的妈妈声情并茂的歌声：

每一次　都在徘徊孤单中坚强
每一次　就算很受伤也不闪泪光
我知道　我一直有双隐形的翅膀
带我飞　飞过绝望

后来，这也成了我小 Lucky 最熟悉和喜爱的歌曲之一。

切莫埋没我们都有的那对隐形的翅膀，何惧摔打，百炼成钢，展翅飞翔。

高位截肢　独创快步

著名兽医刘朗也出席了导盲犬活动，他还是北京小动物诊疗行业协会会长、2013 年度“中国杰出兽医奖”获得者，好棒哦！麻麻请刘医生为我做了初步检查。我出院二十来天了，那条毫无知觉的伤腿越来越成为累赘，无论行走坐卧，总是毫无生气地耷拉在身体下面。刘医生认为，我的右腿右脚虽然全无知觉但尚未彻底坏死，因为还有温度，他建议试试针灸疗法，还可以考虑干细胞疗法，这让我和麻麻又萌生了一丝希望。

11 月 29 日，在亚洲动物基金成立 15 周年庆典仪式上，麻麻向同样获奖的姚海峰医生请教有关我病情的治疗方案。姚医生仔细看过我术前术后的 X 光片等资料后说：“Lucky 的坐骨神经损伤问题肯定没有办法恢复了。正常情况下，受伤这么长时间神经知觉应该会有改善的，但现在仍没有知觉，因此，可以判断的是坐骨神经完全断裂。我建议做单侧高位截肢手术，这样 Lucky 的生活质量反而会提高很多。”

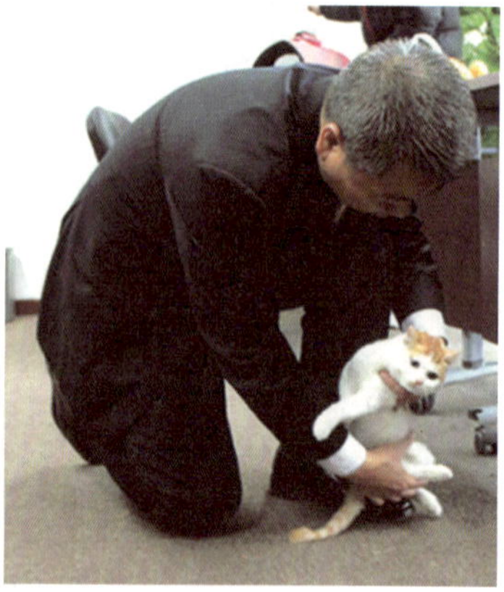

刘朗医生为我做检查

次日下午，麻麻如约把我送到姚医生任院长的北京爱维动物医院果园环岛店。姚医生初步检查的结果是我的右腿尚未完全坏死，所以要把伤口打开重新检查，看是否还有存活的神经可以接上，否则就立即对右腿进行高位截肢。为此，他准备了两套方案。

第二次手术日为 12 月 1 日，麻麻配合护士给我做各种术前检查和准备。手术开始了，打开原伤口后，姚大夫发现我的坐骨神经已经断裂，没有修复的可能，于是立即按第二套方案进行，对我的右腿实施高位截肢。术后，麻麻被允许进入手术室，看着我被截下来的右腿，好生心痛……

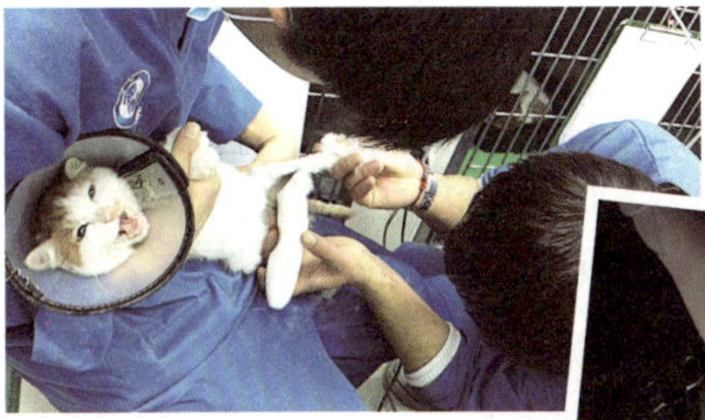

护士哥哥为我做术前准备

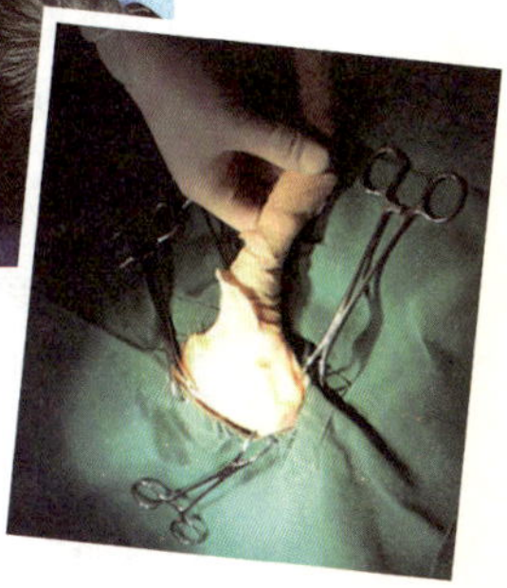

拜拜了我的右腿！

我在半醒状态中忽然发现身体的一部分没了还不习惯，在笼子里艰难地挪动身体。清醒一些后睁开眼睛，只见麻麻在一旁陪护我，她对我说：

“小 Lucky 好孩子没关系，长痛不如短痛，你猫生最艰难的一页今天就此翻过，从今以后，你只会过得比现在好，明天一定会更好！”

阳光总在雷电后，乌云上有晴空，风雨后见彩虹。即使是在住院期间我也不忘歌唱——或高歌或低吟那首《励志小猫咪 Lucky 久久之歌》，给自己和其他住院的喵星人、汪星人打气鼓劲。

生活以痛吻我，我却报之以歌。

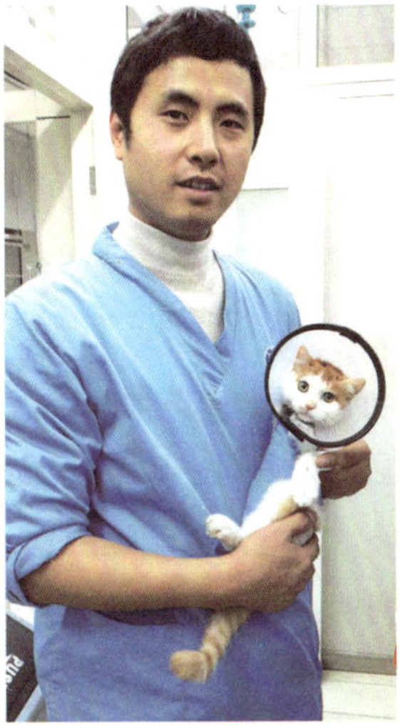

姚大夫为我进行术后检查（麻麻说我是个袖珍娃娃）

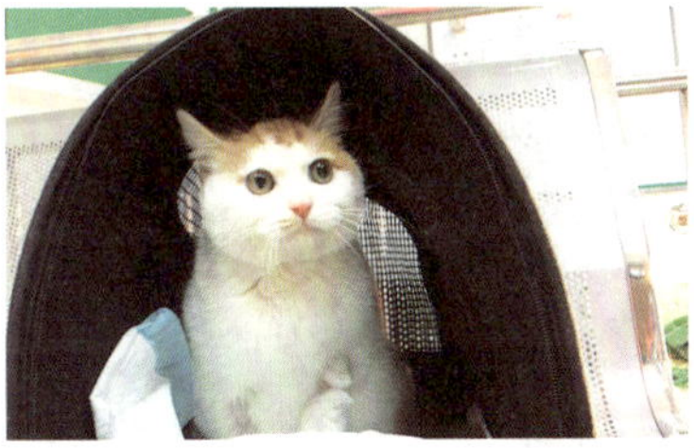

麻麻来啦！

麻麻，你怎么才来接我啊？

终有一天，我肩上的负担将变成礼物，我所受的苦将照亮我的路。

麻麻在故事连载里写了我的第二次手术并贴出了多张照片，“久粉”们都说我戴着伊丽莎白圈、穿着蓝色手术服的样子好萌，是这样吗？

12 月 13 日下午，麻麻从上海回京，一下飞机就直奔动物医院接我来了。这次住院共 14 天，右腿高位截肢。上次住院 26 天，接骨疗伤，两次住院共计 40 天。而我今年 8 月 8 日才出生，到今天才 4 个多月大，亦即 127 天。也就是说，我短短猫生中有将近三分之一时间都是在医院度过的，并且经历了两次大手术。我知道天降大任于本猫，可那也不用考验个没完没了吧？

麻麻发现，我虽然长胖了点儿，但却再度患上了感冒，喷嚏、鼻涕与眼泪齐飞，外加腹泻痼疾和皮癣，真是多灾多难！而这一定与我流浪猫出身、体弱多病外加两次外科手术有关。她多希望我能像小满仓一样健康壮实甚至调皮捣蛋啊！

我刚回家时，最好的朋友是比我后来的小满仓。我和小满仓成天黏在一起，连睡觉都要挤在一个猫窝里，我和他的合影也是最多的，难怪其他猫咪都窃窃私语：这俩娃一定是在搞眼下最时髦的姐弟恋呢！可也奇怪，随着我们两个娃娃一天天长大，我和他不再在一个猫窝里睡觉啦。原来，我兑现了去年年底对斐姐姐的诺言：长大后要学习姐姐的淑女风范，跟小满仓保持距离，男女授受不亲嘛！小满仓对此老大不乐意了：“我说 Lucky 姐姐，做猫要厚道，咱们这友谊的小船怎么说翻就翻啊？”

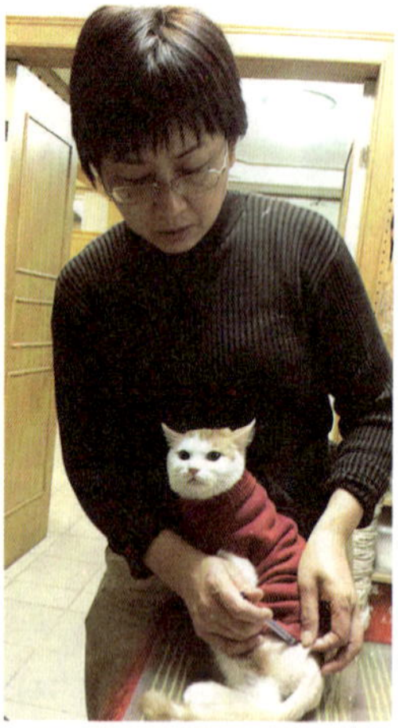

王寅阿姨给我打针——哎哟喂我不怕疼！

我最喜欢的斐姐姐在我出院的第二天便来张家猫窝看我了，本宝宝好开心啊！虽然正在感冒中，但还是挡不住我与斐姐姐相见欢！斐姐姐还给麻麻和我们讲了她的医生妈妈如何在新疆长年照顾流浪动物的故事，我们大家都好感动！对了对了，斐姐姐回新疆过年期间，要把她家宝贝汤圆和 Becky 送到张家猫窝来寄养，帅哥汤圆和美女 Becky 哦！

我老早就被诊断为肠道内菌群紊乱，两次住院都没能彻底治愈。12 月 13 日回家后，麻麻一天不停地精心给我调理肠胃，到今天，我的顽固性腹泻有了明显好转，终于做到了干干净净地进砂盆、干干净净地出砂盆，太不容易了，感恩啊感恩！

北京，又一个无雪的冬天。我 12 月 1 日做截肢手术时下半身被剃得精光，三周过去了，毛毛长得很慢，加之出院前又患上了感冒，所以一到家奶奶就先后给我穿上了白棉袄和红毛衣。

这白棉袄和红毛衣可有历史了，那是咪娅姐姐2007年被原主人送到张家来“养老送终”时的“嫁妆”，咪娅姐姐又老又病，特别怕冷，所以老得穿着衣服保暖；后来身体好些了，天气也暖和了，咪娅姐姐就不穿了。但红毛衣也没闲着，张家喵星人谁做了绝育手术、脱了手术服后就都穿它，所以已经很旧了，可依然很暖和。红毛衣对我而言太大了，所以一天下来总得脱落个十几二十次，拖来磨去就更旧更松了，可我全不在乎，穿上照样带劲儿，谁让咱是天生的喵星人模特呢！

咪娅姐姐穿过的白棉袄

经过麻麻半个多月的精心护理和我的积极配合，到12月底，我的身体与精神状态已经焕然一新啦！我“以令人吃惊的毅力和速度”（麻麻语）适应了没有右腿的生活，一点也没觉得自己身上缺少了点什么，心态那是十二分的阳光健康。

咪娅姐姐当年穿过的红毛衣虽然旧但很暖和

如果说我一步步走路时还能看出因为右腿缺失而身体略有倾斜的话，一跑起来可就几乎看不出来了！我小小的身体仿佛一辆掉了个头的三轮车，一旦寻找到两前肢和一后肢之间微妙的新平衡，便独创出一种Lucky式快跑步，告别了走路，而选择了跑跳。一旦决定去哪里，我就像一个听到了起跑令的百米赛飞人，又像一辆蓄势待发的F1赛车，只见我压低身体略向左倾，使出洪荒之力，哒哒哒地飞奔向目标！

麻麻日记：每每看着Lucky以Lucky式快跑步飞奔向前，我总是情不自禁地想起一个名人和一首名曲来：

名人是世界上最著名的残疾人田径选手（100米、200米和400米世界纪录保持者）、全球跑得最快的无腿人、南非的“刀锋战士”奥斯卡·皮斯托瑞斯。我总觉得，没准儿我们小

Lucky 一不留神便也能成为世界上跑得最快的三脚猫了呢！皮斯托瑞斯还曾荣获劳伦斯世界体育年度残疾运动员奖，我们 Lucky 不也完全有资格获得诸如“世界残疾动物运动员奖——田径奖”或“最佳身残志坚动物奖”吗？可惜目前我们中国还没有这样的奖项……

名曲则是老约翰·斯特拉斯的《拉特斯基进行曲》。很多很多次，只要 Lucky 一起跑，我便在一边大声哼唱着那节奏分明、铿锵有力的旋律给她伴奏和鼓劲儿！这首常常作为维也纳新年音乐会压轴曲目的名曲与我们 Lucky 堪称绝配，那么激动和鼓舞人心。请注意，伴唱速度必须比卡拉扬大师的指挥速度起码加快一倍以上才能配合得上她的独脚快步哦！

我们小 Lucky 可真是一只十足的三脚飞猫啊！

阅猫无数的奶奶还从来没有像疼爱我小 Lucky 这样如此疼爱过哪一只猫咪呢。每天无数次，奶奶都会由衷地赞不绝口：“小 Lucky 太乖太乖了！小 Lucky 太让人心疼了！小 Lucky 跑得也太快了！”

麻麻仔细观察发现，本宝宝行动受限不大，几乎其他猫咪能去的地方我都能去，其他猫咪能做的事我都能做，而且，奔跑的速度绝不亚于其他娃娃！到这会儿，奶奶总算承认姚医生是对的，高位截肢的确如其所说，有助于改善我的生活品质。

一只动物和一个人一样，即使没有完美的身体，也完全可以拥有完美的灵魂。从来就没有什么救世主，创造美好生活全靠我们自己。

2

第二章

(2014/01—2014/08)

2

拍照迎新年　捐款庆春节

2014年新年伊始，张家喵星人齐祈祷：天下太平！众生安乐！

麻麻给快满五个月的我和快满三个月的小满仓等张家喵星人拍大片迎新年。地球人都知道，想给我们小猫咪拍照或拍视频绝非易事，要让我们这些有着自由意志和独立精神的小精灵们听从人类指挥难于上青天……例如，想拍段我飞奔向前的镜头听起来再简单不过了，可实际上呢？麻麻举着手机对我说：

“Lucky，跑一个！ Run！”

我静如处子岿然不动；她刚把视频功能关掉，我却突然动如脱兔来了个N米冲刺让她措手不及！哈哈，真好玩儿！

《动物记》中有一篇短文《猫有猫的方向》，作者阿尔·图尔陶终于使得家里的猫咪都喜欢上了他，因为他再也不勉强猫咪去它们不想去的地方或做它们不想做的事情了：

“无论谁，都有自己的选择、自己的方向，即使是一只猫。只有对他者的选择和方向给予足够的理解和尊重，我们才能赢得他者的喜爱。”

趁着光线好，麻麻今天一口气拍了两个多小时，右手拿相机按快门，左手挥舞玩具老鼠或小铃铛吸引我们的注意力，不一会儿就挥汗如雨啦，正好减肥……不过，最后她选出了不少满意之作，总算是没白辛苦一场。

每只猫儿都有自己独特的性格，世界上没有两只重样的猫儿，就像没有两个一模一样的人一般，猫的世界、人的世

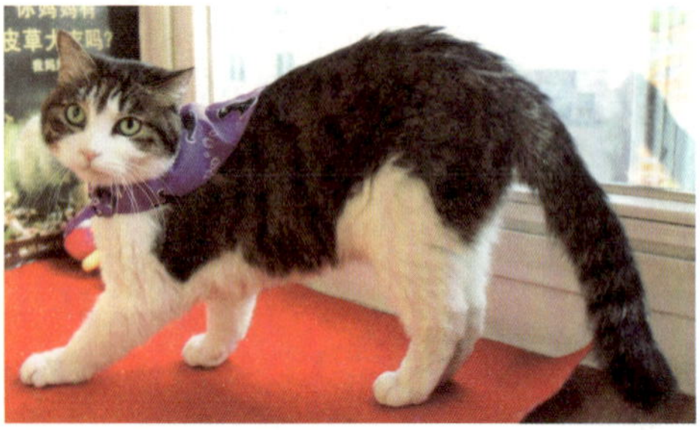

憨宝儿

本宝宝和小满仓弟弟

界都因此而愈发丰富多彩，充满魅力。而无论性格多么千差万别，一只安全的猫才是一只快乐的猫。如果连最起码的安全都没有保障，又何谈个性发展?

就在春节前后，武汉志愿者截下了一车装有多达 2800 只被盗猫咪的货车；北京志愿者凌晨抓获两个盗猫惯犯，人赃俱获。这些被盗猫咪原本的终结地都是食肆餐桌，或成为一盘盘广东的“传统美食”“龙虎斗”（将猫与蛇同烹），或被做成“新创佳肴”“水煮活猫”，或被冒充为“羊肉串”而公开兜售。那些饕餮客的血盆大口及其肠胃成了它们的葬身之地。

我和我的小伙伴们当即向麻麻表示：我们要把奶奶和麻麻给每个小朋友的压岁钱全部捐给那 2800 只劫后余生的猫咪兄弟姐妹们，聊表寸心。客居猫咪汤圆和 Becky 也当仁不让地加入了捐款行列（它们俩所捐的善款当然是斐姐姐汇来的啊），麻麻作为执行人已于 2 月 2 日将善款汇给武汉市小动物保护协会。祈祷和祝福这些喵星人们劫后余生平安无恙！

在麻麻收到的新年电子贺卡中，有三张是我最喜欢的，分别来自美国反皮草协会创办人罗莎·克罗斯（Rosa Close）、塞尔维亚保护动物协会创办人伊万·库拉卓夫（Ivan Kurajov）和国际爱护动物基金会（IFAW）。

反皮草协会的贺卡上写道：地球和平！祝所有生灵节日快乐！罗莎阿姨是麻麻的老朋友，早在 2007 年救助天津民权门 400 多只待宰猫的行动中就认识了。她远在美国，心系中国，发起“中国动物之友”机构，团结各国人士帮助中国动物和动保人。张家喵星人花儿去世后，她制作了一张图片发给麻麻，麻麻贴在打印机上，时时端详。罗莎阿姨几年前还创作了一本儿童故事图书 *How The Little Fox Saved Her Coat*，有关一只小狐狸与孩子们的真诚友谊，她请著名画家 Erika Silva 为每一页都精心绘制了插图，还请麻麻将英文版翻译为中文版《小狐狸救衣记》，免费提供给中国的动保组织，用于爱护动物、拒绝皮草的宣传教育。

再说美国明德大学（Middlebury College）中文系主任穆润陶教授（Prof. Thomas Moran），他是研究中国现当代文学的著名汉学家。前年夏天，与麻麻互不相识的他在北京西单图书大厦偶然购得一本《动物记》，读完很是欣喜，回国后推荐给他的得意门生康叶梅（Amanda Kaminsky）。康同学在穆老师的指导下，以此书为基础撰写出毕业论文《中国当代文学中的动物描述》。为写好这篇长达 67 页的论文，康同学除认真研读该书中的作品外，还悉心研究了丰子恺、弘一大师、《护生画集》和佛学。这对师生的治学态度之严谨、中文程度之高超都给麻麻留下了深刻印象，当然她也觉得非常荣幸，遂将有关内容写进了《那些刻在我们心上的爪印》一书。

以下是穆老师发给麻麻的新年邮件，请看看这哪儿像出自一位外国人之笔啊，其中光是与马有关的成语就信手拈来了不少：

我这匹老马跑得慢，所以晚两天才祝你新年快乐，算是放马后炮吗？

今早我们仨（我太太 Rebecca、我、狗）在树林子里走了一段时间，狗一会儿跑在我们旁边，一会儿跑进树丛里去追谁知道是什么东西。天上有云，地上有雪，雪上有很多野生动物的爪印，松鼠的、野鹿的、野兔的，好像还有狐狸的，唯一没看到马脚印，但邻居院子里全是。邻居有三匹马，狗曾经被其中一匹马踢了一脚，此后不愿走近马圈，它会向马瞥眼，嘟嘟囔囔地低声骂几句，一肚子怨气地绕过去。我已经很耐心地给它解释过了，今年是马年，它该对马客气点才对。

我最近有点马大哈，有时觉得不识途了，怕我马齿徒增了。

国庆

黑妮妮

龟田小队长

我想中国，很想我在中国的朋友。
祝你事业马到成功！
祝你马年全家幸福，祝你马年全家身体健康，祝你马年全家平安！
也祝 Lucky99 新年快乐！

Tom / 汤姆 / 穆润陶

2017 年，麻麻应穆教授之邀前往明德大学举办动保讲座期间，亲身体验了上述生活。

伊丽莎白女王与伊丽莎白圈

“动物福利”，如今人们经常挂在嘴边的这个貌似高大上的词有几人能正确理解？又有几人能真正践行？

字典上是这样定义“福利”（当然是指人类的福利）一词的：“福利是员工的间接报酬，一般包括健康保险、带薪假期、过节礼品、奖金、退休金等形式。这些奖励作为企业成员福利的一部分，奖给员工个人或者员工小组。”

绝大多数人一看字面就把我们动物的“福利”与人类的“福利”混为一谈了，概念都没搞清楚就愤愤不平地指责说我们人的福利还没保障呢！

此言差矣！此“福利”非彼“福利”也！

旨在促进和提高全球兽医行业动物福利事业的世界兽医协会（WVA）为使全球动物福利（Animal Welfare）达到基本水平而确认了五项理念亦即五大自由：（动物）“免受饥渴，免受不适，免受伤害和疾病，免受恐惧和痛苦，表达正常行为。”

世界动物保护协会首席科学家孙全辉博士认为，动物福利与人的福利密切相关；提高动物福利也有助于改善人类的福祉。减少动物的痛苦、人道地对待动物是社会文明发展的必然趋势。

在一次动物保护公益讲座中，麻麻在被问到“什么是动物福利”时是这么回答的：“说文点儿，如果动物安全、健康、能自由表达天性并不受痛苦、恐惧、伤害和压力威胁，可以说就达到了动物福利的要求；说白点儿，就是动物活着的时候尽量让它们活得好一点，死的时候尽量让它们别死得那么悲惨绝伦……所谓动物福利‘五大自由’的前身是：凡是动物都渴求拥有能够‘转身、弄干身体、起立、躺下和伸展四肢’的自由，换言之，连这‘前身’对绝大多数动物来说都纯属奢望……”说这话时她眼泪都快下来了，这哪里像是在奢谈什么奖金、假期、礼物等额外的利益啊，这可是我们动物生死攸关的头等大事！

从现实角度来看，若不能落地夯实，例如兽医，动物福利就是空谈的高调。从本喵和许多张家喵星人的切身体会而言，像张拥军、姚海峰、刘朗等有恩于我们的兽医在动物福利中的作用说有多重要就有多重要。

“兽医在经过兽医科学、兽医知识、兽医技能、兽医道德、兽医态度和能力等方面的专门教育后会有较高的造诣，其行为客观、独立、公正，所以兽医能在动物、动物主人和社会的三角关系中发挥核心作用就理所当然了。”

“在日常工作即与动物接触过程中，兽医必须始终坚持关爱和怜悯的原则，医疗护理、预防疾病、开发和应用有效治疗程序要与技术相适应并始终坚持关心动物。员工队伍充足且素质较高，才能确保日常兽医活动顺利进行，尽量同情呵护动物是兽医的职业操守。”

以上摘自世界兽医协会文件。该协会还认为，包括动物福利的教育和推广、有关动物福利的科学研究、参与起草动物福利法规 / 标准和动物福利项目等，均应在全世界兽医的职责范围之内。

我小 Lucky 谨代表动物界感谢兽医大人们救死扶伤！

正在琢磨举个什么小例子来具体说明动物福利呢，一位网友看了连载里我戴伊丽莎白圈的照片后饶有兴致地问：“伊丽莎白项圈？该不会跟伊丽莎白女王有什么瓜葛吧？”还真给说着了，有直接关系！

麻麻日记：伊丽莎白项圈的创意来自于英国伊丽莎白时代（1558—1603 年）的时尚英式脖套，是故得名（Elizabethan Collar，E-Collar or Pet Cone），最初起这个名字的人真是太有才啦！经进一步考证，伊丽莎白女王戴的脖套灵感来自翎领（鸟兽的环形彩色项毛），仿照之制作尤盛行于 16 世纪和 17 世纪的白色轮状皱领——飞边。还发现了一个之前一直没有看到过的信息，那就是伊丽莎白项圈是在 20 世纪 60 年代由一位名叫埃德沃德·席林（Edward J. Schilling）的先生发明的。总而言之，伊丽莎白项圈的来历和用途就是：鸟

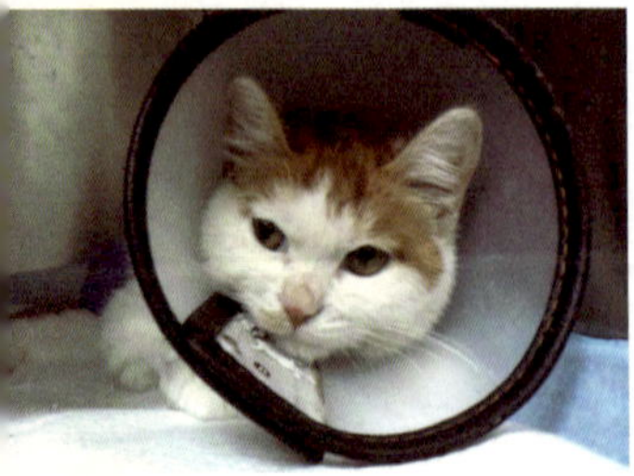

本喵（第二次手术）术前准备中

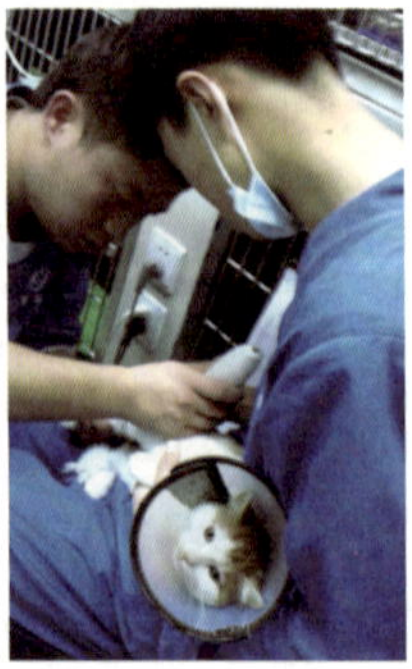

兽——英女王——猫狗（及其他动物）。

北京猛禽救助中心为其解救的被困铁笼的大猫头鹰（雕鸮）疗伤（戴上伊丽莎白圈后）

日前，北京猛禽救助中心成立十余年来第一次尝试给猛禽用了伊丽莎白圈——这个不幸的大猫头鹰（雕鸮）因为偷鸽子被困铁笼，全身多处磨伤，而它凑巧又是个拆绷带小能手，所以康复师们最后想了这个办法。这是一只雕鸮，戴上显得脑袋特别圆，所以被尊称为——圆鸮，它还真是元宵节前后获救的。猫头鹰“双目的分布、面盘和耳羽使本目鸟类的头部与猫极其相似，故俗称猫头鹰，别名神猫鹰”，不管是俗名还是别名都沾了我们喵星人的光，哈哈！

“所谓伊丽莎白圈，就是戴在颈子上、像反过来的灯罩一样，专为猫猫狗狗和各种小动物在手术后或病患期间佩戴专用，以达到防止他们自己抓挠伤口和患处的效果。简单地说就是宠物防护罩、防抓咬保护脖套，一般采用的是软性塑料制成，安全、牢固，绒布包边，不会伤及宠物身体。接口采用雌雄粘布，使用也比较方便。对宠物的皮肤病、手术过程以及手术后愈合过程中的伤口发痒、避免宠物咬破伤口等，都起着良好的保护作用。”

喵星人、汪星人戴上伊丽莎白项圈后看上去还真像伊丽莎白一世，不信您就比比看，看谁更酷看谁更帅。有一点绝对是共同的，那就是戴上它肯定舒服不了——无论是女王殿下还是俺们喵星人汪星人！

不仅是我们阿猫阿狗，就连高头大马也有需要戴圈的时候——当然，给马儿戴的伊丽莎白项圈尺寸和形状都是特制的。

张家猫窝常备大、中、小号三个圈圈，以备不时之需。

谢谢女王陛下。谢谢埃德沃德·席林先生。

让我们更有创意地开展动物保护，让我们把动物福利的理念贯彻到底。

再访与三访清华园

动物研究读书会第七期

主题：励志猫 Lucky99 的故事及其创作

报告者：Lucky99、张丹（中国动保记者沙龙发起人）

主持人：蒋劲松（清华大学科学技术与社会研究所）

时间：2014 年 3 月 2 日上午 9：00

地址：清华大学明斋 241 会议室

诚邀喜爱和关心 Lucky99 及其所代表的流浪动物命运的朋友们本周日上午相聚清华，与 Lucky99 和麻麻张丹等共话励志猫 Lucky99 的故事及其创作，一起把动物朋友带给我们的感动传递给更多的人。欢迎对于动物与人关系的深入研究感兴趣的朋友前来参与讨论。

三脚飞猫 Lucky99

我小 Lucky 和清华大学实在太有缘了，2013 年 10 月 13 日我走进麻麻生活的那天也同时走进了清华。四个多月之后的 2014 年 3 月 2 日，我重返清华园，不同的是，这次我可不是来听讲座和求治疗的，而是作为真正的主角而闪亮登场的。这是一场有关我的讲座，没有我小 Lucky 的讲座还能称之为 Lucky99 的讲座吗？

麻麻一大早便带着我上路了，多谢帅哥哥凯膑开车接送我们。头天晚上麻麻就准备好了行装：猫窝、睡垫、猫砂、猫砂盆、水盆、猫粮、一次性尿垫、湿纸巾……

清华大学明斋241教室周日上午几乎坐满了人。我一如既往地亲近人，无论是亲亲、抱抱还是合影，有求必应，荣幸之至。阮军叔叔受爱慕公益基金之托正在拍摄一部有关我的公益宣传片，在读书会上他先后采访了蒋叔叔、圣玄法师和玉凤阿姨。

我在会议桌中间，从容淡定，宾至如归（我只有三条腿，这张图片看得很清楚哦）

蒋叔叔：小Lucky与动保网、动物伦理学与护生文化系列讲座的缘分真的很奇妙，莫非她是菩萨化现，来鼓励我们努力传播动物保护的？一定是的！小Lucky的确“猫如其名”，她是遭受伤害和遗弃的千千万万不幸动物中很幸运的一个，她的命运是当下中国动物的一个缩影。她受到的帮助和关怀，也是中国这片土地上无数善心人士慈悲情怀的代表。从这层意义上说，关注小Lucky的命运，就是关心中国动物保护事业的发展；关注小Lucky，就不能忘记还有无数只遭受苦难的动物；关注那些帮助小Lucky的善心人士，就不能忘记还有无数位克服重重困难、偏见、打击，无怨无悔地帮助动物的人们。

两个小姐姐和我

圣玄法师：佛教倡导众生平等，物我一体，相依为命，救助无辜无助，尤其是被人类戕害的动物就是布施无畏，这是很有意义的。希望更多的佛家弟子和社会大众都能随缘行善，救死扶伤。

徐玉凤阿姨：我救助流浪动物很多年了，每只动物都有属于自己的动人故事，小Lucky非常幸运，她不仅获救了，她的麻麻还给她写了真实感人的故事连载，与我们和更多人分享，让大家了解救助的过程和Lucky99们的可爱坚强。

小Lucky，看这边！

听众中有两个由妈妈带来的小姑娘，她

清华大学学生小动物保护协会的骨干们在校园内张贴讲座海报

中国励志猫 Lucky99 走进清华校园

俩的注意力自始至终都在我身上，跟我玩、喂我喝水和吃东西，其中那位个子高点儿的小姑娘还朗诵了《励志小猫咪 Lucky99 之歌》。

我授权麻麻替我作了《我——Lucky99：一只励志治愈系正能量猫咪的故事》的发言。这个急性子的麻麻讲得也太快、太简单了嘛，好多好多我和我的小伙伴们的故事麻麻都没有讲，下次可要吸取经验教训加把劲儿哦！

蒋叔叔点评说，这个读书会比较特别，所读的是一本以连载形式出现并且尚在写作中的书，是一本正在进行时的“网书”。

圣玄法师的光临是这场读书会的殊胜之处。师承楼宇烈教授，法师是北京大学哲学系博士候选人。她拥有丰富的人生阅历，体悟生命真谛后发愿出家以广利众生，并突破传统出家人的框架，为台湾佛教界注入新的生命力。其座右铭是：“在别人的需要上，看到自己存在的意义”。有缘与大家首次见面的法师作了《瘫痪余生……到了该收伞的日子——圣玄家族病犬的心声》的精彩发言，与在座者分享她多年来在台湾救助多多等数十只患重病乃至瘫痪流浪狗的故事：“我在佛陀教育基金会门口收养了骨折的流浪狗”…… 故事的亮点是多多和其他病犬在法师的带领下不懈地精进修行。最后，法师为大家慈悲开示，并带领大家一起为我举行了三皈依仪式——佛缘深厚的我可真是三生有幸啊！从今以后，我也要像圣玄家族的病犬那样精进修行哦！带着法师惠赠的吉祥法物，与会者法喜充满，作礼而去。

仅仅 16 天之后，应清华大学小动物保护协会之邀，我第三次来到清华园，第二次举办讲座。我意识到，跟麻麻一起外出参加公益活动将成为我们生活中的新常态，对此，必须做好充分的思想准备。

我和中关村二小的孩子们

赵老师抱着我，麻麻讲我的故事

阳春德泽，万象争辉。北京的春天果然像作家王蒙写的那样，“哐当”一声说来就来了。3月19日，我和麻麻来到中关村二小，一个下午举办了两场报告，听众是从一年级到六年级的小学生。孩子们的反应如何？他们脸上的笑容有多灿烂？我Lucky99有多受欢迎？孩子们看我的明信片时有多专注？无须多说，仅从图片中便不难看出啦。

当天的嘉宾阵容也很不俗——有清华大学蒋劲松叔叔、浙江省小动物保护协会朱水林会长、中国青年动物保护联盟发起人周小波哥哥，北京化工大学的于子淇姐姐则一直悉心照顾我。

孩子与动物天然的亲近，是天生的好朋友。通过分享我这样一只普通而又不普通、不幸而又幸运的小猫咪的故事，孩子们增进了对动物朋友的了解、喜爱和尊敬。我Lucky99不辱使命，超级出色地完成了任务——这是麻麻说的哦！

麻麻在讲座中说，随着我国经济的腾飞，很多家庭都在孩子的要求下一时冲动，购买和饲养了猫、狗、兔、鼠、龟、鸟等“宠物”（真心不喜欢“宠物”一词！），“宠物业”发展迅猛，同时也出现了许多复杂的问题。观念和方式不当，最终受苦的是动物，孩子们的身心也不会从中受益。

孩子们在互动环节提出了好多问题，包括：

喜欢动物是否简单等同于拥有动物——No！绝对不等同于！

用心思索喵生

第二场讲座结束后与孩子们的大合影——看见我在哪儿了吗？麻麻抱着我在后面呢！

是否应该购买动物——No！以领养代替购买！

是否应该把动物当作宠物——No！它们是我们的朋友、伴侣、家庭成员、生命共同体。

应该如何看待和对待小区里的流浪猫狗——它们的来源是宠物繁殖业、不负责任的宠物主人等，流浪不是它们的罪过与选择，当务之急是给流浪动物实施绝育手术，从根本上阻断无序繁殖，控制流浪动物数量，提升其生存质量。请力所能及地给它们搭个不碍观瞻的窝，提供食物与饮用水，对身处危难中的它们伸出援手，等等……

麻麻和我自然不会放过这样一个良机，与孩子们分享了以领养代替购买、爱动物并非一定要养动物、为流浪猫狗绝育、善待流浪动物、拒绝皮草、与动物和谐相处、可以不爱请勿伤害等理念。

最后，孩子们一起大声承诺，永不穿皮草，永远做动物的好朋友！

两场报告一结束都出现了同样的火爆场面：孩子们蜂拥而上将我紧紧围住，一只只小手伸向我，都希望能摸摸我，亲亲我，沾沾励志猫的喜气。见多识广、淡定自如的我小Lucky并没有被这种架势吓到，虽然又挤又闹又吵又不舒服，但我知道孩子们是喜欢我，我的使命就是跟孩子们交朋友，如果能借由小我的牺牲而使孩子们对我们喵星人有更多了解，Lucky99我心甘情愿，所以就那么乖乖地任凭被摸、被抓，绝不出爪抓挠孩子们。

相信从中关村二小开始，我一定还会与更多的孩子们广结善缘，忠实履行我的光荣使命，做正能量的制造者和传播者。

对了对了，还有个烧脑的问题呢：要是我也能像人类的孩子们一样考上大学，我是该上北大青鸟呢？还是上清华同方呢？

公益广告片与微摄影大赛

2014 年年初，在我的故事被更多人知晓后，北京爱慕公益基金决定为我拍摄一部公益广告短片，标题叫作“中国励志猫 Lucky99”，有点大言不惭对吗？片名可不是我起的啊，自知之明我小 Lucky 还是有滴，嘿嘿嘿！为此他们先后请来了阮军叔叔和田野哥哥两拨人马拍摄制作。最后的成片虽然据麻麻说不怎么理想，但聊胜于无，小朋友们尤其喜欢，至今在优酷土豆上仍能看到。

在张家猫窝拍摄时，麻麻最主要的任务就是挥舞手中各种玩具以吸引我的眼球，希望我冲着玩具跑过来或跟麻麻玩儿玩具。须知这可不是个简单活儿，经常是她胳膊都酸得不行了可还没拍到理想镜头，俺小 Lucky 淡定如常，该干吗干吗，岂是你们人类能随意导演的！两拨人马最想拍到的都是我奔跑如飞的镜头，结果顶多拍到我以中速跑步的镜头，他们不得不缴械投降徒唤奈何，这点我要深刻反省。

啥东东这么大、这么圆、这么亮？

爱咋拍咋拍

除了在张家猫窝拍摄外，阮军叔叔还拍摄过两组外景，一是到清华大学拍我在动物研究读书会上做报告，还采访了蒋劲松叔叔和圣玄法师，请他们谈谈我这样一个残疾小不点儿的意义何在 ；二是我们一起来到我首次做手术的荣安动物医院，张拥军院长抱着我，对着电脑上我当时的 X 光片进行分析，介绍我伤情之严重，这一段被用进了广告片。当院长抱着我来到猫咪住院部时，我马上就被一只被人恶意重伤的流浪猫“猫坚强”给吸引住了，一双眼睛紧盯着她的病笼看个不停。母女连心，麻麻当然知道我是放心不下这只命运悲惨的流浪猫，所以赶快把钱包里所有的现金掏出来，以我的名义为“猫坚强”捐款——今天是3月5日，学习雷锋好榜样不能是句空话，要落实到具体行动上嘛！

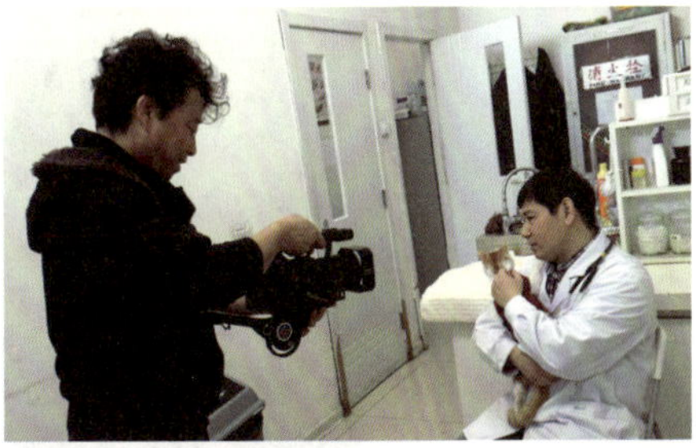

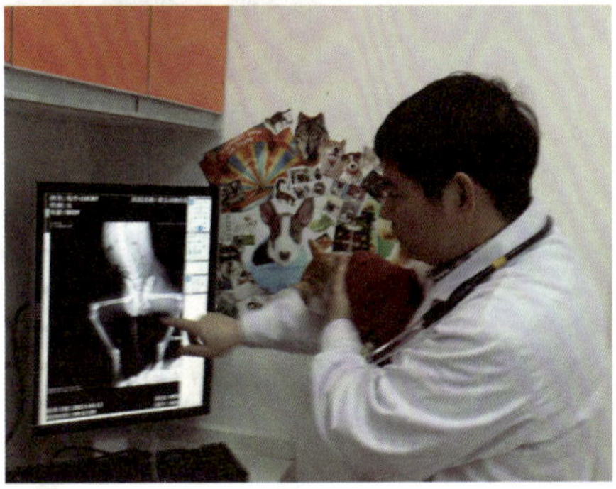

田野哥哥和他的搭档拍摄起来动静更大，摄影器材一大堆，地上到处都是电线，摄影灯使室内的温度骤然升高了不少……要说我的镜头感真没治了，天生的明星范儿，不仅不怵镜头，还出于好奇每每把脸凑上前去，甚至径直贴到了镜头上，来了个零距离接触！

田野哥哥还让麻麻抱着我来到小区菜店，让小李聊聊她在2013年10月11日晚发现我出车祸时的情形。看到我现在完全康复她开心地笑了，我也很感谢当初她把我带来向麻麻求救。

为了尽可能地还原我身为一只流浪猫在大兴乡下出生及与妈咪兄姊被迫分离前的生活环境，他们还特地去当地拍了些素材回来，麻麻说他们也算尽力了。

麻麻为片子写好了旁白，开始想自己配音，但片子初剪出来后，觉得最好还是要找个与我年龄相仿的小朋友来配音，这样的效果才是最佳的。于是，麻麻找到了同楼的小鱼姐姐，她6岁，声音可好听了！在她的麻麻和我的麻麻的帮助下，小鱼姐姐花了两个晚上的时间配完了旁白，小鱼姐姐辛苦了！

后来麻麻做了本张家喵星人萌照台历，送给小鱼姐姐一本，小鱼姐姐可喜欢了。她麻麻说，她已经分得清台历里的30个喵星人谁是谁、谁的来历是怎样的了，小鱼姐姐真了不起啊！

在公益广告片的拍摄和制作过程中，张然姐姐（中国地质大学在读研究生，师从常继文教授、攻读《环境法》）可是功劳大大的。

在阳台上拍我

在屋子里拍我

本宝宝正在“指导”张然姐姐剪辑公益片

3 月 16 日，“励志猫 Lucky99 关爱身边流浪动物微摄影大赛”在全国正式启动，来自 15 个省市自治区的 21 个高校社团积极响应这项“既有意义又有意思”的活动。通过微摄影这种深受年轻人喜爱的活动形式，让更多人尤其是高校学子把关爱的目光投向身边的流浪动物，也让命运悲惨的流浪动物感受到人们的善意。5 月 26 日评选揭晓。

看看阵容强大的大赛评委会吧，除了各位已经熟悉的蒋劲松叔叔外，还有以下几位：常继文（国务院发展研究中心资源与环境政策研究所副所长、研究员，中国社会科学院研究生院法学系教授），郭鹏（山东大学哲学与社会发展学院副教授，济南黄河流浪狗救助中心创始人之一），李坚强（美国休斯敦大学东亚政治与国际关系副教授，美国国际人道对待动物协会中国事务负责人），萧冰（厦门市爱护动物教育协会副会长），杨虚杰（科学普及出版社副总编），赵若冰（宜信财富公司高级副总裁）。之所以把评委的大名一一列出，是想让小伙伴们了解，这个活动不是小打小闹的，而是正儿八经的哦！

麻麻说要特别感谢爱慕公益基金为本次活动提供圆领衫，统一穿着该圆领衫为本活动造势成为校园里一道亮丽的风景线，吸引了更多学生参与。

也就是在活动的筹备过程中，赵若冰阿姨的一次笔误使我的大名从“Lucky 久久”变成了“Lucky99”，歪打正着，从此，麻麻就一律使用后者作为我的正式名字啦，“Lucky99”就是这么来的哦！

儿童节快乐　乖乖猫变身淘气包

一不留神，我已经十个月大啦！今天是我平生第一个“六一国际儿童节”，祝我自己和所有的小朋友们节日快乐！

“动物与儿童有共同点，他们通常都是一个社会里最弱势的，都没有能力保护自己，都需要被保护，他们的权益需要别人替他们发声争取，这是与老人、妇女等其他议题的最大不同。”在台湾积极推动立法禁食猫狗等动保议题的“立法委员”王育敏阿姨日后在接受麻麻采访时如此指出。这位人美心更美的好阿姨首先是岛内儿童福利领域的顶级专家。

麻麻说，西方动物保护运动与对儿童、女性这些社会弱势群体的保护运动的原理如出一辙。蒋劲松叔叔在其大作《素食男的一千零一夜》中写道：

“动物保护其实不仅仅关系到非人类动物，也自然包括人类动物。动物保护的每一项成果，人类动物都是直接的受益者。英国当年推动动物保护的那一群人，也正好是推动儿童权利和妇女权利的人权卫士。由于没有其他的法律条文好援引，最早英国人在试图保护儿童权利的时候，就是用的保护动物权利的法律条文。”

要不怎么说保护动物就是保护人类自己呢！

近几个月来，随着伤痊愈，本喵日益展露出此前没有机会示人的开朗活泼乃至调皮捣蛋的另一面来，性格也因此愈发丰富多彩。少条腿又怎么了？三脚猫又怎么了？不耽误吃、不耽误喝、不耽误玩！麻麻发现我不仅淘气，还淘得厉害！以下是她掰着手指头历数的我这个小淘气包的种种罪状：

玩水！清洁的饮水对猫儿的健康至关重要，所以，麻麻在猫粮旁和其他好几处都放有清水，每天至少更换两次。不知从何时起，我开始喜欢上玩水了。主要作案地点是奶奶书房里那个宽宽的木质暖气罩上。作案经过通常是这样的：先跳到沙发上再跳到暖气罩上，然后来到盛放清水的小水仙盆旁，环顾四周，如果有人——奶奶或麻麻或小时工，就假装喝水，磨洋工喝水；一旦发现没人，就迅速地将右手伸进水盆里开始捞水玩，累了就换左手，我捞，我捞，我捞捞捞……捞得那叫一个过瘾！两只前爪自然是湿透了，就连奶奶给做的红色高领衫都被打湿了。兴致正高的我才不管三七二十一呢，围着水盆转着身子，右手左手分别出击，好几只老实猫或远或近地做我的忠实观众。麻麻刚开始发现我衣服湿还不明就里，怕我感冒，赶紧用吹风机把我的衣服和身上的毛毛吹干。不久，她就发现了我衣服总湿的个中原因——我正自顾自捞水捞得忘形呢，被奶奶抓了个现行，猫赃俱在！以下是每次我被抓现行后的表现：因为太专注，所以我很少自己发现奶奶或麻麻，都是奶奶或麻麻看见水花四溅后大喝一声“Lucky！不准玩水！”只见我闻声立马住手，同时快跑两步，躲到暖气罩里侧的窗帘后面不见了踪影。片刻之后，窗帘后面伸出一个小脑袋瓜儿来，远远地观察形势：什么情况？奶奶和麻麻撤了没有？还能接着玩水不？玩水玩得最厉害的三月和四月，几乎每天都能至少抓到我一两次现行，每天都能听见吹风机的轰鸣声。每当此时，我都臊眉耷眼无计可施，只好乖乖地就范。几乎没有哪只猫咪是天生喜欢吹风机的，本宝宝也不例外。

玩火！如果说玩水是大玩的话，那么玩火就是小玩，谢天谢地。怎么个玩法呢？奶奶或麻麻在灶台上用小火煮着什么（八宝粥啊、五香毛豆啊、黏玉米啊，等等）的时候，有时候会离开一小会儿。我利用这个时间差，从椅子跳到餐桌再跳到灶台上，看着那红红的小火苗儿，觉得实在很神奇。就在转身之际，尾巴每每会扫到火苗，毛边迅速被燎糊了。闻见糊味，麻麻一个箭步冲过来，一把将我抱开，一边大声地训斥我，一边把被火燎糊的部分用电推子剃掉，最后还不忘轻轻地打我屁股几下了事。还好，几次下来我就失去了对火苗的兴

摧花能手

不知正准备从天而降袭击谁呢！

趣，知错就改就是好孩子嘛。

咬破猫粮袋和猫砂袋！张家猫窝猫多是再自然不过的了，猫多所需的猫粮和猫砂自然也多，隔三岔五就得网购，每次快递小哥送货来时都先堆放在门里的走廊上。只要麻麻不及时把猫粮和猫砂转移到安全之地，只需一眨眼的工夫，以我为首的小坏蛋们就会把猫粮袋和猫砂袋咬出若干个大小口子来，一颗颗猫粮和一粒粒猫砂滚滚而出一泻千里……

“Lucky 坏孩子不准咬！看麻麻揍你不！”

说时迟那时快，我早以迅雷不及掩耳盗铃之势（喵星人专用语）夺路而逃——正好让麻麻看看俺百米赛的速度又进步了没有！坏孩子们跑开了，麻麻还得把破损处用胶带粘牢，再把漏出来的猫粮拾起来，把里面的灰尘毛发吹干净放进猫碗里，把猫砂扫到一起放到猫砂盆里。收拾完残局，麻麻把我从躲藏处揪出来，直视着我的眼睛说：“Lucky，浪费是最大的犯罪知道不？好孩子都要节俭惜福知道不？”我低着头“喵”了一声，真心认罪……

咬金边吊兰！因为经常在暖气罩上玩水，捎带着我又开始打起了水盆外侧的绿色植物的歪主意，看中哪盆绿植就咬哪盆的叶子，最爱咬的是奶奶最喜欢的那盆金边吊兰，被我的小尖牙咬得百孔千疮，这么说吧，没有一片叶子是完整的！不仅如此，咬完了我还舰着脸让麻麻给我和金边吊兰合影留念，麻麻说，这熊孩子脸皮可真够厚的——铁证如山！

咬手机线！麻麻在电脑上专心致志地干活儿，刚刚还在电脑旁酣睡的我不知从何时起抱着白色的手机充电线咬上了——手机线的一头还插在插座上充着电呢。细长的白色胶皮被我咬得伤痕累累，细看之下，除了两头，上面全是小牙印！屡教不改之后，麻麻只好网购了几根超结实的手机线以备不时之需——这一天不久就会到来的，对此她有清醒的认识。

不好好吃药！生为流浪猫，我从小就体弱多病，两次手术虽然解决了我的严重外伤，却无法改进体质，时至今日，我仍然时常腹泻，鼻子不通气，打小喷嚏。所以，麻麻一直在喂我吃肠宝、猫乐、营养膏等保健品和药品。但无论是牙膏状的肠宝、营养膏还是粉状的猫乐，我都一概排斥，喂进我嘴里后我总能设法吐出来，即使用喂药器喂也屡屡失败。那个老办法——把药混入罐头或妙鲜包——也不好使，我能闻出来！不像小满仓，即使闻出来也照吃不误，是个标准的小馋猫。软的不行只好来硬的，麻麻干脆改用细长的喂药器直接把药片或胶囊倒进我的小嘴里——长痛不如短痛。麻麻说，良药苦口利于病，懂不懂啊傻孩子？！好在我从来都奉行只记吃不记打的基本国策。

湾湾大叔最喜欢本喵，我怎么淘气他都不生气

抢罐头吃！家里有好几只因患严重口疾而拔牙的老猫，每天麻麻都要喂它们吃几次罐头，每当此时，我、小满仓、南南、国庆等一众喵星人就会眼巴巴地等在门外。虽然明知我们从优质猫粮里摄取了足够的营养，罐头不仅不是必需，甚至对牙齿和肠胃的健康还有些许弊端，但麻麻还是经不住那些渴求的目光，每次都会多开一两个分给我们吃。当然，作为一个吃素的麻麻，每次新开一个罐头她都会念咒，祈祷被吃的、吃的和喂的都能得到超度。她一遍遍地告诉我们，即使暂时还不能吃素，起码也应常怀惭愧心和忏悔心。她和我们都期盼着安全、优质、美味的素食猫粮早日问世，造福猫类、人类和其他众生。

做猫做人都要厚道

“我不整理房间，我只负责添乱；我不是乱世佳人，我是乱室佳猫！”

这是我们张家喵星人的基本共识。

麻麻麻麻，我们就是“喜欢你看不惯我们又干不掉我们的样子”（呵呵，这是一本猫书的奇葩书名哦）！

我们喵星人每天在家里活动筋骨和玩耍嬉戏时，难免会有些小意外发生，如果地球人能把这视为给平淡的生活添彩和带来无穷变化，那他们就能平静乃至愉快地接受了，要不然呢，难不成还指望那些家居物件（杯碟碗盏花盆花瓶等）长命百岁活成精不成？俗话不是说旧的不去新的不来吗？正如法国著名宠物医生让·居维利埃博士在《爱猫圣经》一书中所言：

“请保有一颗禅心：猫咪在奔跑、跳跃和玩耍时，偶尔会打翻一些小玩意儿。有时候，它们还会用爪子抓挠家具和沙发。或者在猫厕所之外的地方尿尿（当然，它们这么做是有充分理由的，这是猫科动物的天性）。如果它稍微犯了一丁点儿错您就立即暴跳如雷，你们之间的关系便会迅速恶化，您所期待的美丽爱情故事也会随之幻化成一场噩梦。”

做猫要厚道，做人也要厚道啊！麻麻和奶奶当然都用一颗大大的禅心接受了与众多喵星人同居的种种不足为外人道的客观现实，即使嘴上唠叨几句，心里却是情愿的，对此我一清二楚并善加利用。简而言之，舍得舍得，有舍才有得，赢得喵星人一生真情陪伴的代价就是放弃一些世俗的物质享乐，断舍离，不持有，怦然心动的人生整理魔法，汝今能持否？

平心而论，我们的“首席铲屎官”麻麻不能算是个抠门儿精，她最关心的是我们的安全，而不是心疼那些被粉身碎骨的劳什子物件。每当我们又打碎了什么玻璃陶瓷器皿，一声或几声巨响之后，她立即扔下手中的一切冲将过来，把我们从厨房兼餐厅（这是通常的事发地）转移到其他房间，关好门，然后用最快的速度打扫战场，先后用上的工具有扫把、吸尘器、胶带纸、墩布等，希望一粒碎玻璃碴儿都别留在地面上或地砖缝隙中，否则一个再小的微粒都可能成为定时炸弹，说不定什么时候就会被扎进哪个喵星人的肉爪里，当地面上出现一串串血色梅花印时那就麻烦了！就像后来小满仓不幸遭遇的那样，把麻麻急得不要不要的，换了两家动物医院、做了两次手术才把所有玻璃碴儿清理出来，小满仓才能不瘸着脚走路了，妈妈咪呀！

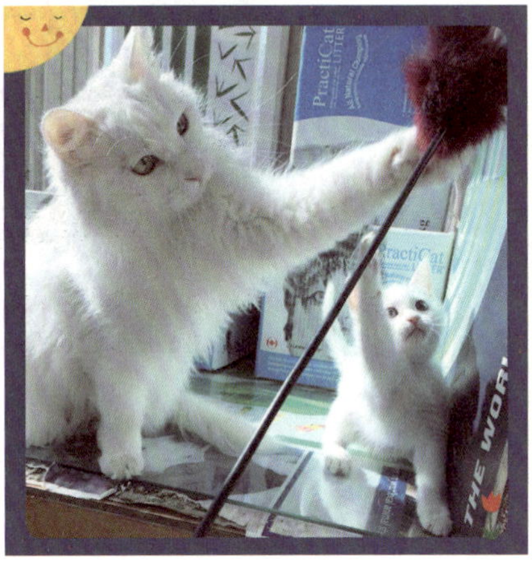

南南和三宝

麻麻不仅不是个抠门儿精，更不是条懒虫虫。她经常被问到一天要花多少时间在我们这许多喵星人身上，可她自己也没统计过。前不久，她读到台湾著名作家与动保人士朱天心阿姨的一篇文章，说每天花在照顾她家领地里的近 20 只猫和数只狗的时间在 3 个钟头以上，这激起了麻麻也来统计一下时间的兴趣，于是她就写了一篇日记，记录了今年“五一国际劳动节”当天从早到晚的所有时间与活动内容。本喵认为，从日记中可以看出的是，第一，麻麻绝对当得起“劳模”的光荣称号，这位劳模绝对已经使出了自己的洪荒之力，一点儿没偷懒。第二，从小算数就差劲的她还是没有统计出总共花了多少时间，若非逼着她算出来的话，估计马上立即此时此刻，她整个人都会不好了——压力山大啊！第三，虽然貌似一刻不得闲，但麻麻的时间管理仍有很大的提升空间，如何将时间分配得更科学更高效对她而言是个重要课题，好在她已经意识到这一点了。

荷兰著名食品伦理学家和哲学家、欧洲生态系统保护基金会主席科尔萨斯教授 6 月 2 日在清华大学举办讲座，在讲到伴侣动物与人类的关系时，他以手中明信片上的本宝宝为例——在下真是三生有幸啊！

科尔萨斯教授的幻灯片内容精彩不忍独享：

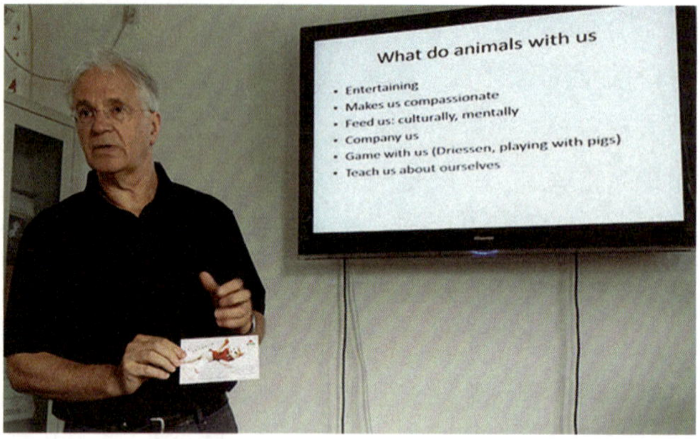

科尔萨斯教授以本宝宝为例（手持我的明信片）

动物和我们在一起都能做些什么？

1. 使人愉悦；

2. 使我们富有同情心；

3. 提供食粮：文化上与精神上的；

4. 陪伴我们；

5. 和我们玩游戏（例如 Driessen 设计的“与猪一起玩儿”游戏）；

6. 教会我们了解我们自己。

抗议“狗肉节” 探望劫后“余生”

传统——有多少罪恶假汝之名而行?!

6月22日夏至前夕，惊闻广西玉林竟冒天下之大不韪举办夏至“荔枝狗肉节”，我和我的小伙伴们悲愤交加，我们谨代表普天之下的喵星人严重抗议这个举世无双的血腥残忍之“节”，强烈呼吁玉林政府顺应海内外的民意民心，彻底、永久地取缔该“节”！

同时，我们喵星人强烈呼吁盗狗贼、狗贩子、狗屠夫和食狗族们，给汪星人和你们自己一条生路，放下屠刀立地成佛！否则，惨遭虐杀虐食的犬只们的今天就是你们的明天！

7月1日，麻麻带我前往一家酒店，看望皮特叔叔从玉林刀俎下抢救出来的小狗 Koby。

在玉林一家狗肉馆门口，有一个塞满了大狗小狗、血腥恶臭扑鼻的窄小狗笼，小奶狗 Koby 和哥哥 Scott 就被关在里面。食客来了先在狗笼外指指点点随意挑选，看中哪只，店主就用一只巨大的铁钳紧紧夹住那只狗的脖子，用力从铁笼里夹出来，现杀、现做、现吃，他们说这样吃最“新鲜、美味”。对，玉林的狗屠夫不仅杀大狗，还杀 Koby 和 Scott 这样的小奶狗；那里的食狗族不仅吃大狗，还吃 Koby 和 Scott 这样的小奶狗，因为据说小奶狗营养价值更高、肉质口感更鲜嫩……

是皮特叔叔从那家玉林狗肉店把他们小兄弟俩

买下的，并立即带着他搭乘飞机从玉林来到北京，不日将带着弟弟 Koby 飞往美国新家。哥哥 Scott 已由皮特叔叔的同事带去美国，多人竞相领养这个劫后余生的幸运可爱娃娃，最后花落一个非常关爱动物的好人家。Scott 的新任粑粑麻麻把加倍再加倍的爱都倾注到 Scott 身上，绝对称得上万千宠爱集于一身了，因为他们无法救下玉林这座城市里成千上万在劫难逃的其他狗儿……

一见到 Koby，麻麻马上为他起名“余生”——意为劫后余生，难道还有什么比这个更合适的名字吗？让我们祝福他幸福平安，让我们为那些已经惨死和终将惨死于屠刀下的汪星人默哀祷告……

麻麻用图片记录下了我们两个孩子见面的过程。一开始，皮特叔叔抱着小 Koby 余生，麻麻抱着我小 Lucky，站在酒店大堂一起拍照留念。每次见到汪星人我都犯紧张，无论是大黑狗导盲犬珍妮姐姐还是小白狗 Koby 弟弟。麻麻紧紧地抱着我，让我看镜头，可我哪儿顾得上啊，只想着尽量离小狗狗远一点儿，太没出息了，惭愧得连我的尴尬癌都要复发了……

进入客房，我和 Koby 余生被安放到一张松软雪白的大床上，才一个多月大的 Koby 余生弟弟活泼好动，我这个当姐姐的也渐渐放松下来了。麻麻给我们俩拍了无数历史性的合影，我知道，这是我和他的第一次合影，也是最后一次合影，因为后天皮特叔叔就要带着他飞往美国休斯敦，Koby 余生即将在那里开始新生活。我会想你的，跟我一样幸运的 Koby 余生弟弟。

合影留念吧！ Koby 弟弟怪上镜的

一开始紧张兮兮……

离开时我已经放松成这样啦！

曝光一个细节：麻麻总是心情沉重地把她深恶痛绝的这三个字一个一个地打出来：狗 + 肉 + 节，打这几个字时她从来不连着打，从来都不嫌麻烦，因为她绝对不希望她所使用的汉字输入法里自动保存“狗肉”或“狗肉节”之类的烂词，NEVER！吼吼吼！

生日派对、漫画和小苹果

时隔半年，我又见到了导盲犬珍妮姐姐，参加她的 6 岁生日派对。7 月 13 日下午，生日派对在北京科技大学举办，主办方是该校社会实践部“关爱盲人出行，导盲犬畅行助推”实践团。大哥哥大姐姐们希望通过此次活动，让大家对导盲犬有个全新的认识，助推导盲犬畅行活动的顺利进行，加速导盲犬进入社会、融入社会的进程。在《你是我的眼》的歌声中，屏幕上播放着陈燕阿姨与珍妮姐姐的温馨图片，陈燕阿姨讲述了她们母女情深、生死与共的感人故事。最后，大家唱起生日歌，切开一个特别的蛋糕，共同表达对珍妮姐姐的真诚感激与美好祝愿，还热热闹闹地拍了大合影。

珍妮妈妈陈燕阿姨说，乖珍妮很喜欢猫咪，尤其喜欢我小 Lucky。可是因为她的个头太大，又是黑色的，所以凡是猫猫看见她就怕，我也不例外，她一伸出长鼻子来闻我就快要吓死本宝宝了！这可咋办啊？陈燕阿姨说，看来，有必要让猫猫们知道，狗狗也不可貌相啊！

我送给珍妮姐姐的登机拉杆箱

珍妮姐姐的回礼（鱼儿和狗儿）

麻麻和我是作为特邀嘉宾出席的。事先，麻麻就我们母女俩究竟应该为她们母女俩准备什么礼物颇费思量。考虑到她们经常在全国各地举办公益讲座和陈燕阿姨最喜欢粉色，最终，麻麻为陈燕阿姨准备了一个粉色的登机拉杆箱，里面装满了我们精心准备的各式礼物——

在此保密哦，反正都是实用的好东东就对了。日后，麻麻在媒体报道中看到有关她俩搭乘海航班机出行的消息时，一眼就发现了她们身边那个粉色的拉杆箱，派上用场了，好开心啊！希望像海航这样让盲人与导盲犬畅行的航空公司越来越多，与国际接轨，切实履行企业的社会责任。

我不失时机地提醒麻麻，我小 Lucky 的 1 岁生日（8 月 8 日）也快到了，到时候会怎样给我庆生呢？想得到的是，麻麻少不得又会给我拍大片啦！她最喜欢给我和其他张家喵星人拍照了，怎么拍也拍不烦。

没想到的是，在我生日到来前，麻麻还请她的好朋友 Happy 喵阿姨给我画了三张漫画！像我吗？麻麻说很好地抓住了我的外形特点，头顶和两耳间黄白相间的毛色，右鼻旁的一抹黄色，坐姿因右腿缺失而略偏……神态嘛就更像了。

不久，麻麻要去苏州参加首届大学生动保营，这三幅漫画要被印成贴纸送给营员们做纪念，于是 Happy 喵阿姨又在每幅漫画的下方分别加上了几个字。

各位大朋友小朋友们，你们觉得哪个好呢？

让本宝宝自己选的话可真有点为难啊……

参加这样既开心又感动的活动不禁让本喵深思，为什么像珍妮姐姐这样的汪星人和像我小 Lucky 这样的喵星人与我们各自的地球人麻麻这么亲呢？

母女心连心嘛，这还用说？非要列举的话，比如说，因为我们知道我们的麻麻什么时候高兴什么时候不高兴、什么时候身体透支快累趴下了、什么时候需要我们的安慰与支持……当然，还因为我们总是很高兴见到她们！

英国最近的一项调查显示，猫狗等伴侣动物对主人比主人的人类伴侣更知己，因为它们能解码人类社会的信号，因为它们不会制造与传播“八卦”，不可能把主人的秘密告诉其他人，因为它们不会借口太忙而不搭理主人。

该项调查还发现，主人与伴侣动物的关系比人们想象中的更亲密。近 1/3 的受访者认为，伴侣动物是比人类伴侣更好的倾听者；24% 的受访者说，他们宁愿与伴侣动物而不是“另一半”共度美好时光；41% 的受访者觉得伴侣动物比人类伴侣更爱自己；45% 的人相信伴侣动物能感觉到主人的快乐和悲伤，能感应到他们的疲惫、不安以及身体不适；接近一成的受访者承认，自己宁愿与伴侣动物分享秘密，却不敢向挚友或闺蜜袒露心声；15% 的受访者特别喜欢自家的伴侣动物，所以用它们的照片作为社交网站的头像；1/4 的人用伴侣动物照片做办公电脑的屏保动画……

上述调查结果听上去很靠谱，因为我们麻麻的微信、微博、博客、电脑、各种账号等，头像都是本喵或其他张家喵星人，不这样反而奇怪了。

家有伴侣动物的您和您的动物伴侣之间的关系是否也像我们和我们的地球人麻麻之间一样亲密无间呢？一定的，必须的，猫猫哒！

8 月下旬，麻麻和她的动保战友们前往苏州重元寺，参加由动保网和弘化社联合主办的首届全国大学生动保营。麻麻在会上做了题为“从励志猫 Lucky99 看中国伴侣动物的保护”和“全球化视野中的中国动物保护”的两个报告，还主持了闭营仪式。麻麻在闭营仪式上介绍了“护生黄金周”这一概念，因为 10 月 1 日是世界素食日、10 月 2 日是农场动物日、10 月 4 日是世界动物日，所以国庆黄金周也是动保志愿者和各界爱心人士欢庆动物保护的佳节，号召大家以各种有创意的方式在护生黄金周中宣传善待动物、尊重生命的理念。

大哥哥大姐姐们虽然没有见过本喵的真容，但这一点儿也不妨碍他们喜欢我，我的贴纸被一抢而空。在闭营仪式上，麻麻收到了一份惊喜，那就是，B2 组的营员们将时下超火的神曲《小苹果》的歌词改编为《Lucky99》，全文如下：

我救下了一只猫咪

终于康复了身体

今天是个快乐日子

摘下星星送给你

摘下月亮送给你
让太阳每天为你升起

有你的每天很励志
你的一切都喜欢
有你阳光更灿烂
有你黑夜不黑暗
你是白云我是蓝天

投身动保虽然辛苦只为保护你
把我一切都献给你只要你欢喜
你让我每个明天都变得有意义
生命虽短爱你永远不离不弃

你是我的Lucky小99
怎么卖萌都不嫌多
萌萌哒小脸儿温暖我的心窝
点亮我生命的火火火火火火
你是我的Lucky小99
就像天边最美的云朵
你的正能量在我心的角落
种下希望就会收获

3

第三章

（2014/09—2015/03）

3

我见到金椒妈和金椒爸啦！

终于要见到传说中的金椒妈和金椒爸啦！

在以我们这些喵星人和汪星人为代表的中国动物界，“金椒妈”这个网名绝对是响当当顶呱呱的！我们不知道已经听麻麻说过多少遍了，说金椒妈是大菩萨、大救星、大福星，她直接或间接帮助过的动物与人不计其数！至今，我们仍然每天都在使用金椒妈几年前来访张家猫窝时赠送的猫隧道、猫爪印睡毯、猫指甲刀等礼物，麻麻她们捕捉流浪猫绝育用的优质诱捕笼也是金椒妈不远万里寄来的，张家喵星人对这个鼎鼎大名丝毫不陌生就是非常自然的了。

麻麻日记：在中国动物保护公益事业的艰难进程中，不仅有奋战在救助、宣传、教育第一线的国内动保志愿者们，以“金椒妈”为代表的海外赤子们也是一股不容忽视的重要力量。远隔千山万水，他们永远在第一时间竭尽全力提供国内志愿者最急需的精神上和物质上的支持和帮助，令动保人深受感动和鼓舞。

为更好地帮助国内的受难动物和动保志愿者，金椒妈联合像她一样身在海外心系神州的爱心人士们发起了“海外侨胞关爱动物联盟”并成立了纯属她个人的“金椒动物救助基金”。生活在新西兰奥克兰的她，每次回国省亲都以一次次的动物救助行动为始终，走到哪里就救助动物到哪里、宣传爱护动物和TNR理念到哪里、帮助动物救助者到哪里。仅以此次回国为例，她是先赴上海、牡丹江、北京展开动物救助行动并取得丰硕成果才最后回到家乡成都的……

金椒爸——高唯教授——是一位杰出的华人学者，他是奥克兰大学工程学院教授、新西兰皇家科学院院士、新西兰工程科学院院士、国务院侨务办海外专家咨询委员会委员。在金椒妈的影响下，他成为著名的动保“家属”和支持者，利用所有机会——包括在立法机构——为中国动物保护立法发出呐喊。今年国庆前夕，高唯教授来京参加国侨办海外专家咨询委员会会议，并应郭金龙市长和李克强总理之邀，先后参加了国庆 65 周年招待会。

麻麻说，金椒妈和金椒爸身体力行地证明了一个事实："爱"是个动词而不是名词！空谈不是爱，爱要用行动来证明。"爱"不仅是个动词，而且还有"大爱"与"小爱"之分，只有突破人类中心主义的束缚、只有当人们将关怀的对象延伸与覆盖到非人类动物与自然万物时，才能真正称得上没有分别心的"无疆大爱"。

2014 年 10 月 2 日，金椒妈与北京动保人欢聚于百合素食餐厅，金椒爸和他们帅气善良的儿子作陪。金椒妈千叮咛万嘱咐，要麻麻带我一起赴会，闻讯后我欢呼雀跃不已，我要替所有的喵星人和汪星人当面感谢她！

"Lucky 乖儿啊！爱死人啦！"刚一见面，金椒妈就紧紧地把我抱在怀里亲了又亲！金椒爸紧接着也抱了我，夸我好乖。麻麻说，绅士与动物的合影特别容易打动人，因为太慈悲太有爱了！

金椒爸抱我

金椒妈抱我

金椒妈还给我和大家讲了她这个网名的来历。原来，2006 年，在女儿的央求下，她收养了第一只小奶猫"金卡"，第二年又收养了小奶猫"椒椒"，故给自己取网名为"金椒妈"。也是从收养这两只猫咪开始，她开始关注国内的动物受虐待问题，开始帮助国内的动保人帮助动物，从此走上了动物保护的迢迢"不归路"……

轻轻地抚摸着我的右腿根部，金椒妈心疼不已，问我少了右腿是否影响生活质量，我自豪地向金椒妈汇报道：迄今为止，我已经完全适应了三条腿的生活，吃喝拉撒玩儿啥也不耽误，上蹿下跳自如无比，跑起来那更是越来越快了，快到什么程度呢？快到我"飞奔"时脚指甲在地板上打滑的声音响得不得了！麻麻和奶奶经常在一边喊道："小 Lucky 啊，你跑这么快是要去哪儿啊？"其实本宝宝也不是为了要去哪儿才跑这么快的啦，猫家天生就是喜欢加速再加速嘛！听了我的汇报，金椒妈欣慰地说那她就放心了，还夸我真是个小小的"猫坚强”！那什么，怪难为情的……

至于百合素食好不好吃我就不得而知了，不过据我观察，大家吃得、聊得都好开心啊！临别时，大家发现在餐厅门外的平房顶上有两只流浪猫，网名为“猫迷”的资深救助者阿姨立即从包里掏出几袋小包装猫粮，撕开口，奋力掷上房顶，两只猫儿立即狼吞虎咽地大快朵颐起来。大家说，可惜没法带它们去做绝育……

这是金椒妈当晚在博客里写的：

……终于见到了知名励志、治愈系、正能量小美猫Lucky99啦！活泼乖巧、人见人爱、花见花开的小Lucky是动保好友张丹2013年10月救助的、刚出生50天即遭遇车祸重伤的三条腿小奶猫。一年多来，张丹所记载的Lucky99的坚强乐观和治愈过程以及她多年来陆续救助回家的30多只流浪猫咪的动人故事已达60多集，感动了国内外众多网友。Lucky99系列是对整个中国各地不断增多的民众自发艰辛救助动物的一个缩影，希望这些可敬可佩、感天动地的动物救护纪实能够推动和加速中国动物保护法的尽早出台！

“人见人爱、花见花开”——麻麻太喜欢金椒妈用来形容我的这八个字了，从此成天挂在嘴边、用在笔下：

“人见人爱、花见花开的三脚励志猫Lucky99。”

幸亏当时金椒妈没接着说“……鸟见落地、车见爆胎”哈！

麻麻手术了　我做绝育了

转眼间，我已经长成一只羽翼丰满的大猫了，成了奶奶和麻麻嘴里的“小肉滚子”和“多肉植物”，绝育一事自然就提上了麻麻的日程。

为什么要给我们喵星人、汪星人、兔星人……绝育？国际爱护动物基金会说得好：爱它，为它负责，给它绝育！

如果猫咪或狗狗没有绝育，其繁殖速度会让我们永远都不可能为它们找到足够的家。由于数量过剩，许多猫狗流落街头，经受饥饿和疾病的威胁，甚至被虐待，命运十分悲惨。同时，流浪猫狗的大量出现，也会使公众对伴侣动物产生偏见。在繁殖季节，激素水平的变化会改变猫狗的行为，其中一些行为可能是主人不希望出现的。

绝育会为伴侣动物和你的家庭带来许多好处：

◎避免伴侣动物因发情引发的行为改变。

◎大大降低猫狗患乳腺癌、卵巢癌、子宫病变、睾丸癌和前列腺癌等生殖器官疾病的概率；有研究表明，不做绝育手术的猫狗的发病率比做过手术的高近 40 倍……

正常情况下，麻麻早就会在我刚满半岁左右就带我做绝育手术了，连比我后来的小满仓都早在 6 月就绝育了。但因为我体质弱底子差，又因遭遇车祸而连做两次大手术，所以希望等我身体强壮一些后再做绝育，这一等就等到了现在。麻麻觉得我已经康复了，是时候了，于是，把我带到伴侣动物医院，请刘朗医生为我手术。

刘医生让我先做全套检查，结果却发现我患有肝病，需要治疗，真是多灾多难啊！这一治就治了两个月，中间复查过一次，被告知有好转，但仍需继续治疗。等我好得差不多

我是动物医院的常客，请叫我淡定君（刘朗医生在给我开处方）

了，麻麻却又住院手术了！

麻麻二十多年的心脏病已经到了不得不手术的严重程度，必须接受一种以人工瓣膜替换原有病变瓣膜的胸心血管外科手术——二尖瓣置换术。麻麻对我和张家猫娃们解释说，其实整台手术就是从“开心”始到“关心”终，这里的“开心”和“关心”都是动词而非形容词啊；手术目的是要把彻底坏掉了的肉质的二尖瓣换成一个崭新的金属机械瓣膜。

司空见惯的高频词“开心”和“关心”竟也能如此令人令猫脊梁发冷、毛骨悚然、细思极恐，这俩词以后我可再也不敢乱用了！想想看，哪能随便对人家说“祝你开心”呢？相反，应该说“祝你一辈子都不开心！”——哎呀，不对，这好像也容易造成误解……妈妈咪呀！太烧脑了！只能干脆把“祝你开心！”和“祝你不开心！”双双打入冷宫，压根儿不用就不会用错了吧？

言归正传，毕竟是开胸、停跳的大手术，亲朋好友各种见仁见智。经过一番思考，麻麻的决定是：做！因为幸运之至的是，为她做这个大手术的是胡盛寿医生，他对麻麻恩重如山，自然也就是我们全体张家喵星人的大恩人了！胡医生后来还欣然应允，与尔冬升、鲍尔吉·原野等各界名士一道联袂推荐麻麻和我合著的《那些刻在我们心上的爪印》一书。

麻麻 10 月 20 日入院，10 月 29 日手术，11 月 10 日出院。那些日子里，我和所有张家喵星人每天都翘首北望阜外心血管病医院，至诚祈祷麻麻手术顺利圆满，早日康复出院。手术 12 天后，麻麻回到了张家猫窝，胸口正中央竖长的伤口（里面是缝合胸骨的钢丝！）还远未长好，却一到家就忍着痛蹲下身清理七个猫砂盆。与平时不同的是，她所有的动作一下子全都变成了电影中常见的一格一格的慢动作，胸部绑着减轻伤口疼痛的专用胸带，左手捂着胸口，一步步慢慢地往前挪动，慢慢地蹲下，因为疼痛而倒吸一口气，用右手清理我们的大小便，然后再慢慢地站起来，走进屋里，用免洗消毒凝胶洁手，坐下喘气休息。

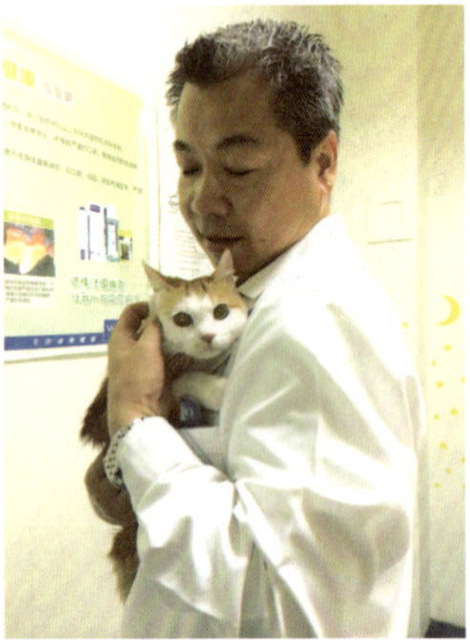

刘朗医生抱我

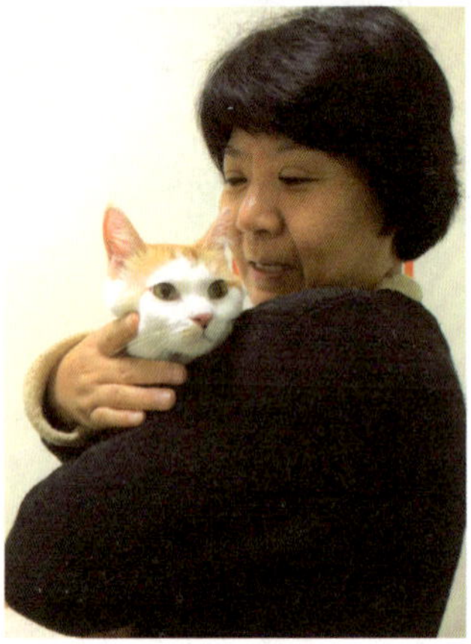

接送我们的张辉阿姨抱我

亲爱的好麻麻，您辛苦了！祝您早日痊愈！我爱您！

麻麻微笑道，乖 Lucky，麻麻要向你学习啊，面对伤病坚强乐观，积极配合治疗，永不言弃。

刚出院回家的那些夜晚，我小 Lucky 一开始喜欢像原来那样心贴心地卧在麻麻的胸口上睡觉，用持续不断均匀深沉的小呼噜替麻麻疗伤，但麻麻连平时完全不成问题的我的体重现在也承受不了，所以我就改为静静地紧紧地躺在麻麻身边，把我的小脑袋瓜儿轻轻地倚在麻麻的心脏旁，细细地听着那颗新换的金属瓣膜在深夜里发出的清脆的嘀嗒声，祈祷它一刻也别偷懒别任性别怠工……其实，静听麻麻心跳的不是我的耳朵，而是我的心。麻麻忍着心口的疼痛，慢慢地摩挲着我的头顶，渐渐地我们一同进入了梦乡……

“如果有下辈子，我一定做你的心脏——你若珍惜我，我就好好跳；你若负我，我就跳一下停一下，让你上气不接下气；你若真惹我生气了，我就索性不跳了，看你怎么办？！”

这是麻麻在一个微信群里读到的，她边读给我们听边笑，直笑得捂住了胸口，说这是提醒她从此一定得爱护自己的心脏了。

仔细想想上面的笑话，本喵的心跳突然快到不要不要的了……

麻麻在出院后的第 29 天请张拥军医生为我做了绝育。张医生为我选择了国际上通用的侧切绝育术，术后恢复迅速、良好，回到家该干吗干吗，与平时并无两样。家有喵星人、汪星人等的大朋友们，请一定尽早带小朋友们绝育啊，选择正规、资质合格的动物医院，选择优秀的兽医，只有这样，动物福利才能得到保障。

转眼间，西方的圣诞节到了，虽然我们张家喵星人不过洋节，但每个人、每只猫如果都能成为别人、别猫的“圣诞老人”，那这个世界就太美了。比如说，胡盛寿医生就是麻麻的圣诞老人，麻麻和奶奶就是我和张家喵星人的圣诞老人，如此类推不一而足……

2014 年就要和我们说再见了。这一年，发生了这么多事，我适应了三条腿的新生活，跟张家猫窝的喵星人团结友爱，还常跟麻麻外出参加公益活动，做了绝育手术……用麻麻的话说，我对得起每天吃的猫粮了。麻麻手术成功当然也是我们这个大家庭重要的里程碑式事件，谢天谢地！

阿其哥哥做的海报

新年愿望清单与九命猫

LUCKY99 新年歌

太阳笑，新年到。
穿新衣，戴新帽。
红地毯，明星照。
小猫咪，志气高。
三条腿，难不倒。
能攀登，能赛跑。
找平衡，最重要。
盼只盼，天下好。
无杀业，有福报。
用心爱，永不老。
和风飘，慈光耀。
这世界，多美妙！

这是我亲爱的麻麻给我写的新年贺词，由我即兴谱曲，唱起来可带劲儿了！就是传播起来有点困难，因为是即兴谱曲，每一次曲调都不一样，学起来不太容易。不过每唱一次都不同，这多有趣啊！要不怎么说喵星人都是天生的作曲家和歌唱家呢？人类的歌曲唱一遍和唱一百遍都没差别，也太乏味啦！

我的 2015 新年愿望清单或者说新年计划一点都不雄心勃勃——反正大约 88% 的人和

猫最后都没能实现自己新年伊始立下的宏伟规划——我充分地考虑到了这份清单 / 计划的现实可能性，所以只有以下这么几条：

1. 吃好、睡好、玩好！
2. 不生病，身体棒棒哒！
3. 跟小朋友们搞好大团结！
4. 坚决听麻麻和奶奶的话！
5. 麻麻和奶奶身体健康！
6. 把压岁钱和其他私房钱捐给急需的毛孩儿（反正我又没处花钱）！
7. 多参加动保公益活动！
8. 可持续地卖萌，多度化地球人！

我在阳台上纵情歌唱新生活

“我们来自喵星球，我们向往无拘无束的生活，喜欢冒险，喜欢结交朋友，喜欢热闹，喜欢卖萌。其实人类并不知道我们是外太空来的天使喵咪，为了治愈地球上千千万万的迷途小羔羊，我们无私地奉献着，治愈所有地球人是喵星人不变的使命。”——这是关于第八条的详解，读读这个有助于加深对喵星人、喵星球这些网络流行语的认识。

对于人们为何喜欢我们猫咪这个问题，英国肯特大学视觉艺术审美学系博士 Michael Newall 曾经给出过一个比较科学的解释：“因为猫的大眼睛、小鼻子和小嘴巴很容易让人联想到人类的婴儿时期，而这对人类来说有一种天然的吸引力，因此在网络时代，我们很可能会迎来一波又一波对猫的膜拜高潮，因为这种对猫的喜爱是全人类共有的，不论在何种文化语境下。”

听听，“全人类”！“一波又一波对猫的膜拜高潮”！——好期待哦！

言归正传，本喵的心愿单上其他还有什么？帮奶奶干活儿？拉倒吧！奶奶说，我读报时你别躺在报纸上打滚添乱就行啦小祖宗！给奶奶按摩？这事儿靠谱，我可以像以前一样，在奶奶松软的肚子上“踩奶”（“踩奶”即“踩奶奶”的缩写语）不止，促进其肠胃蠕动。

帮麻麻写书？拉倒吧！麻麻说，你用你的小爪子踩出来的那叫“天书”，除了我没人看得懂啊小 Lucky！以下就是麻麻口中所称的“天书”之一例（创作于乙未年元旦）：

“拿憨八龟才呐喊哥的的额表格帮哥哥不怪你笔记本贵不贵娜娜被曝光年报空额 E@$*()#^$^^&* 哦哦 UI 偶偶偶噢 UI 哦二恶、而隐蔽 dafewa\ge 1e184mg 胞苷胞苷鸟嘌呤鸟嘌呤保密码妈咪包么米么米－了哦哦门派胖妹妹砰砰砰哦”……

麻麻的樱桃键盘打起字来就像在弹钢琴，无怪乎我喜欢在键盘上走来走去呢。经常是麻麻的邮件或微信还没写完或还没检查呢，就被我以迅雷不及掩耳盗铃之势（此为喵语）给提前发送出去了！“帮忙”和“帮倒忙”，一字之差难免拿捏不准哈……

给麻麻提供写作信息服务？这事靠谱。本喵用喵搜在网上搜到了一些鲜为人知的趣闻发给麻麻，比如说：

全国带“猫”字的邮局：

云南牟定县猫街邮政所
云南武定县猫街邮政所
贵州平坝县黄猫村邮政所
贵州普定县猫洞邮政代办所
贵州紫云县猫营邮政支局
贵州大方县猫场邮政所
贵州织金县猫场邮政支局
四川苍溪县黄猫邮政代办所
山西晋中市猫儿岭邮政所
……

猫街、猫村、猫洞、猫营、猫场、猫儿岭……这些引发无限遐想的地名背后一定有着悠久而精彩的故事，同时，又都集中于云、贵、川、晋四省，麻麻要不要去写写看？

人类节庆日正是动物劫难时。有幸生活在平安幸福之家的我们怎能忘记那成千上万还在水深火热之中挣扎的同胞们？对于绝大多数中国喵星人而言，现实很严酷，生存大不易，所以，作为一个张家喵星人，珍惜来之不易的幸福生活是一门必修课。我们是不会像法国喵星人 Gin 那样去劫机玩儿的，但这并不妨碍我们按照喵性思维脑洞大开地设想我们是生活在一个由喵星人主宰的乌托邦星球上——做做白日梦与珍惜现有生活应该不冲突吧？

再说了，本喵一直觉得“神游”或曰“虚拟游”乃是未来最佳旅游方式，试想：身处首都张家猫窝，瞬间穿越古今中外，身未动，心已远，既环保又神速，简直无与伦比！无独有偶，家有七个喵星人陪伴的美国作家兼插画家爱德华·戈里“最喜欢的旅程是望着窗外”，这个喵星人的好朋友地球人还将其所有作品的版税悉数用于支持动物保护事业，对此必须点赞。

日本畅销书作家莫莉蓟野不就虚构过一个你从未见过的奇幻猫咪国度“Neargo”吗？那是位于意大利米兰南方地中海上的一座人与猫和乐共存的美妙城市，居民非常重视与猫咪之间的相处，除了自家的猫咪，也会给自由猫提供猫食以及良好照顾，让它们健康快乐地生活。人们的生活宛如以猫咪为重心，和猫咪接触后，大家有了共同话题而更加亲近，彼此相互体贴，为对方设想。102 只猫主角的奇闻轶事、样貌、个性、癖好、生长背景、职业、与人类的有趣互动，都透过作者细腻的插画与俏皮逗趣的文字传神地浮现纸上，仿佛就在你我身边。整套书美轮美奂，美不胜收，麻麻和我们都百看不厌，美美哒！猫猫哒！

读完颜值爆棚的《猫国物语》系列就请来读本喵的故事吧。从头开始阅读本书的读者诸君都知道，麻麻最早给我起的中文名是“九九”，因为她和我的相见之日正是九九重阳佳节那一天。“九九”另有一层显而易见的深意，那就是猫有九条命。《爱猫圣经》对此的解释是：

> 九，是即使遭遇饥渴、病痛和意外，猫也能够逃脱九次；
> 九，是三的三倍，这数字充满荣光；
> 九，是巫师可以九次变身为猫；
> 九，是赫利奥波利斯的埃及九柱神；
> 九，是印度湿婆曾说过，猫须有九条命才能到达极乐；
> 九，猫有灵性，其命有九，系通、灵、静、正、觉、光、精、气、神（此条为本喵所加）……

再来一起欣赏一下由让·居维利埃博士与本喵合作（本喵谦虚注：以博士为主）的猫咪“十诫”与猫咪“创世纪”吧：

猫咪十诫

1. 所有人类享受的猫咪也应享受
2. 所有直立之可见物皆可用于磨爪与攀爬
3. 所有移动之物皆玩物
4. 所有非固定之物皆有坠落之可能
5. 所有舒适之地皆睡觉之所
6. 所有猫咪想做的事人类都愿意做
7. 人类想做的事猫咪并不都愿意做
8. 全世界的黄金加起来都不够买只猫
9. 情愿自由自在地活一小时也不愿意被圈起来活一辈子
10. 猫咪在不远游应成为人类最高原则

猫咪创世纪

第一天：上帝创造了猫，并因为创造了猫而度过了愉快的一天

第二天：为了让猫咪有容身之所，上帝创造了天空和大地

第三天：为了让猫咪得到照顾、爱抚和赞赏，上帝创造了人类

第四天：为了让猫咪有玩耍、磨爪子和划分领地之处，上帝创造了树木

第五天：为了让猫咪畅通无阻，上帝创造了猫洞

第六天：上帝休息，什么也不做，专门陪猫咪玩儿

第七天：为了营造普天同庆的氛围，上帝特将 2 月 22 日钦定为猫之日

诗人喵的创意大作

其实，我还有很多新年心愿呢，只是没有全部列在上面，因为不是说无志之猫常立志吗？我这个喵星人不想常立志而想立长志。如果你私下里悄悄地问我还有什么心愿，我会告诉你还有好多好多呢，比如，像已故的张兰兰姐姐那样成为一只诗人猫，专攻喵诗。网友“xx@ 百年孤独”的以下一首无题诗就是兰兰姐姐生前喜欢的诗作之一：

我不感谢造物主赐给我身体，
我只感谢他同时给了我永远的伴侣。
温柔而倔强，安静而淘气，
当猫儿眯起眼睛，
世界如此美丽。

至于我小 Lucky 是否有才能、有潜力，光说不练是假把式，先在这里来上一首吧，别的不敢说，绝对独一无二、如假包换，不信请看：

有猫真好

猫
阿咪
猫人
猫啊猫
我是猫
遭遇喵星人
猫咪狂想曲
猫上帝
猫语录
猫的报恩
黑猫警长
爱猫圣经
特别的猫
猫咪博物馆
猫奴契约书
猫语教科书
猫：懒得理你
猫的私人词典
猫咪家庭医学
向猫儿同志学习
我的猫咪我的爱
每个爱猫人都是外星人
伦敦街猫记：当 Bob 来敲门
所有的猫都是旅人
伊藤润二的猫日记
生命中不可抗拒之喵
你的猫正在密谋干掉你
面包和汤和猫咪好心情
喵天使——名家笔下的猫咪
你是坏蛋：一只猫的浪漫爱情
当我养狗时我还养了一只猫
福岛守护猫和村松先生的生活
我们没驯化猫，是猫重塑着我们
烦了就想画几笔：只有猫能治愈你
小猫奥斯卡——一只能预知生死的猫
就喜欢你看不惯我又干不掉我的样子
你是不会说话的人：一个猫家族的故事
带着猫咪去旅行：黑猫 Noro 的元气欧洲游
如果世上不再有猫：你能看见自己内心的黑洞吗？

本宝宝的猫诗就是以埃菲尔铁塔为原型而创作的

新晋诗人猫 Lucky99 创作谈：

从未见过这样的喵诗吧？干脆把谜底揭晓了吧：我是把麻麻书架上和电脑里的那么多猫书的书名一口气串联起来排列而成的！形状是不是有点像埃菲尔铁塔一样苗条？那正是我灵感的来源啊！现在不是号召“全民创业万众创新”吗？本宝宝就是一个践行者啊！

必须承认，有些书名真是太奇葩了，不服都不行！而若论最长的书名，则非下列两书莫属：

1727 年法国出版的一本畅销书是其中最早的，书名完整翻译成中文字数竟多达 74 个，副标题着实令人令喵拍案叫绝：《猫的历史——关于猫在埃及及其他动物社会的优势、独自享有的荣誉与特权、人们在其生前给予它的优待和死后为其修建的建筑与祭坛的论文，后附与此相关的几个剧本》。

据记载，32 年后，同样在这座法国城市，又出版了一本小薄书《梅斯市的猫向议员、助理法官和大法官先生恭敬进谏》（23 字），作者是该市的猫，进谏内容是呼吁废除一项残害猫的陋俗，为自己争取生存权，维权意识棒棒哒！

淡定自如头顶万物的日本猫叔

张家猫叔的“老头揣”卧姿

萌照台历、喵日志与“爪印”

Happy 喵阿姨与喵星人玛丽的故事还记得吗？那个故事有个完美的结局，真不愧是 Happy 喵阿姨啊！后来，阿姨为我的 1 岁生日创作了三幅漫画，这些漫画被做成动保版贴纸带到去年 8 月的首届动保营上，供不应求。2015 年一月底二月初，第二届全国大学生动保营在广东梅州千佛塔寺举办。蒋叔叔的研究生周伊园姐姐用这三张画做了贴纸、钥匙链、明信片、鼠标垫等多种创意小礼物，送给营员们——他们可都是从全国几十所高校中选出来的动保骨干哦！动保营期间，伊园姐姐还要跟因术后身体尚未完全康复而未能前往的麻麻和 Lucky99 我视频连线呢。

本喵（最上方）与众张家喵星人
（作者：Happy 喵）

乙未年春节就要到了，我们张家喵星人做个什么新春礼物送给大家好呢？有了！就做一本张家喵星人萌照台历吧！

2 月 9 日，“励志猫 Lucky99 及其小伙伴们的萌照台历”新鲜出炉啦！封面一望而知是 Happy 喵阿姨画的，很 Q 吧？里面有我和近 30 个张家喵星人的美图。有几个喵星人没有登上台历不是因为他们不好看或不重要，而是因为麻麻没有找到他们好的竖版图片——这个台历是竖版的。每张图片左下方是喵星人小档案，简介该喵星人的名字、年龄、性别、获救地点、外貌与性格特征等，右下方是有关猫咪的名人名言，很有新意与收藏价值哦！

第一张和最后一张都是在下——麻麻偏心给了我特殊待遇，怪难为情的……第一张图片下方除简介外，麻麻所配的文字是音乐剧《我，堂吉诃德》主题曲《不可能的梦想》的歌词：

去编织，那不可能的梦想
去打倒，那打不倒的敌人
去承受，那无法承受的痛苦
去奔向，那勇者们不敢去的地方
去纠正，那不可能被纠正的错误
去爱啊，那遥远的无暇与纯真
去尝试，当你的双臂已太过疲累
去摘取，那摘取不到的星星……

麻麻说，这是我们这些在人类主宰的世界里苦苦求生存的喵星人和那些关爱帮助我们的地球人的真实写照。

春节前，与台历几乎同时出炉的还有我的微信公众号“励志猫 Lucky99 的喵日志”（图片当然也出自 Happy 喵阿姨之手啦）。以前都是麻麻为我写故事连载，现在我长大了，要亲自动爪了，记录我和 30 多个小伙伴们的幸福生活，请关注和支持我哦，喵！

2 月底，我和我亲爱的地球人麻麻共同撰写的《那些刻在我们心上的爪印》一书出版，“在红红火火的喵星人图书市场上，又添一枚新生力量。这是一本妙趣横生、正能量十足的喵星人书。每个人的心中都刻着一只爪印。因为一只三脚飞猫的出现，这个契机瓜熟蒂落。学者蒋劲松说：本书的一个重要意义就在于，通过这些入微的观察与生动的文笔，把读者带入猫咪生活的世界中，逐步建立起人与动物的情感联系与认同”。三联书店责任编辑黄新萍阿姨在书讯中写道。

总而言之，我就是把那只把熟了的瓜儿一爪子拍下来的三脚飞猫，所以，麻麻至少应该把稿酬分给我一半，虽然我们喵星人皆修持不捉金钱戒。当然了，我知道，麻麻的所有薄酬都用来购书送给她在全国各地的动保战友们了。

麻麻常说，看我们 Lucky 的小眼神，多明亮、多自信、多坚定啊！

本书有两篇推荐序，作者分别是清华大学的蒋叔叔和亚洲动物基金的谢罗便臣阿姨。蒋叔叔和麻麻一起创办了动保网并致力于促进动保界与佛教界的融合，关于这本书和我，蒋叔叔这样写道：

本书发端于张丹为遭遇车祸截肢的小猫 Lucky99 撰写的网络连载，当时，我曾作过如下的评论：Lucky99 与众多善心人士结下了深刻的因缘，也一定会唤起众人心底纯真的慈悲情怀。Lucky99 又是一根把珍珠串在一起的红线，真正要介绍的就是中国当下的动物保护现状。

谢罗便臣（Jill Robinson）阿姨为本书撰写了一篇简短而深刻的序文《为绝望的动物发声》：

《那些刻在我们心上的爪印》既是一曲有关力克难关顽强生存的个体动物的生命颂歌，也许更是一曲中国各地越来越多的为猫咪和其他动物福利而奔走的行动者的颂歌。

后来有一天，麻麻收到了一封这样的来信：

尊敬的张丹阿姨（以及所有猫儿们）：

您好！我是小读者程卓尔，在江苏省无锡市读小学三年级。我非常喜欢猫咪。一次，我在暑假里来到图书馆，想借一本关于猫咪的书，在书架上看见了您的《那些刻在我们心上的爪印》，我一下子就被您家的猫儿们吸引住了，尤其是热情似火的大胖淘儿、高冷孤傲的灵灵和三脚猫 Lucky99！

先给您说说我以前养猫的故事吧。我曾经有过一只叫作提娜米苏的小野猫。我是在灌木丛中发现她的，提娜米苏刚到我家时，两条后腿站立不稳，奄奄一息。我去宠物医院为她买好了所有猫咪用品。在我的细心照料下，提娜米苏变成了一只体格健壮的猫。在我家与我一起度过了快乐的三个月时光后，提娜米苏开始疯狂地抓起了家里的一切东西，皮沙发啊、窗帘啊、床单啊，见什么抓什么！无奈只能把可怜的提娜米苏赶出家门……请问张丹阿姨，有什么办法可以让猫儿不乱抓东西呢？

张丹阿姨，我爱猫咪，我希望我对提娜米苏的爱可以延续到另一只猫儿/狗狗身上。我想请教您以下问题：1. 什么品种的猫咪比较温顺好养呢？2. 我们家经常出去旅游，如果带猫咪旅游需要办什么证件吗？3. 每天早上我家猫猫都要抓我咬我拍门撞门叫我起床，起来后看看它也没有什么问题，这是怎么回事啊？

张丹阿姨，先写到这里吧，盼您的回信！

祝您和您的喵星人开心快乐每一天！

小读者程卓尔

麻麻当然很快就给这么有爱的小卓尔同学回了信。麻麻和我的最大心愿，就是大读者和小读者们喜欢这本书，读毕能够增进对我们喵星人和所有动物朋友的理解、尊重与善意。这种理解、尊重与善意有多稀缺？听听诺贝尔文学奖得主、爱猫作家代表多丽丝·莱辛的心声吧：

“在我和猫相知、一辈子跟猫共处的岁月中，最终沉淀在我心中的，却是一种幽幽的哀伤，那跟人类所引起的感伤不一样：我不仅为猫族无助的处境感到悲痛，同时也对我们人类全体的行为而感到内疚不已。”

要不然麻麻怎么会在本书扉页上代表所有地球人对以喵星人为代表的所有动物朋友请罪呢：

对不起！请原谅！我爱你！谢谢你！

首席 KISS 官 + 首席 HUG 官 + 首席猫逗官

接待来访嘉宾是本宝宝重要的工作之一，时不时就会有来自天南地北的大朋友和小朋友们光临张家猫窝。每一次，我都会热情地向来宾问好（通常是喵喵叫和行蹭鼻礼），接受来宾的挠挠和抱抱，与来宾合影，最后的高潮嘛，当然是我最喜欢的游戏——玩儿亲亲了！所以说，我的众多头衔里自然就包括 CKO（首席 Kiss 亲吻官）、CHO（首席 Hug 拥抱官）和 CMO(首席 Model 猫逗官即喵模特儿) 了。

这几个游戏不仅我喜欢，人们也都喜欢。原本就喜欢乃至救助动物的人们就不用说了，那些以前从未与动物有过亲密接触的人们往往在张家猫窝实现了零的突破，我常常成为他们抱过和亲过的第一个喵星人，感觉如何？他们脸上的表情说明了一切。

谁说喵星人的亲吻方式只能是眨眼？看看麻麻为我们抓拍的照片吧——全神贯注，含情脉脉，爱意浓浓，心意相通！本宝宝的喵视、喵吻和喵抱都具有疗愈效果哦——我把我满满的正能量瞬间传递给您啦！凡是被本宝宝吻过的地球人自然懂得其中奥秘，他们的心都被这跨越物种之间的千古一吻给融化掉啦！千古一吻哦！

若一定要探寻个究竟，答案就是：心至诚，思无邪，爱相随！

年根儿上的人们可真忙啊！人类节庆日正是动物劫难时，从古至今皆然，于今尤甚。麻麻和她的战友们忙着救伴侣动物、救表演动物、救皮草动物、救农场动物、救野生动物、救实验动物，其他人则归心似箭、快马加鞭、红红火火、置办年货、踏上归途。

就在如此繁忙混乱的光景中，光是 2 月上旬我就接待了数批访客。2 月 1 日下午，麻麻的好朋友、两位动保帅叔叔——厦门市爱护动物教育协会副会长萧冰叔叔和世界农场动物福利协会中国大使周尊国叔叔——来看望我们啦！我和张家猫窝的另一只三脚猫张小北等代表张家喵星人热烈欢迎两位帅叔叔的来访。这里没有提到的其他喵星人都是胆小鬼，早就藏起来不见踪影啦，算什么嘛，哼哼……

萧冰叔叔手拿相机不停地拍照，麻麻在一边挥舞各种玩具要我们看镜头，我还忙里偷闲跟两位帅叔叔都玩儿了亲亲！萧冰叔叔带来了厦门特产海苔饼，还有专委会特别制作的精美礼品——爱护中华白海豚钥匙链，谢谢叔叔，我们回赠了张家喵星人萌照台历等礼物。

“两次到张丹老师家拜访，最难忘的是 Lucky99 竟然都主动吻了我，之前只有我们家猫狗才这样待我。”萧冰叔叔后来写道。

阿其哥哥抱我

紧接着，从青岛来京抗议北京国际皮草交易会的阿其哥哥来看我，拍下了后来一直被他用作头像的合影。

侯蕾姐姐和高阿姨

2 月 9 日，十多年来一直和麻麻一起救助流浪动物的邻居加战友高阿姨和她刚从丹麦皇家兽医和农业大学深造回来的女儿侯蕾姐姐来看我们啦。高阿姨家也有十多个喵星人呢，最老的已经 17 岁了，那还是侯蕾姐姐上高中时她们母女捡回家的流浪猫。还有好几只是后来侯蕾姐姐就读北京农学院时被用于动物实验的可怜猫咪——实验后变成了聋子或各种残疾，姐姐觉得太可怜了就抱回了家（否则很可能是死路一条），这对母女都是天使啊！

不戴眼镜的小刘哥哥

戴眼镜的小刘哥哥

2 月 15 日，总政某部两位非常帅气的解放军战士哥哥来看我啦！两位帅帅的兵哥哥都姓刘，都很喜欢动物，参军前家里都有动物，一个是汪星人，一个是喵星人，都是他们的好朋友。现在他们远离家人服役在外，每天都会与家人通过社交媒体与自家的毛孩子朋友视频对话，喵喵喵！汪汪汪！互诉思念之情。俩哥哥可喜欢我了，看看他们抱我的样子吧，多有爱啊！他们还说，以后要经常来看我和小伙伴们，我代表张家喵星人热烈欢迎解放军哥哥！

后面几位仙女阿姨的来访时间我就不赘述了，反正有图有真相哈！

特别支持动物保护公益事业的华新阿姨和本宝宝

美丽善良的晓慧阿姨来自深圳

美丽善良的小艳阿姨来自上海

美丽善良的冰莹阿姨来自北京

“猫不提供服务。猫只提供它本身。”美国“垮掉的一代”文学运动的创始人之一威廉·巴勒斯像许多作家一样也是个猫痴，但他此言值得商榷——我们喵星人既提供我们自己也提供服务，二者岂能分开呢？相信看了上面的图片您也会同意我的观点。

本宝宝不是常说我们喵星人每天像个小太阳浑身充满正能量吗？我们的存在抚慰了人们内心的躁动不安，助人复归平和宁静。地球人通过与我们身体和心灵的接触获得我们的加持与疗愈，像手机和电动汽车充电后一样，能量满满，信心满满，方向正确，斗志昂扬。所以，本宝宝的工作是很有意义、很有价值的，尤其是最后那个赋能于人的亲吻！

台湾著名的“猫夫人”与其先生“猫博士”把人生演绎成一场“猫之旅”。“每个人都是一只孤单小兽，在人生路上亦步亦趋地前行，虽然社会如此险恶，但我们还有猫这一点温情的力量就够了。”

生活里并不缺少美，而是缺少发现美的眼睛；人们也不都缺乏爱，只是有时候需要被点醒。

美丽善良的缘之姐姐来自台北

天天把张家猫窝打扫得干干净净的小胡阿姨

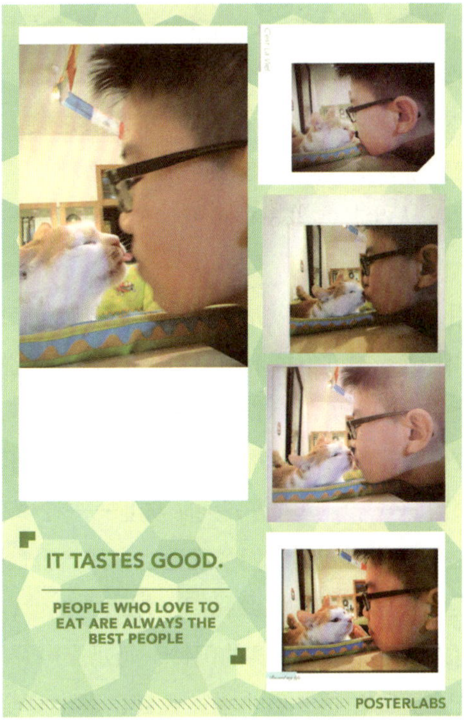

IT TASTES GOOD.
PEOPLE WHO LOVE TO EAT ARE ALWAYS THE BEST PEOPLE
POSTERLABS

从深圳来看我的庆庆哥哥

从天而降的小金豆

大智若愚的阿甘（Forrest Gump）那了不起的妈妈有句名言：

“人生就像一盒巧克力，你永远也不知道下一块吃到的是什么味道。”

虽然巧克力乃喵星人和汪星人的忌食之物（巧克力中的可可碱含有甲基黄嘌呤的成分，会引起猫狗中毒），但还是恕我小 Lucky 套用和篡改一下上述名言：

猫生（人生其实也一样）就像俺们张家猫窝的大门，你永远不知道下一个进来的喵星人是什么样的。

腊月二十九小除夕就是我篡改后的这句名言的最好证明。

忙得像个陀螺似的麻麻下午出门时对我们说：今晚我会接回一位名叫田柠檬的喵小姐，她是田大夫家的宝贝，春节长假来张家猫窝做客，因为她的粑粑和麻麻要回老家过年，大家一定要友好待客哟！晚上九点多，麻麻如约带回了颇有大家闺秀风范的柠檬小姐——还有她的全套家当，张家喵星人齐齐列队欢迎——柠檬小姐长得真好看啊！

可是麻麻没有告诉我们今晚还会有另一个情况：与柠檬完全不同的喵星人从天而降——这也不怪她，因为事前她像我们一样毫不知情，连预感都没有。就在麻麻去接柠檬小姐的当口，有人按响了张家猫窝的门铃，奶奶应声开门，有人把一只小猫往奶奶手里一塞转身便消失得无影无踪！再一看小猫，天哪，下半身全是血和屎！肛门旁还有两个凸出来的“血柱子”！

面对这突如其来的新情况，麻麻一到家先将柠檬小姐安置在一个单间里以便她慢慢适应新环境；然后仔细查看小猫的伤势——太严重了！她和奶奶一起给小猫擦拭血迹、剪掉伤口外围的污物、用温盐水冲洗她的下半身——怎么这么多血污和屎粑粑啊？小猫该有多疼多难受啊！怎么办怎么办？只能等次日一早赶紧带她去动物医院求助了。

麻麻在暖气管旁的猫窝里给她铺上厚厚的尿垫，摆上清水与幼猫粮，希望小猫好歹能睡上一会儿。好容易夜深猫静了，麻麻赶快给田大夫发柠檬的图片请他安心，又给张拥军大夫发小猫的图片请他先看看。

大年三十上午九点，麻麻小心翼翼地把小三花（暂名，因为她就是一只标准的有着黄白黑三色的三花猫啊！）放在一个猫包里，打车直奔荣安动物医院。候诊时，其他那些带着猫咪、狗狗、龙猫、蜥蜴、鸟儿、乌龟、兔儿来看病的家长们看到小三花的样子后都吓坏了，直说不敢看！好可怜！

张大夫对小三花猫的诊断是："一、直肠脱出；二、肠套叠（回肠套叠入结肠），套叠的回肠严重瘀血，部分肿胀，浆膜裂开。病情十分严重。该猫为大约两个半月龄三花母猫——流浪猫。消瘦不堪。"

开腹手术进行了将近两个小时。术后的小三花被放进了迷你 ICU 保温箱输液监护，需要住院治疗一周左右——也就是说，整个春节小三花都要在医院度过了。但愿这个最多只有两个半月大、体重仅有一斤多的小不点儿能跨过这道鬼门关。

张医生抱术后的小三花

小三花妹妹，我们全家都祈祷你手术成功，尽快康复回到张家猫窝，你一定要好好的啊！所有的鞭炮声都在为你加油！加油加油！喵呜喵呜！

大年初一、大年初二……麻麻每天都代表我们大家去医院探视小三花，回家后麻麻兴奋地告诉我们，小妹妹恢复得可好了！

张院长把小妹妹从她住院的猫笼里（她已经从 ICU 重症监护病箱转到普通病笼了）抱出来交给麻麻，小妹妹紧紧地贴在麻麻的胸口，无限依恋地望着麻麻，大声地喵啊喵个没完，以诉说心中的思念。候诊区桌上放着一个貌似电风扇的取暖灯，医护人员管那个叫作"小太阳"，小三花特别喜欢在 40 度高温的小太阳前面玩耍和洗脸，麻麻都快被烤焦了，连口袋里的手机都发烫了，可小三花却喜欢得很。她的好胃口、亮闪闪的大眼睛和响亮的喵声都是手术成功的证明，再住院观察三到四天应该就可以出院了。麻麻说，小妹妹的坚强和亲近人都跟我当初在荣安医院住院手术时一模一样，前辈子我们绝对就是一家人！

难道是有预感吗？麻麻把她和小三花在小太阳前的对话也都录了音。不久的将来，当小三花离我们而去后，这些对话录音连同照片都成了弥足珍贵的爱的记录……

小三花妹妹，我们等着你尽快痊愈回家哟！

这张麻麻抱小三花的照片成了麻麻看的次数最多的照片，在小三花走了以后……她日后出版的《另一次是遇见你》一书的腰封上用的就是这张照片，小三花是她心中永远的爱和痛……照片上，术后的小三花小小的身子穿着网状的手术衣，麻麻的手一握在她身上，手术衣就看不见了，可见小三花有多瘦小啊！

大年初三，小三花见到麻麻别提多高兴了，一个新的表现就是，站在桌子上一个劲儿地往麻麻的衣服上爬，要麻麻抱抱和挠挠！张院长叔叔说，小妹妹恢复良好，再过两天应该就可以出院了，初定大年初六。这期间，奶奶给小三花取名“张金豆”，小名豆豆。后天豆豆就可以回家了，好期待啊，棒棒哒！

正月初六，在住院八天后，小三花豆豆出院啦！一屋子的猫叔猫姨猫哥猫姐好奇地围着小豆豆闻来嗅去，小豆豆一点也不认生，还踮起脚跟柜子顶上的张家猫叔玩亲亲。麻麻给豆豆理了理发，豆豆的小脑袋瓜儿看上去整齐多啦。

就这样，张金豆小朋友在张家猫窝开始了幸福热闹的新猫生，每天都像她住院期间最喜欢烤的“小太阳”那样，浑身上下充满了满满的正能量！她迅速适应了新环境和新生活，表现得可好啦！小豆豆天生就会到猫砂盆里上厕所，上完不仅会扒拉砂子盖好，还会把其他喵星人没盖好的大小便也顺便盖好，真是个聪明、讲卫生、有团队精神的好孩子。至于吃喝拉撒睡玩嘛，一切正常，活泼调皮，跑起来像所有小猫咪一样蹦蹦跳跳着前进，萌爆了！

家里一众喵星人都对她好奇得不得了，我 Lucky99 也不例外。麻麻抱着我说，豆豆妹妹这么小就跟你小时候一样受了这么多苦，你可要像个真正的姐姐一样好好照顾她、教她本领哦。麻麻还说，有了豆豆妹妹她还是一样地爱我小 Lucky，一点儿都不会因为豆豆而减少对我和其他喵星人的爱。听了这话我就放心了，说实话，一开始我还多少有点担心呢，但我可绝对不是羡慕嫉妒恨哦！

孙卓夫妇、张阿姨和杨阿姨

2 月 26 日，麻麻跟她的同事 Scott（中文名孙卓）和他太太 Alyssa 在云为素食餐厅共进午餐。这对儿年轻的美国记者入乡随俗，居然给麻麻准备了一个红包，里面有 600 元钱，说是让麻麻买猫粮给我们吃。麻麻谢了他们，随即把这钱以他俩的名义捐给了动保网，还让阿其哥哥发了感谢信给他们。

黑猫 Nia 和奶牛猫 Paku 是孙卓夫妇结婚前很久——也就是 Alyssa 还在纽约读大学时从一家流浪动物收容所领养的，名字有点怪对吗？那是因为 Alyssa 在南非做过半年的志愿者，所以给俩猫娃起了非洲名字。2013 年 10 月，孙卓调来北京工作时，俩猫娃当然也随他们远涉重洋而来。

小两口与俩猫娃

每次去他们在北京的家，麻麻都要给 Nia 和 Paku 带罐头、玩具之类的礼物，还会给他俩剪指甲、清耳朵，所以很受这家猫和人的欢迎。他俩一起外出休假时，长则将俩猫娃交给专业的寄养中心照顾，短则请麻麻上门照顾。

后来，小两口在高大上的财富中心公寓住够了，一举搬至离雍和宫很近的一条胡同里的一个小院子里。这回可接了地气了，两人开心得不得了，准备在这大干一场，建功立业，同时生儿育女。在本喵看来，最开心的其实应该是 Nia 和 Paku——有个小院子可以满地撒野啦，喵呜！（2016 年 11 月，这对夫妇迎来了他们的头生女 Happer，女婴与比她年长十多岁的两个喵星人相处甚欢其乐融融；2018年年初，一家三口带着俩猫娃告别北京飞往洛杉矶新家。）

话说麻麻有好几次去孙卓家都是和张辉阿姨一起去的。张阿姨不仅家里收养有好几只流浪猫和流浪狗，还和邂逅于香山的杨月兰阿姨一起常年帮助香山的流浪猫狗，家里有四只猫咪就是当年别人扔到八大处的一窝小奶猫。

62 岁的杨阿姨 12 年前开始喂养小区附近的流浪猫狗，退休后亦从无间断，喂养点随后扩大到八大处公园，每周都骑着电动车送食物上山。奶奶常请张阿姨给杨阿姨带些米面粮油清洁卫生等日用品，麻麻则请张阿姨给山上的孩子们带猫粮狗粮，张阿姨一口气儿肩扛手提把这些个很有分量的东西从张家猫窝搬到楼下车上，别提多有劲儿多利索了。军人出身的张阿姨说，都是给山上的猫狗送粮食练出来的。

因为张阿姨经常开车送我和麻麻去参加公益活动，每次在路上，麻麻和我最喜欢做的事，就是听她讲她和杨阿姨的动物故事，其中印象最深的是一喜一悲两件真事：

2013 年 12 月底，杨阿姨在香山喂完猫狗后下山，骑着电动车回来时路经石景山朝阳医院北侧一个加油站，见西边垃圾场内有几只流浪狗，其中一只已大腹便便怀孕待产。这么冷的天儿太可怜了，杨阿姨见状忙给怀孕母狗搭了个简易窝棚。从此，每次上山喂完流浪猫狗回来途经这里，杨阿姨都会给这只狗和其他流浪狗带些蒸好的玉米面窝头，狗狗每天都翘首以盼杨阿姨的到来，狼吞虎咽地吃完窝头后，还会把杨阿姨送出去老远，以表达其依恋与感激之情。

有天傍晚，杨阿姨又来送窝头了，因为家里有事急着回去，她跨在电动车上没下来，从书包里掏出一个装着窝头的塑料袋直接扔进了狗窝里，不料将一串钥匙也同时扔了进去。回到家门口钥匙怎么也找不到了，左思右想，估计是扔窝头时扔出去的。第二天一早，杨阿姨带着新蒸的窝头又来到了狗窝前，对狗狗说：杨妈妈的钥匙丢了，你知道在哪儿吗？快要生产的狗狗费力地转头钻进狗窝，很快便用嘴叼出了那串钥匙。

“乖孩子太棒了！你帮杨妈妈看了一晚上的钥匙不让别人拿走，对吧好孩子？”狗狗自豪地摇着尾巴作答，尽情享受着杨妈妈温柔的挠头爱抚。

这以后，杨阿姨经常赞叹道：这只狗狗也太通人性了！太懂事了！后来，狗妈妈生下了几只小狗，杨阿姨给她加强了营养，小狗都顺利地长大了，杨阿姨还设法为小狗们和狗妈妈找到了好人家，可谓皆大欢喜。

另一个故事里的主角可就没这么幸运了。有户人家的孩子羡慕同学家有名犬，缠着父母非得给他也买一只，父母拗不过他，给他买了只可爱的小黑贝。不到一年，小黑贝就长成了一只威风凛凛的大黑贝。2014 年，北京规定市区禁养 35 公分以上的犬只，见了大狗就抄走处理，怎么办？这家人于是把大黑贝送到八大处五处后山，拴在一棵树上，请那里的一位民工于师傅帮着喂养。

张阿姨和杨阿姨上山送粮时，看见这里新来了一只特别漂亮特别亲近人的黑贝，很喜欢和心疼他，每次都会给他带些吃的来。几个月后的一天，她俩来给黑贝送食物时却发现黑贝不见了，一问于师傅才知道，黑贝前一天死了！

原来，黑贝被原来的家人送到香山后，每天都盼着会被接回家去。主人带着孩子来看过他几次，每一次，黑贝都高兴得不得了，不停地扑他们、亲他们、舔他们、抱他们。好景不长，玩儿够了就该回家了，一家人开车走人，再次把他孤零零地留在山上。黑贝一次又一次苦涩地品尝着被家人遗弃的滋味，变得越来越忧郁。昨天下午，主人一家又来看他了，孩子高高兴兴地跟他玩儿了一通，全家乘兴而来尽兴而去。弃儿黑贝终于明白了，他们根本就没打算再把他接回家去。它绝望地目送着渐行渐远的小车，然后对天长啸了十多分钟，声嘶力竭之后，拼尽全力将拴在树上的绳索连根拔起，然后决绝地径直冲向山崖，猛跳下去，却不料脖子上那根粗粗的绳索缠在了山崖边的树上，黑贝被活活地勒死、吊死了！……

呜呼哀哉！

黑贝之死谁之过？

是没有做到不离不弃、生死与共的主人一家，还是那不人道、不科学的限养令？

黑贝安息！

人民代表为人民　保护动物利众生

一年一度的“两会”如期而至了。每逢此时，麻麻和她的战友们都忙得不可开交：准备有关动物保护主题的提案，联系人大代表和政协委员提交提案，联系媒体采访代表 / 委员……这是自 2006 年以来麻麻每年固定的一项重点工作。

麻麻和蒋叔叔去驻地拜访郑孝和代表。为取得更佳效果，麻麻建议郑代表将原来的一份提案（取缔屠宰猫狗）一分为二提交，亦即“建议尽快制定《反虐待动物法》”与“建议尽快修订《食品安全法》”，郑代表欣然接受，并请 30 位其家乡安徽代表团的人大代表联署了两份提案。

麻麻还就此为凤凰网撰写了一篇独家专访：

人大代表郑孝和：170 万人为啥给我投票？

2015 年 3 月 11 日

编者按：佛陀教育我们，众生平等，护生既是环保主题，也是佛门教义。作为最朴素的生命教育，它教导我们人与自然和谐共生的慈悲、也启发我们超越“我”的局限，了解万事万物、有情众生因果相连的智慧。如果你认识到了这一点，就不难理解下面这条新闻：在由中国网发起的 2015 年“两会”提案议案网络投票活动中，位居前两位、得票最多的两个议案，为何都以动物保护为主题。

关心动物的善心人远不止 170 多万

截至 2015 年 3 月 10 日 17 时，由中国网发起的两会网络投票活动中，在 1900786 位投票者中，有 1725347 人投票支持全国人大代表郑孝和呼吁制定《动物保护法》、打击取缔猫狗肉不法产业链条、保障动物福利的议案，该议案稳居今年“两会”提案议案热度排行榜之榜首。

郑孝和在感到欣慰的同时“语出惊人”，他认为支持者不是太多而是太少，因为全国上下乃至海内外关心动物的善心人士远不止这 170 多万，如果广而告之，应会有更多人参与投票——代表他们个人，也代表想要得到保护的动物。

议案一分为二 获人大代表联署支持

3 月 10 日中午 12 点是本届“两会”提交议案的截止时间。为取得更好的效果，郑孝和在 9 日晚将此前呼吁制定《动物保护法》的议案一分为二，形成“关于建议尽快制定《反虐待动物法》的议案”与“建议修改《食品安全法》的议案”，各获得30名代表的联署支持，10 日午前正式提交完毕。

议案一：关于尽快制定《反虐待动物法》的议案

依法保护动物，维护自然生态平衡，建立人和自然的和谐关系，是一个民族文明程度的标尺。保护动物、善待动物已成为各国人民的普遍共识，需要每一位公民的积极参与，更要有国家的法律保障。

议案二：关于修改《食品安全法》的议案

明确将不属于农产品的动物种类、无农产品养殖档案、无屠宰规程的动物或无动物产品（肉制品）检疫标准的动物肉类或产品纳入禁止加工制售及流通之列。

议案缘于无法忽视的严峻现实

2014 年年底，他偶然看到有关偷盗、贩运、虐杀猫狗的黑色产业链的报道，十分震惊。几乎与此同时，他收到来自全国各地多位动保志愿者寄来的有关该产业链的翔实资料，希望他在即将到来的“两会”上就此提交相关议案。作为一名人大代表和长年素食者，他意识到问题的普遍性与严重性，并很快做出了重点提交以上议案的决定，呼吁从根本上打击、取缔这条非法产业链，保障猫狗等人类伴侣动物的基本生存权。

同时，他也为全国政协委员腾格尔题为“关于尽快实施《中华人民共和国反虐待动物法》的建议”的提案大声叫好，据了解，中国网两会议案网络投票活动中，腾格尔的这项议案与郑孝和的议案交替第一。

提交议案标志着万里长征迈出了第一步，接下去就是“受理——承办——答复”的漫长程序了。他相信相关部门会对他的两份议案给出满意答复。如果对答复不满意，他将退回并要求重新答复。问他预期多长时间能得到满意答复，一年、三年、五年？他认为三五年时间太长，必须只争朝夕，尽快解决。无论如何，他都将继续关注与深入调研与此相关的议题，只要自己一朝身为人大代表，他就将一年一年地提下去。

吃素是最彻底的动物保护　与立法一样重要

在郑孝和看来，动物保护与环境保护一样，绝不是几句空洞的口号，而必须落实到衣食住行的细节中去。比如，他坚信吃素是最彻底的动物保护，是最好的放生，是最环保的生活方式。

不用说，对这两份直接关乎我们生死存亡的重大提案，我们喵星人汪星人当然要发扬重在掺和的奥运精神举双爪投票支持啊！可惜地球人的计票系统太落后，居然不认我们的投票，否则本喵有足够的理由相信，总支持票数至少会翻一番甚至翻几番！无论如何，民意所在、民心所向足可见一斑哪，喵喵喵！妙妙妙！要要要！

公民、民调、民意、投票……这些高大上的词如何接地气呢？人家土耳其可有两把刷子了，把废弃的投票箱改造成流浪猫咪的小窝，深受喵星人欢迎。变废为宝，一举两得；只要有心，随处功德——棒棒哒！

宝宝们，脑洞大开多干快上啊！

垃圾车里捡回的菩提和虐待狂家来的英子

春天来了。我知道，我若是生在这个季节，喜欢节气名的麻麻准会为我起名为春分、清明、谷雨中的某一个。我遇到麻麻的那天正好是九九重阳日，所以一开始我的名字就叫重阳、九九，直至后来演变为 Lucky99……

就在春分节气（3 月 21 日至 4 月 4 日）期间，张家猫窝又被“塞”进来两个喵星人，两个都有不得不收养的理由，两只居然都是名猫——名猫也照样被虐待与遗弃！一只是金吉拉猫菩提 Tina，一只是英国短毛猫小英子。

先说菩提 Tina 的来历。3 月 22 日，麻麻与蒋劲松叔叔正在苏州参加弘化社公益基金会理事监事会，奶奶打来电话说家里又来了一只猫！麻麻忙问端详，原来是清洁工孙师傅送来的。当晚 10 时左右，孙师傅经过楼下垃圾车时隐约听见里面传来猫叫声，踮起脚来往里一看，只见一只小猫正在里面拼命地叫唤！待他找来一个板凳，探身去够小猫时，小猫正在垃圾堆里找吃的呢！抱出来一看，小猫还带着粉色的项圈，说明是一只家猫而非流浪猫。垃圾车很高，平常邻居们都是往车里扔垃圾袋而不是将垃圾袋放进去的，小猫自己跳进去绝无可能，一定是被人故意抛弃在垃圾车里的。小猫下半身的毛毛沾有血迹，拨开毛毛却不见伤口，后来才知道是尿血所致……

孙师傅想起来，几个在同一家公司上班的女孩在垃圾车后面的楼里合租了一间房，他见过她们往垃圾车里扔装有猫砂的垃圾袋，最近听说她们要搬家了，很可能是临走前不知拿这只正在尿血的小猫怎么办，干脆扔到垃圾车里让它自生自灭算了……孙师傅知道麻麻出差在外，这么晚了怎么办呢？于是给与麻麻一起救助流浪动物的高阿姨打电话求助，高阿姨的手机已关机，就只好送到张家猫窝来了。奶奶连夜动手给小猫简单地洗了个澡——毕竟是从垃圾车里捡来的啊，万一带来什么虫虫什么病菌传染给这么多的张家喵星人可怎么办啊？

等麻麻 24 号回到北京，小猫已经干干净净的了，只是一副弱不禁风的样子，抱起来轻似羽毛，无声无息，毫无生气，并且仍在尿血，跟整天琢磨如何调皮捣蛋、消耗过剩精力的张金豆小朋友有天壤之别。麻麻想，当务之急是给她压压惊，好好爱，细调理，开小灶，让她尽快好起来。这个目标在半个多月后的今天基本实现了，小不点儿不再尿血了，长了些肉肉，也开始跟一众猫叔猫姨猫哥猫姐们玩游戏跳上跳下了。

每天，麻麻都会无数次把她抱在怀里跟她说话：你是谁家的娃娃？叫什么名字？麻麻是谁？为什么把你扔到垃圾车里？你是她们买来的吗？她们搬家走了不要你了对吗？这是你的新家，我是你的新麻麻，你绝对不会再被抛弃了，新麻麻我一定把你养得健健康康、壮壮实实的，你可要加油哦！

叫个啥名好呢？最后麻麻给她取大名为菩提——“菩提”一词是梵文 Bodhi 的音译，意为觉悟、智慧，用以指猫指人忽如睡醒，豁然开悟，突入彻悟途径，顿悟真理，达到超凡脱俗的境界等。小名 Tina，涵意为“the small one”（娇小玲珑者）。取这个名字稍经周折，奶奶开始不同意，后来总算妥协了。

目测仅三四个月大的 Tina 很快便成了奶奶的另一件小棉袄，每天都会轻盈地跳到奶奶身上求抱，奶奶非常疼爱她，并富有创新精神地把她唤作“小娜娜”。Tina 逐渐习惯了在张家猫窝与这么多喵星人的热闹生活，出落得愈发楚楚动人了，我很喜欢这个新来的小妹妹。

说完了金吉拉猫小 Tina 再来说英国短毛猫小英子，后者的故事可就多了，多到什么程度呢？据我推测，麻麻多半会给小英子一家单写一本书的。简单地说是这样的：英国短毛猫“灰灰”虽然才一岁多，却已换过两任主人，不幸的是两个家庭似乎都没有善待她（求灰灰心理阴影面积）。Y 姓主人是麻麻在小区菜店前认识的，当时麻麻正蹲在地上跟一只狗狗说话呢。Y 女士说她家也有动物，一汪一喵，喵是一只深灰色的英国短毛猫，故取名灰灰。丈夫、儿子、一犬、一猫，听起来是个完美家庭啊，但问题来了：每当主人情绪失控时灰灰就遭殃了，眼睛被暴打到出血，已发生不可逆转的病变……

再打下去灰灰就会没命的！忍无可忍之下，4 月 4 日，麻麻把灰灰接回了家。可怜的灰灰整整躲藏了两个多月才逐渐融入全新的生活。麻麻把远远拍到的灰灰眼部图片发给张医生，他看后说情况严重，患处一定肿胀难耐，应尽快将眼球摘除，以免病情加重。6 月 19 日，终于第一次把灰灰抱在怀里的麻麻立即把她带到荣安动物医院，接受了左眼球摘除手术。

从此，一举成为独眼凤的灰灰重获健康与自信，一眼（右眼）观世界，一眼（摘除了眼球的左眼）察内心，并且有了全新的名字“英子”（因为她本身就是一只英国短毛猫嘛），从此挥爪作别灰不拉几的黯淡喵生！拜拜啦灰灰！

初来乍到的小英子

左眼球摘除后的独眼凤小英子

7 月 17 日，豆豆失踪当天，麻麻发现小英子也不见了，而且失踪时间可能更早！一通狂找之后的 26 日，在高人的指点下，麻麻终于在东南阳台上的壁柜里找到了小英子！小英子居然安然无恙，一出壁柜便踱着方步在屋里溜达开了，仿佛什么也不曾发生过，生命力实在太顽强了！

因为这次意外，麻麻对英子愈发疼爱呵护有加。英子温顺、安静、淡定，与世无争，连后来的闹猫也微乎其微，麻麻本想过几天就带她去做绝育，奶奶却说再等等看吧，也许英子以后就不闹了呢。跟别的猫儿比，她这简直不能称为闹猫啊！结果好了，12 月 6 日，麻麻意外发现小英子已怀孕待产，要当妈妈啦！！！罪魁祸首只可能是家里唯一一个没做过绝育又摸不着、抓不住的隐形猫小喜子！别无选择，唯有速速准备好坐月子所需要的一切，从猫窝睡垫到怀孕期猫粮。“小英子 + 小喜子”，天哪！一定是小喜子在夜深人静猫不静之时干下的好事！

12 月 12 日晚 11 时许，小英子陆续生下三白一黑四个萌娃！麻麻充当接生婆，精心伺候，不离左右。这是自 2003 年麻麻开始救助流浪动物以来第一次有猫咪在家里生娃娃！麻麻会把娃们养到底，让这幸福的一家六口在张家猫窝永远生活在一起。

小奶娃们长得飞快，一天一个样，可爱至极。我常常在猫窝旁长时间地注视着其一举一动，有时还不禁伸爪轻轻地爱抚它们，心中暗暗赞叹这一个个生命的奇迹。

小英子妈妈边喂奶边琢磨这是个什么东东

四个萌娃百日照

四个萌娃一岁照

小英子妈妈在生产八个月后长成肉滚子啦

4

第四章

（2015/04—2016/07）

4

当我足够爱　才敢失去你

一千次
我读到分别的语言
一百次
我看到分别的画面
然而，今天
是我们——
我和你，要跨过
这古老的门槛……

“动物的离世是需要一个人拿出最大勇气的时刻之一。学着足够爱你的动物，爱到可以让它走，这是最大的功课。”

舒婷的诗句与卡罗·葛尼的忠告伴随麻麻和我们全家从春到夏。这期间，竟有五个张家喵星人先后穿越了彩虹桥：其中两个已在张家猫窝生活多年，称得上是寿终正寝，14 岁的小 Ku 卒于 4 月 23 日，12 岁的憨宝儿大叔卒于 5 月 18 日；两只是别人送来的小奶猫，没多久都不幸夭折，两周大的猫剩剩殁于 7 月 1 日，没满月的小小宝殁于 7 月 14 日；今年 2 月才来张家猫窝却已深深俘获人心与猫心的小金豆妹妹意外逝于 8 月初……

如此密集地作别、安葬五个娃娃，麻麻的眼泪就没有干过。不思量，自难忘。阴阳两相隔，何处话衷肠！我知道，悲伤是不可避免的，眼泪是爱的证明，虽然她知道泪别并非最佳的送别方式……

我跳到桌上，不时用头去轻轻地蹭她，还用舌头把她滚落的串串泪珠舔干……我想让她知道，母女心连心，我们的悲伤是共同的。

小 Ku

憨宝儿

张金豆

小宝

猫剩剩

泪珠啊泪珠，你原本就是用晶莹的眼泪串成的珍珠啊！

所以亲爱的朋友，出于爱，

请用智慧和我告别，

让我带着尊严

踏上旅程。

珍惜我们共度的每个季节，

因为它们是永恒的。

猫剩剩是中国人保集团的“大圣”阿姨送来的，小奶猫是在公司院子里生的，猫妈妈叼着孩子们搬家时一不小心，猫剩剩从公司院墙上掉了下来，被阿姨发现了送来的。麻麻竭尽全力照顾猫剩剩，每两小时喂一次奶，有天夜里第二次起床喂完奶后，手握奶瓶直接倒地便睡，醒来后才发现自己竟睡在瓷砖地上了，看看都困成什么样了，可就是这样也没把猫剩剩养活……

“收到张老师发过来的最后安葬猫剩剩的照片，小小奶瓶小小碗小小玩具摆在那里，中间的它那么小，躺在那里。它还没来得及睁开眼看看这个五彩斑斓的世界。不看也罢，没有任何留恋。只是我们会记得有一只叫猫剩剩的小猫来过，它曾那么努力地想活下去，于 2015 年 7 月 5 号跟我们永别了。”大圣阿姨写道。

小宝呢，那天早上还没起床就有人按门铃，麻麻以为是快递，结果开门一看是楼上的苗苗和一个女孩，女孩手里举着一只小小猫——烂眼圈的小小猫，屁屁和尾巴上沾的都是屎粑粑！他俩说是在小区门口看见的，说它太小很容易被人不小心踩死，所以，就送到张家猫窝来了。麻麻问那姑娘你家不能收养吗？女孩回答说她姥姥对猫毛过敏……啥也别说了，收下吧，准是刚往生的猫剩剩投生的。麻麻再一次全力以赴，岂料约一周后的凌晨 1 点 10 分小奶猫还是走了……

没有猫妈妈的孩子们要想健康平安地存活下来真难啊！

相比之下，小 Ku 和憨宝儿大叔算得上是善终了。眼见着生命从它们的身体里一点点流逝，任谁也挡不住它们离去的步伐，麻麻只有更多地抱着它们，一遍遍地告诉它们她有多爱它们，谢谢它们陪伴了她这么多年，说它们辛苦了，好好地、放心地去吧……

最仁义的憨宝儿大叔的往生之地就在麻麻的床下。

而麻麻的小棉袄小 Ku 则于麻麻出差回京的前一日走了……为了不让麻麻难过，奶奶没有告诉麻麻，当晚便请孙师傅把小 Ku 安葬了。次日回京，麻麻惊闻噩耗，不敢相信、不能接受就这样与小 Ku 永别。不行！她必须要见小 Ku 最后一面，否则小 Ku 死不瞑目，麻麻则永远不会原谅自己。天黑后，孙师傅带麻麻来到一株金叶女贞树下，一锹又一锹地挖下去，还沾着湿气的泥土被挖了出来，然后麻麻就看见了小 Ku——被奶奶细细地包裹在两层布里的小 Ku，最里面贴身穿着的是她生前就穿着的小坎肩——小 Ku 最后的时光里瘦弱怕冷，总是紧紧地缩成一团，所以麻麻就给她穿上了张金豆小朋友出院回家后奶奶用当年给我做高领衫用的同一件旧棉毛衫余料做成的坎肩。一双原来那么亮的眼睛永远地闭上了，一张原来那么圆的小脸瘦成了锥子……麻麻把仿佛熟睡中的小 Ku 紧紧地抱在怀里，对她说了好多好多贴心话……最后，又像安葬憨宝儿它们一样，把一串佛珠放在小 Ku 身上，祈祷她离苦得乐，往生净土，孙师傅一锹锹地又把小 Ku 掩埋了……

最让麻麻心碎的莫过于小金豆妹妹的意外夭折了。这个大年三十晚上被人送上门来塞给奶奶的小病猫被麻麻次晨带到医院紧急做了开腹手术，把两个暴露在体外的“血柱子”放回体内原位……小金豆妹妹迅速康复，茁壮成长，亲人亲猫，前途无可限量，大有成为张家第二只励志猫的无限潜能，殊不知天不假年，小金豆妹妹在炎夏中突然辞世……

8 月 3 日中午发现豆豆的遗体后，麻麻痛哭失声，却不得不擦干眼泪、红肿着眼睛，和蒋劲松叔叔等人一道去会见澳大利亚动保代表团。该团由澳国会议员、动物问题专家、土著居民长老和记者组成，在国际爱护动物基金会郑智珊阿姨的陪同下，与动保网商谈如何合作阻止该国对华兜售血腥的袋鼠肉及其他袋鼠制品的问题——与加拿大对华倾销恶名昭著的海豹制品如出一辙。

麻麻更愿意相信，小金豆是一只外星猫，她没有死，她只是回到属于她的星球去了，从那里鸟瞰关注着我们，为我们祈福，将爱之花洒向凡间……

“震惊，否认，愤怒，内疚，抑郁，难过，最后是接受。让自己去逐个穿越所有这些情绪的痛苦。那些不这样做的人经常会卡在锥心之痛中，就好像陷进流沙一般。”

面对这样的突发状况，麻麻和我们能做些什么？一位通晓动物语言的专家如是说：

* 尊重它的愿望；
* 如果你足够爱它，就让它走；
* 最后告别时祝它有段美丽的旅程。

彩虹桥是小 Ku、憨宝儿、猫剩剩、小宝和小金豆的前往之处，那是一个神秘的动物天堂。“彩虹桥的灵感可能来自古代斯堪的纳维亚神话 Bifroest（意指连接天与地的彩虹），寓意是动物主人死后能再次和自己的动物愉快团聚。”

那么，就此打住，说再见吧，彩虹桥再见之日不会太遥远。

“我带着你的心，我将它放在我的心上。”那就是你们永远的安息之所。

以下这首诗的作者是美国某导盲犬机构的训练主管奥森博士，诗中的“上帝”一词可以指你所相信的任何高等生命的存在：

上帝问猫咪的灵魂
你准备好回家了吗？
啊，是的，准备好了
珍贵的灵魂回答说
作为一只猫，你知道我最有能力
为自己决定任何事了

那你要回来了吗？上帝问
很快，长胡须的天使回答
但是我必须慢慢来
因为我的人类朋友会受不了
你看，他们需要我，那是肯定的

可是他们不明白吗？上帝问
你永远都不会离开他们？
你们的灵魂交织在一起？直到永远？
没有什么被创造，也没有什么被毁灭？
一切都如是……永远永远

他们慢慢会懂的
美丽的猫咪回答

因为我会在他们的心中耳语

我永远和他们同在

我一直都在……永远永远

“悲伤对于每个人都是一次私人和独特的经验；当你经历它的时候，去寻找适合自己表达痛苦悲伤的方式吧。”

以下是人们总结出来的纪念动物的多种方式，总有一款适合你（红色字部分是麻麻所做的）：

*给亲近的人寄去公告（麻麻把讣告发在“励志猫 Lucky99 的喵日志”里）。

*为动物写一首诗、一封信或一首歌和它告别，重新计算你们共度的时光。

*为动物种下一棵树（麻麻在每只猫咪安葬处的树枝上挂上佛珠）。

*选出最佳图片，精心编辑，装入镜框，挂在墙上时时凝视。

*请艺术家画一幅专业的肖像、素描或者雕塑。

*将你最喜欢的照片做成剪贴簿或贴纸。

*在动物最喜欢的房间将照片拼贴起来挂在墙上。

*将动物的一张特别的照片印在 T 恤、杯子上或为全家人做一套杯子。

*用动物的爪印做一个模子。

*在你们通常会共度时光的时间点燃一支蜡烛，在晚上本来会遛狗的时间，或者在早晨会一起坐在长凳上的时候。

*做一个特别的盒子盛放动物的东西，如项圈、牵引绳和它最喜欢的玩具。

*用动物的胸牌做一条项链或钥匙环。

*剪下动物的一些毛放在特别的坠子里（麻麻把毛毛放在透明夹里了）。

*用动物身上的毛，请人将它编进篮子里。

*把动物的项圈当作手环。

*和特别的朋友举行一场聚会，庆祝你们共度的生命；动物朋友经常会如此建议。它们想让我们庆祝一起分享过的时光，而不是为失去而哀悼。

*以动物的名义向慈善机构捐助。选择救助动物的机构、人道对待动物协会、特别的兽

医学院或者动物医院。你可以选择资助某一只动物。很多生病、残疾或是年老的人们需要帮助才能保留他们的伴侣动物。

*代表动物同伴去人道对待动物协会或救助机构做义工……

8月里，麻麻两次前往北京天开寺，请住持宽见法师等僧俗两众为张家猫窝今年过世和先前过世的喵星人以及玉林“狗肉节”等被杀、被吃的动物朋友们举办往生普佛超度法会。

每一个被怀念的生命都从未远离。

所有失去了的最终均会以另一种方式归来。

妹妹小 Ku 与哥哥小 Mu 重逢于彩虹桥（作者：恩宜）

最后，想知道本宝宝是怎么安慰麻麻的吗？我对麻麻说：

麻麻别难过，小 Ku、憨宝儿、猫剩剩、小宝和小金豆只是回到喵星球上去了，那里原本就是我们的老家啊！早晚，我和其他张家喵星人也要回去的，我会告诉它们麻麻有多想它们多爱它们。只要我还在地球一天，就一定好好地陪着你。我爱你麻麻，我爱你，我们都爱你。

“我们人类欠动物太多啦！”

当一个讲座或其他活动的举办地不在北京时，麻麻就会全权代表本宝宝前往，并在回京后以日记方式向本宝宝述职汇报。这样的活动远比本宝宝亲自参与的多。

10 月下旬，麻麻到厦门出差期间，在厦门市爱护动物教育协会副会长萧冰叔叔的安排下，与大同中学邱伟坚校长和德育中心高飞主任就生命教育进学校的议题进行了座谈，并在滨北小学为“小海豚小分队”的学生们举办了动物保护讲座。

当麻麻在讲座上问有谁知道“世界动物日”的来历时，大家踊跃举手，坐在第一排的刘赫同学抢答道：“是很久很久以前一个外国的叔叔发起的。”

麻麻又问：“那个叔叔为什么要发起这么一个纪念日呢？”

刘赫答：“因为他觉得……因为人和动物是好朋友！因为我们人类欠动物太多啦！”

“因为我们人类欠动物太多啦！”——必须为刘赫哥哥的这个答案拍案叫绝！

“因为我们人类欠动物太多啦！”——刘赫小朋友

麻麻日记：萧冰先生及协会八年来坚持不懈地推广爱护动物教育已在这座海滨城市的多所中小学结出了果实。正因为有小分队和刘赫这样的孩子，让我们有理由对未来充满信心。想改变一个成人的世界观、价值观难于上青天。动物保护必须从小抓起、从孩子抓起。只有将关爱动物、尊重生命的细胞从小植入孩子们的体内和心中，才有可能指望当他们这一代人成长起来后，会与他们的前辈、前前辈不同，会成为具有普世价值观的新一代中国人。

在他们的努力下，中国才有可能真正以文明进步的形象傲立于世界民族之林，受到各国人民发自内心的尊敬与热爱。印度圣雄甘地有言在先：一个国家、一个民族是否伟大、道德是否进步，完全可从其对待动物的态度与方式中得到判断与印证。

（本喵注：2018 年 4 月 10 日，萧冰叔叔英年早逝，令人令动物痛惜不已！）

只要活动在京举办，本宝宝都会心甘情愿地亲自参加。这不，回京后不久，麻麻便带着我前往人大附中，与该校国际部高中部的同学们来了个亲密接触。

“为了让同学们对动物保护有更加深刻的认识，共同呼吁动物保护法的出台”，“猫狗乌托邦”和“RDFZ 公益猫社”联合举办了人大附中首场有关动物保护的讲座，题为“让我们阻止伤害——流浪动物保护讲座”。报名通知中这样写道：“已经入冬了，在 2015 这个寒冷的冬季，你是否有想过那些流浪在街边的动物？它们冷不冷，会不会生病？它们，还活着吗？ 11 · 25——让我们心系动物保护，请张丹老师和她救助的猫咪 Lucky99 为我们讲述几位动保人士的亲身经历，聆听她和她救助的流浪动物的故事。在这里，让我们心系动保，一起收获冬日里难能可贵的温暖，用心体会动物保护，为它们送去一份温暖的关爱。在这里，同学们可以与那只有着神秘故事的猫咪 Lucky99 交流互动，用心感受它的故事。欢迎大家前来参与！”

在讲座的筹备与举办过程中，麻麻和我切身感受到了这些同学们对动保话题的关切，他们的动保情商、思考和动手能力毫不逊色于高校学子。相信这些有备而去的孩子们不久到国外读书后，在展现卓越的学习能力的同时，还将以动保义工或 NGO 创办人的身份迅速融入当地社会，造福那里的动物与人，成为新一代受人尊敬的中国人。

正如台湾关怀生命协会的口号：以关怀动物为关怀生命的起点。

书，猫，好生活

张家猫窝的首席铲屎官麻麻最怕的是什么？是我们这些小祖宗把尿撒在键盘上和床上！即使是去趟卫生间或给快递小哥开个门，她也会把键盘翻过来以免某喵趁机使坏"水漫金山"；床上用品皆换为不容易被抓烂和尿透的粗布。每年的"11·11"或"6·18"购物节，她都会网购一大堆衣物与家居消毒液，因为张家猫窝的洗衣机几乎整天都不会闲着——谢谢你，洗衣机大哥，你辛苦了！剧透一下，本喵最喜欢的衣物消毒液是阳光味和柠檬味的。对麻麻而言，只要喵星人不把尿撒在以上两处，其他什么都好商量好解决，无非就是勤快点累点。罪魁祸首经常是东东、胖淘儿、旺旺和小二黑等几个坏孩子，像我小 Lucky 这样的好孩子自然是绝对不会给麻麻添堵的，纵使不能为麻麻分忧。

法国哲学家萨特与他那只名叫"Nothing"（虚无）的爱猫

不过，在认真学习了几位超级猫奴大咖的先进事迹后，麻麻深刻反省了三天三夜，自愧弗如，决心急起直追，无怨无悔地当好一名称职的首席铲屎官（张家猫窝其他铲屎官包括：奶奶、小时工小胡阿姨和小孙叔叔）。

先进事迹是这样的（摘自麻麻日记）：

爱尔兰诗人叶芝（W·B.Yeats）有一天正打算离开都柏林的阿贝剧院，发现剧院的猫趴在他的外套上睡着了。据说，他实在不愿意惊醒这只沉睡的猫，于是便小心翼翼地将外套上那块猫咪睡在上面的布料剪了下来，好让猫儿继续歇息……想想吧，大诗人穿着有一大块豁口的外套走在街上，那模样一定有趣极了，回头率一定高极了！对了，诗人的名作《当你老了》你总读过吧？李健版的会唱吗？

另一则趣闻的主人竟是诺贝尔和平奖得主、思想家与人道主义者史怀泽（Albert Schweitzer）！他完全被自己那只贪睡的猫——斯兹——给迷住了。斯兹有个不合时宜的偏好，那就是在主人的左臂膀上睡觉。每当史怀泽工作时，他总是由着斯兹在它喜欢的地方快乐地打盹，而绝不把它赶到其他地方去睡觉。这可苦了天生就是左撇子的史怀泽，他只能艰难地试着用右手继续工作……

经过一番广泛深入的学习钻研后，麻麻发现不仅她自己的情况与史怀泽老先生神似——虽然老先生是用笔写而麻麻是用键盘写，时代不同了嘛——还有不少作家与画家的“遭遇”跟老先生简直一模一样，且有图为证（没图的就太多了，举不胜举）！

而无论爱猫是在臂弯里、肩上、背上还是头上，下述图片中的主人公都俨然一派习惯成自然的泰然自若，不仅没有丝毫嫌弃或厌烦，嘴角还浮现出若隐若现的一丝笑意，仿佛爱猫若不在现在的位置，自己的写作便无法顺利进行下去一般；或者不如说他们是在与他们的爱猫携手携爪合作，“军功章”里也有他们爱猫的一半。至于为什么作者署名里没有爱猫的大名，估计多半是出版社死脑筋不同意。其实，如果如实同时署上猫奴作家与其主子爱猫的大名的话，该作品的销量至少会翻番，愿赌服输。希望本书的出版社能实事求是地署名。

膝盖是作家们的猫咪最喜欢的另一个部位。美国当代著名小说家乔伊斯·卡罗尔·奥茨谈到她佳作不断的原因时坦承：“我之所以能写出这么多东西，是因为猫咪总爱坐在我的膝盖上。她打着呼噜，我不愿起身惊扰到她。”为了不把爱猫吵醒，宁愿憋着不上厕所、不起来活动，结果呢？生生被逼成了一位既高产又优质的超级畅销书作家！

遥想当年，“一天的工作结束后，夜里，我就把猫放在膝盖上，一边啜几口啤酒，一边写起我的第一篇小说。这至今都是美好的回忆。”因为一直不缺陪伴他写作的猫咪，所以村上春树能总能写出一篇篇温暖人心的作品。“如果有一天早上醒来发现猫不见了，我的整颗心都会是空荡荡的。养猫与读书对我而言，就像我的两只手，相辅相成，编织出多彩的生活。”

著名编剧与网络大V“鹦鹉史航”是名资深猫奴，家里窝着11只猫，还有杂乱堆放的几万本书。“在他敲电脑写剧本时，猫甚至可以蹲在他肩膀或者头顶上，上蹿下跳。家里的

日本作家三岛由纪夫与爱猫

“我希望自己能写出像猫一样神秘的东西”——经典悬疑小说《黑猫》作者爱伦·坡写作时，其爱猫必定伏在其左肩上

诺奖得主多丽丝·莱辛与打字机上的爱猫

丰子恺先生在创作《护生画集》，背上为其爱猫阿咪（麻麻多次参访过这张照片的拍摄地“日月楼”——猫痴丰先生晚年生活的寓所）

丰子恺先生的这幅作品是麻麻的最爱，因为画面简直就是她自己的真实写照！
图中执笔者为丰家幼女丰一吟，猫儿应为丰先生笔下的爱猫白象

阿咪在丰子恺先生头上

阿咪在客人头上

史航叔叔和他的猫咪们

沙发全被猫爪抓得体无完肤，如果有客人来了，史航也只能请他们坐折叠椅或坐垫。更要命的是，爱书如命的他，不时要忍受猫咪把他心爱的书本尿湿，因为他同样爱猫如命。”他还有句名言：养猫的人以别人为中心，养狗的人以自我为中心。

“花肥肥”是观复博物馆的一只英国短毛猫，非典期间遭人遗弃，幸被马未都馆长收养而成为一只观复猫。收藏家、作家“马霸霸”（马未都爸爸）说，“我常在办公室加班写东西，它就趴在我的桌上看我，非常耐烦。”

“书，猫，好生活。”曾为艾略特的猫经创作了经典绘本的著名插画家爱德华·戈里道出了许多文人心目中公认的理想生活方式。

以《老人与海》一书荣获诺贝尔与普利策奖双奖的美国作家海明威不仅是个超级猫痴，就连遗言也留给了写作时相伴左右的猫儿们：

“晚安，我的小猫。”

至于为什么历代文人墨客大咖们都爱猫，看看两个文章标题就够了：

“高冷又神经质的喵星人如何成为作家标配？”

“为什么每个才华横溢的大作家背后，都有一只高冷的喵星人？”

换一个极简答案则是：作家之心属于猫。

且让我把“作家标配”与“高冷”分开道来。先说“作家标配”。要把爱猫的古今中外大作家列出个名单来是不可能的，因为其数多到足以构成一部百科全书或一部大词典。为什么通常在作家和家猫之间会有这样一种默契关系？为何说猫咪是作家的不二良伴？在此，必须与读者诸君分享的原因之一出自法兰西学院院士、著名法国作家弗雷德里克·维杜的《猫的私人词典》一书：

“猫与作家配合得天衣无缝……你们看，我是一位作家，因为我跟猫生活在一起！”

“在每个作家都必须面对的孤独和沉默中，只有猫能够从中找到一席之地，并在某种意义上陪伴他缓慢地写作；只有猫能成为与世隔绝的那个人的同谋或伙伴；对他来说，只有猫才能扮演必不可少的守夜人和批评家的角色。”

“他们无法了解猫，就像无法探知智慧的秘密一样。尽管如此，他们还是试图接近这些秘密。这种接近才是重要的。简言之，为了弥补不能做猫的遗憾，为了能企及那无法到达的大智若愚的境界，仿佛永恒就隐藏在无常的瞬间——这个被体验的瞬间包含了一切，过去和未来。于是，作家开始写作，而这一行为或许是唯一行之有效的慰藉。”

“对于一个作家、哲学家或是修道士来说，猫扮演着一个知己、灵感缪斯和精神分析师的角色。它身上散发出的那种宁静，比任何疗法都有效；它目光中投射出的神秘的肃穆，是最神奇的精神疗法。”

“它们喜爱的卧姿似乎是得了斯芬克斯的真传；它们迈着天鹅绒般柔软的脚步，像守护神般地在家宅里漫步，或者坐到靠近作家的桌子上来，伴着他的思想，从它们那散着金色的瞳孔深处望着他。”

“猫也望着作家。它同情他。可能在它自己选择的孤独和沉默中，猫认为作家和其他人相比算是更值得交往的。它可能还会想到，自己曾经也处在他的位置上。如今，它满足于自己的命运，惬意地打着呼噜。”

“我是不写作的，猫喜欢这样提醒他，我在你的灯下或电脑旁取暖，我在你的纸张上打盹儿，我打着呼噜享受每一刻时光，我沉思冥想并且把心思都藏在心底，我不要累死累活地把什么都传达出来、证明出来。我是瞬间，也是蜷缩在当下真实而纯粹欢愉中的永恒。”

“你确定睡个美美的午觉对你而言不如辛苦地构思和撰写几行几页文字更有益？你是否坚信你写的东西对人类有益？”

“你是否坚信你写的东西对猫咪、对众生、对万物都有益？”

最后一问乃本宝宝所加，原因嘛你懂的，嗯嗯。

回过头来再说“高冷”。为什么人们总喜欢在“喵星人”前面加上这个词呢？听上去很有点高处不胜寒的感觉，我整个喵都不好了，幸亏人们没再加上“傲娇”或“孤傲”的字眼。不行，本喵非得把该词的来龙去脉查个水落石出不可，以免让人们对我们喵星人产生莫须有的误解。

以下是本喵用喵搜在百度百科里找到的：

高冷是一个网络词语，一般解释是：高贵冷艳。但是也有一种不常见的用法，这时它的意思是孤高冷傲，带有一定的古典色彩，有时可能会有些懒懒的感觉。其对应的英文为Elegant indifference（我喜欢这个英文翻译）。

如果你问本喵对“高冷”怎么看，本暖宝宝会回答：

本喵不怕高但怕冷，本喵的专长是温暖与激励人心！

本宝宝高冷吗？

“大师”为张家猫娃拍大片

“没有哪个摄影师能抵挡为猫拍照的乐趣，自家的猫、偶遇的猫、模特儿们的猫、在胜地的猫、威尼斯的猫、日本禅宗寺院的猫、巴黎屋顶的猫或者其他地方的猫。猫作为唯一的主题；猫作为背景；猫为背景增色；几只猫在一起；猫和狗在一起；猫和明星在一起；猫在街道上，在水边；猫欢跳着，猫在吃饭，在玩耍，在争吵……

猫是那样上镜！那样富有表现力！那样优雅，那样珍贵！那样有说服力，那样雄辩！每一个姿势都是那样无懈可击！

古往今来最伟大的摄影师都曾于某日将它们定格在了胶片上……

有猫在，所有的瞬间都是神奇的。

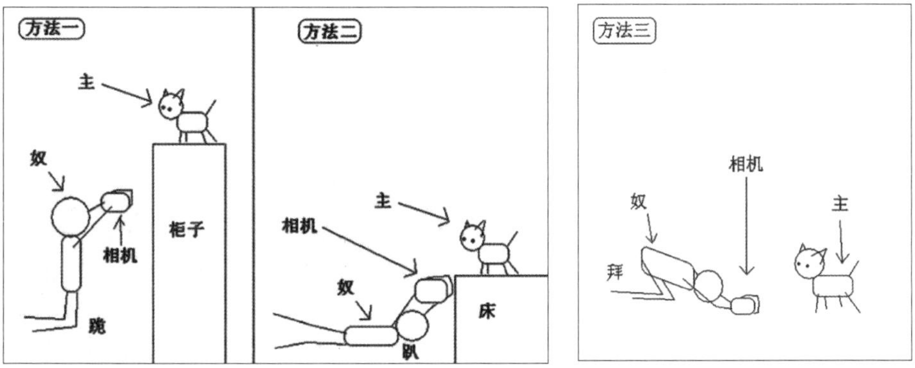

给猫拍照的方法（作者：很脆的海蜇头）

弗雷德里克·维杜说得太对了。我们亲爱的麻麻虽然不是个职业摄影师，但却堪称张家喵星人的御用摄影师。

被拍照是我生活的重要组成部分，每天麻麻都拍个不停，乐此不疲，经常把手机和相机都同时拍得没了电，真不知这股子永不枯竭的干劲儿是打哪来的。只见她右手持手机或相机，左手高举逗猫杆，嘴里“龟龟看麻麻这儿！”“汤圆快看这个布老鼠多好玩儿啊！”

前不久，张家猫窝迎来了一位发烧级摄影爱好者邢勇叔叔，王寅阿姨请她的这位中学同学来给我们拍片，麻麻简直太欢迎了，她很想看看从他人的镜头里拍到的我们是个什么模样。

先看看邢勇大师拍照时的阵势吧：王寅阿姨是灯光助理，麻麻是道具助理，她们俩被指挥得团团转，齐心协力伺候大师，真好玩！

猫隧道里的三宝

猫爬架上双手残疾的大宝

二宝和四宝（黑宝）

Amy 美玲珑

东东

左前肢缺失的张小北

胖淘儿

百子湾

国庆

张家有女初长成（笨麻麻把我的领结系歪了）

缺心眼子（张家猫叔）

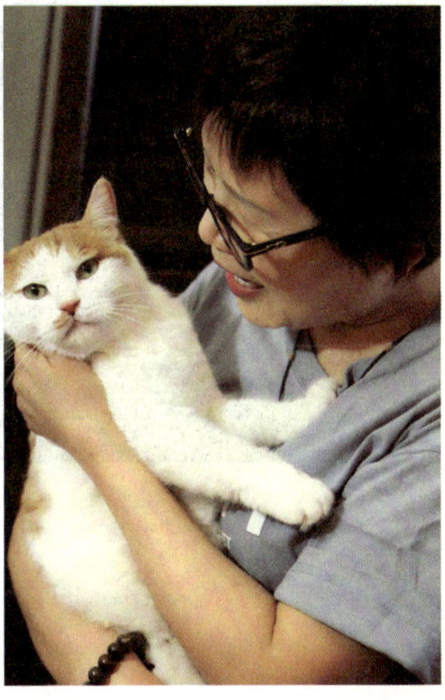

母女俩心连心

徐社长与喵星人 CC

像我们这样的一个喵星人或汪星人对与我们朝夕相处的地球人而言究竟意味着什么？我们究竟能在这些地球人或两脚兽心上刻下什么样的爪印？

“动物是我们的倒影，它们有些是我们梦寐以求的伟大老师，它们进入我们的人生，主要原因之一是教我们如何无条件地爱我们，它们完全不在乎你赚多少钱，你靠什么维生，你长得怎么样，它们都一样爱你。”动物心理学专家卡罗・葛尼说。

有人问号称“老佛爷”的时尚教主、德国著名服装设计师卡尔・拉格斐，他的爱猫丘比特・拉格斐可曾带给他任何变化？他的回答是：“因为它，我变得不那么自私了。”“现在还没有人与动物结婚的先例，我从没想到我会这样爱着一只猫。”能给如此知名的超级自恋狂带来如此积极的变化，难道你还不觉得我们喵星人了不起吗？

“应该向所有出现在我们面前的猫致敬……这些猫只是拥有智慧，保持着自己的本性，没有沾染上我们人类的平庸、野心和卑鄙。”

麻麻说，人这辈子唯一能替自己选择家人和亲人的机会，便是认领和收养流浪动物。选择领养吧，选择买不到的爱！

看看由她主编的《动物记》一书中的一些相关内容吧：

“在漫长的历史中，我们从它们当中选出了一些代表，如猫和狗等，来与我们做更亲密的接触，来陪伴我们，使我们孤单的心稍稍得到了一些安慰，生活中的不安也得到了一点缓解。猫与狗的柔顺和勇敢，还有聪慧和忠诚之类，常常让人叹为观止。‘它们’是多么浩大繁杂的一个群体，可是仅仅派出了猫与狗这两个使者、两个灵物，就使人类有了无穷无尽的话题，有了无穷无尽的依恋，还有无穷无尽的故事。它们以完全不同或似曾相识的风度和姿态，赢得了人类的好奇心和同情心，还有发自内心的爱意。”著名作家张玮写道。

国学大师季羡林以爱猫著称：“我从小就喜爱小动物。同小动物在一起，别有一番滋味。它们天真无邪，率性而行；有吃抢吃，有喝抢喝；不会说谎，不会推诿；受到惩罚，忍痛挨打；一转眼间，照偷不误。同它们在一起，我心里感到怡然、坦然、安然、欣然；不像同人在一起那样，应对进退、谨小慎微、斟酌词句、保持距离，感到异常地别扭。”

季羡林先生与爱猫

日本作家村上春树与猫咪

家里收养有三只流浪猫的台湾著名学者钱永祥先生总结得好：“它们讨得你的欢心，迫使你面对它们的各种需要、了解它们、最重要的是去想象它们的感受和希望。不经过这种努力，人要怎样摆脱自私与成见累积而成的冷酷与麻木呢？所谓设身处地、同情共感的能力，要从何而来呢？没有这种能力、不培养这种道德敏感度，我们又怎么会有动机去跨出自己、关怀他者呢？”

因为一只名叫德维的狗儿，安徽公共卫生专家祖述宪教授开始“做起保护动物工作”，

“关注动物的痛苦，实行素食，翻译《动物解放》，并且参与动物保护的宣传教育工作，建立一种新的精神生活”，而这是连他自己都始料未及的。

北京人气女作家庄雅婷从一只猫（庄小 BIU）开始爱起，“你会觉得自己的心肠都变得柔软起来。然后就会注意到，原来马路边、小区的花坛里有那么多流浪的猫猫狗狗。我实在是无法想象要有多硬的心肠才能把那么无辜却又全身心依赖你的毛茸茸们扔出家门。”

徐社长与她家爱猫的故事再次印证了本节前面卡罗·葛尼的论断。

麻麻日记：

2015 年 11 月 10 日晚，金碧辉煌、历史悠久的捷克共和国首都布拉格城堡，捷克总理博胡斯拉夫·索博特卡在这里宴请前来参加 2015 年中国投资论坛的中国及欧洲等国家和地区的 500 余位嘉宾。

香港《镜报》执行社长与出版人徐新英女士正是笔者在宴会席间结识的。《镜报》是一份以政论为主的综合性月刊，由已故全国政协常委、侨界领袖、香港著名社会活动家、徐女士之父徐四民先生创办。我们的话题最后落在了动物上，因为徐社长及其先生、女儿十分喜爱动物，她家的高龄爱猫 CC 更堪称全家人的珍宝。我们从 CC 谈到动物虐待与保护，我介绍了我和我的“战友们”在这方面所做的一些工作，徐社长很是关切与支持。我们共同希望能通过《镜报》的平台多向港澳台和海外华侨华人读者反映中国大陆的动物保护的艰难现状与可喜进步。

从布拉格回到北京后，我收到她发来的三张 CC 的照片，最早一张摄于 2005 年，图片上的 CC 是个威风凛凛、黄白相间的长毛帅哥。我注意到，她的微信头像就是 CC 的照片。紧接着，却是这样一段文字：

“CC 离开了我们……我们失去了一个陪伴了我们十几年的好朋友、好家人，大家都心情沉重。幸亏他没受太多痛苦就走了……CC 是一只不一般的猫，他特别聪明、活泼，但又有性格，调皮幽默，与他怎么玩都不厌。他是我们养过的最可爱的宠物，给我们带来太多欢乐，也留下许多珍贵的回忆。亲爱的 CC！我们永远怀念你 CC！上星期六全家人和他的遗体告别……”

原来，就在从捷克回到香港后不久，徐家喵星人 CC 便穿越彩虹桥往生了！

然后，我看到了这样一幅图片：徐社长的双膝上放着一个椭圆形的藤篮，CC 安详地侧卧其中……细看之下，徐社长强忍悲痛，似有泪光闪烁，右手抚摸着熟睡般的 CC，左手轻拈花茎，仿佛在与 CC 做最后的道别……

“……篮子里面有他最爱吃的零食和他最喜欢玩的小球，并献上鲜花给他……我们永远怀念他！”

就像笔者拙作的书名那样，我们的动物朋友将其爪印深刻在我们心上。

一路走好，CC！

InstaMag Cc：你永远活在我们心中！

新年新春新书　Nikki 阿姨和斐姐姐

跨入 2016 年我就快两岁半了，相当于人类的二十四五岁。这个年龄段的人们意气风发，大学已经毕业，走上社会都两三年了。本喵也早已从喵星人大学毕业，一如既往地从事着打小就开始的护生护心公益事业，造福于喵类人类。

本喵今年的新年心愿是：向雷锋叔叔学习，多做好事不做坏事，专做好事不做坏事，把有限的生命投入到无限的为众生服务之中去。向《士兵突击》中的许三多哥哥学习，好好活，好好活就是做好多好多有意义的事，不抛弃，不放弃！

新年的面孔还没看熟，新春便已应声而至。麻麻的新书《另一次是遇见你——关于动保 / 素食 / 生命》由上海科技文献出版社出版了，恭喜麻麻！可她真糊涂啊，居然连前言后记什么的都忘记写了，没头没脑的，对此，她已经虚心接受了本宝宝的批评。我看不懂人类的文字，但我很喜欢书名，因为那来自一首名叫《墓志铭》的歌曲，只不过原来的作词作曲者多半写的是男女之间的爱情，而麻麻的书名则转用我们动物的口吻说：

“我有两次生命，一次是出生，另一次是遇见你——因为遇见你，我才得以获救与重生。”

这是像我一样的喵星人、汪星人说给我们的地球人粑粑麻麻的心里话。

麻麻寄了好多好多本书给全国各地的动保战友，Nikki 阿姨和斐姐姐也在麻麻的寄书名单上，还记得在我第一次住院手术期间特别疼爱我的她们俩吗？就在那以后不久，Nikki 阿姨携她在北京救助的一喵一汪迁往深圳，任教于一所私立学校，开始了新生活，麻麻去出差时还去看过她们一家。不曾想，Nikki 阿姨不太适应深圳的气候与环境，时常怀念北京，可惜开弓没有回头箭。合同期满后，她便举家搬回了英国老家，边修整边思考未来。后来她又去过印度等国，寻找与动物保护有关的工作，却并不顺利。

北京—深圳—香港—伦敦。回想起自己带着猫狗一路奔波的长途旅行，费尽周折与担惊受怕之后，她深深体会到了带动物旅行之难，动物与人都饱受其苦，加之在中国期间听说过的诸多不愉快乃至悲剧案例，于是，一个想法自然而然地萌生了——她决定创办一家专事动物运输的公司，亦即从动物福利的原则出发，提供帮助各国宠物主人往返中国的托运服务。现有的宠物运输公司不仅经常状况百出，更有被托运的动物——主人家宝贵的一员——付出了生命的代价，生离死别！究其原因，Nikki 阿姨认为，是这些公司不尊重动物的生命，而仅仅把它们当作牟利的商品，不了解它们对其主人意味着什么，于是自然不会用心、尽责地做好应做的工作。

是时候有家不同的机构来提供靠谱的人道服务了，让那些不得不带着自己的毛孩子跨境跨洋飞行的主人得到放心、安心、可心的一条龙服务，再不用担心自己的孩子在旅途中受罪和出事了。与其说她这是自主创业，莫如说是完成了一个夙愿，她的动物行为学专业背景也可以大大地派上用场了。麻麻和张拥军院长等人还曾应 Nikki 阿姨之托为她写过推荐信。但愿 Nikki 阿姨创业顺利，帮助更多的人与动物，同时也为自己一家几口挣足口粮钱。

斐姐姐的两只乖喵汤圆和 Becky 真是命运多舛啊！ 2014 年的春节长假它俩是在张家猫窝度过的，因为斐姐姐要回新疆老家过年。节后，她回京接走了俩孩子，麻麻和我们还以为它俩就乖乖地等着赴英陪读了，不料 5 月里的一天，麻麻突然接到斐姐姐泣不成声的电话，说汤圆在一夜之间穿越了彩虹桥——往生了！ 6 月初，斐姐姐退掉了在京所租的公寓回新疆等签证，临走把 Becky 送来寄居，说等她到英国租好房子、置办齐所有猫咪用品后，宠物托运公司就会上门把 Becky 接走，送到英国与她团聚，路径和 Nikki 阿姨一样，也是北京—深圳—香港—伦敦。一个多月后，斐姐姐接到托运公司的坏消息，说根据最新规定，Becky 将不得不在香港隔离三到四周，而原来的时间不超过一周！ Becky 被接走后，斐姐姐从伦敦打来电话，诉说她与托运公司交涉的情况，后来又告诉麻麻 Becky 在香港的寄养中心条件不佳，她正在紧急联系换到一家条件好些的中心去……后来的后来，Becky 终于与斐姐姐团聚在伦敦了，可想而知，一定是集万千宠爱于一身，斐姐姐希望尽量弥补 Becky 所受的惊吓、所吃的苦头。没想到，不久 Becky 也往生了！世事无常，真是造化弄猫也弄人啊……痛定思痛的斐姐姐擦干眼泪，从伦敦当地的动物之家领养了一只猫咪，与她在异国他乡的求学岁月里相依为命至今。

为明海法师、分众传媒点赞

年年“两会”，今又“两会”。动保提案，万不能断。今年，除了几个常规的提案/议案，如尽快出台中国动物保护法、取缔活熊取胆业、取缔猫狗肉消费黑色产业链等外，麻麻和战友们还有一项全新的提案——呼吁停止进口非洲幼象，缘起是这样的：

2月初，亚洲动物基金创办人谢罗便臣阿姨介绍麻麻认识了其前同事、现在非洲从事野生动物保护工作的 David Barritt，David 代表 Network for Animals（动物网）来华呼吁中国停止进口非洲尤其是津巴布韦的幼象，他希望能与中国本土的 NGO 携手并行，结果就是一份题为《关于停止进口幼年非洲象的建议》。麻麻和蒋劲松叔叔前往“两会”代表驻地拜访了全国人大代表、中国佛教协会副会长、河北柏林禅寺方丈明海法师，明海法师认真听取了背景介绍，仔细阅读了长长的附件，然后提交给大会。

以下是澎湃新闻记者的采访报道：

“停止进口幼年非洲象，加强对已引进非洲象的科学管理”，今年全国“两会”上，全国人大代表释明海提出了以上建议。

明海法师在建议中指出，人工圈养非洲象，无法满足大象生理和心理的基本需求，对这些非洲象而言，是一辈子的折磨，并不是保护它们的方式。

作为野生动物保护的旗舰物种，非洲象一直备受国际关注，其中象牙问题是重中之重。中国勇于担当生态责任，从严查象牙走私，销毁罚没象牙，到禁止进口狩猎纪念物象牙，再到承诺全面禁贸，为拯救大象发挥了巨大作用，树立了良好的国际形象。

明海法师认为，近年来，非洲象活体动物的进口，尤其是幼年非洲象，却引发了越来越大的国际争议。

“2012 年，太原动物园、新疆天山野生动物园从津巴布韦引进 4 头幼年非洲象，结果只有 1 头小象幸存，其他 3 头刚运到中国没多久就死于疾病。2015 年 7 月，广东长隆集团也从津巴布韦进口了 24 头幼年非洲象，引发了更多的国际非议。”

“象牙展现出血淋淋的死亡，所以关注的人更多。但幼年非洲象的野外捕捉和终生圈养所带来的生态伦理和科学问题，同样亟待严肃认真应对。”明海在建议中写道。

为此，他建议停止进口幼年非洲象，加强对已引进非洲象的科学管理。“有条件的情况下，可考虑将非洲象送回原产国，尝试野放回自然栖息地。”

麻麻见过 David 回到家里，把在广东长隆野生动物园受尽煎熬的小象的图片资料摆在桌上好长时间，我每天都能看见这些可怜的小象，想着它们在长隆那逼仄的空间里来回踱步的刻板行为，想着它们身上流血的伤口，想着它们的父母、兄弟姐妹、家族、种群对与骨肉至亲生离死别该有多伤心、多思念它们啊！

类似这样的很多事，看似普通，细思极恐。

长隆，住手吧！地球人，该醒啦！

虽然照顾我们一大家子喵星人和小区喵星人的日常任务繁重，麻麻仍时不时地不得不离京出差，相比之下，公干（本职工作）少，私干（动保活动）多，经常是二合一。每一次出门在外，麻麻都对我们牵肠挂肚。她还有个有点难以启齿的特点，即使下榻五星级酒店，无论那床有多大多舒适多整洁多豪华，她都难得睡好觉。而一回到张家猫窝跟一堆喵星人挤在一张床上，却睡得踏踏实实的。奶奶说：你看你看，你们麻麻的命可真“贱”哪！

本宝宝对奶奶说：奶奶奶奶，我小 Lucky 知道答案！那是因为麻麻属猫嘛，要不她怎么能当我们的麻麻呢！

上海是麻麻常去的城市之一，她在上海的朋友很多。这不，4 月之行又多了几位朋友。

麻麻日记：中国生活空间媒体领导者分众传媒在今年春节与“两会”的黄金时段连续免费播出动保广告，助力中国动物保护公益事业，随喜赞叹！

去年秋天在一次活动上结识了江南春先生，我拜托他多多支持动保公益事业，江先生当即表示一定提供平台，真是太好了——须知这可是一个最好的平台啊！

结果就是，从 2 月 8 日至 2 月 20 日两周（即猴年大年初一到正月十三），亚洲动物基金和行动亚洲动保团队的两支视频广告覆盖了北京、深圳等 60 个城市，每天滚动播出，观众不计其数，折合刊例价值1200余万！“两会”期间的3月7日至13日，上述两家动保组织的电子海报又在北京连续播放，所覆盖的数码海报屏超过1000块，曝光量超过300万次，广告价值约100万元！

左起：杭璇、张丹、邵传勇、吕颂贤、苏佩芬

亚洲动物基金的谢罗便臣和行动亚洲的苏佩芬相继给江南春和分众传媒发去感谢函，衷心感谢其鼎力支持。期盼今后有更多优秀企业向分众传媒学习，更有创意地履行企业的社会责任，把所关怀的范围延伸至最弱势的非人类动物，倡导和平慈悲、无伤害、零残忍的生活方式，为共创一个人与动物共享的美好世界而贡献力量，同时也将像分众传媒一样收获崇高的美誉度。也希望有更多的公众人物、演艺明星加入到动保网与分众传媒的长期合作计划中来，借助该平台来为无声的动物请命与发声，唤醒良知，传播仁爱，共铸当今社会所急需的正能量。

利用出差上海之际，我和我的朋友们登门拜访了分众传媒，表达感激之情并就双方更好地开展护生护心的合作进行了深入交流。就在此前，分众传媒发布2016年Q1业绩预告，同比增长35%~40%，大家不由得同时赞叹道：看来支持动物保护果然好心有好报啊！这是立竿见影的“动物的报恩”啊！

我们一行随后如约来到炎格格，这是一家被称为“最具公主范儿的”素食料理火锅店，与不久前在“2016 国际零皮草 · 无伤害时尚盛典”上结识的两位香港明星老板邵传勇、吕颂贤、青年艺术家韩李李、天然有机护肤生活用品集合店美乐活创办人叶美秀一起，边品尝这家备受赞誉的素食火锅美味，边共商保护动物的大计，大家吃得聊得好开心啊！

必须隆重介绍行动亚洲生命关怀能力发展中心：“行动亚洲用时尚的方式推动生命关怀能力建设，鼓励人们实践富有生命关怀的生活方式，2010 年开始推动零皮草生活的可持续时尚文化，鼓励不使用残酷且污染的动物皮草，举办国际零皮草无伤害时尚盛典。”

小六班、故事会与生日会

每次参加完活动后——无论本宝宝是否亲自到场——如果麻麻和我不偷懒，就会很快把活动总结发在我的微信公众号“励志猫 Lucky99 的喵日志”里，跟大伙儿分享。常会有读者对麻麻和本宝宝说，“举办这样的活动真棒，我听了很受感动，Lucky99 和麻麻辛苦啦！”也常会有读者这样对麻麻和本宝宝说，“你们一年到头再辛苦能搞多少场活动啊？你们累不累啊？全国那么多学校、那么多企业，你们讲得过来吗？能影响多少人啊？”

说实话，我们能举办和参加的动保活动非常有限，能影响的人更有限，但是，哪怕影响一个人也是好的啊！有人听了我们的讲座或看了我们的书，完成了麻麻说的三部曲亦即知情—同情—行动，也开始传播护生护心的理念，也开始救助其他生命，世界上从此就多了一个善待我们动物的人，而少了一个虐待动物乃至虐待人的人，这难道还不够吗？正是抱着这样的信念我们才一路走到了今天。

5 月初，本宝宝和麻麻应邀参加北京第二实验小学一年级六班（小六班）的第一次校外亲子活动——“世界是我们的家”，举办爱护动物主题讲座。跟小六班亲密接触，小朋友们和我都好开心哦！讲座还没开始孩子们就把我团团围住，七嘴八舌说个不停。

一如既往，我请我的地球人麻麻用地球人的语言替我给大家讲了我的故事，还给大家播放了我的公益广告片。同学们认真听讲，积极思考，热烈提问，小六班果然名不虚传，个顶个棒极了！当然，讲座结束后，不出意料，大家一拥而上，争相和我来个近距离甚至零距离接触，场面可热闹了！

孩子们听完讲座提的问题包括：

@那几个坏孩子为什么要用砖头砸 Lucky99 一家啊？

@那里的人（指玉林）为什么要吃狗狗啊？

听众不仅是小六班的孩子们，还有他们的粑粑麻麻

@Lucky 9只有三条腿，怎么能跑得那么快啊？

还记得导盲犬珍妮姐姐吧？我们在一个月里见了两面，一起给孩子们讲故事，一起过生日。

人之初，性本善，惜物命，爱众生。

先说讲故事。6月8日，麻麻带着我、陈燕阿姨带着珍妮姐姐，一猫一犬俩人应邀来到日坛中学实验学校，给小学低年级几个班的孩子们讲我们的故事。当然，因为地球人听不懂我们的喵星语和汪星语，所以，我们还是拜托我们各自的地球人麻麻代劳用地球语讲课。众所周知，本宝宝是珍妮姐姐最喜欢的喵星人，我也很喜欢珍妮姐姐，可是她太大、太黑、太热情了点——陈燕阿姨说，真怕她什么时候不管不顾直接扑到麻麻身上来亲我！——我又有点怕她……不得已，每次合影都是这样的：

麻麻紧紧地抱着我向东，陈燕阿姨拉着或按着珍妮姐姐向西，目的是不让本宝宝和珍妮姐姐直接对视……所以说，有时候，相见不如怀念，爱要保持距离，究竟怎样才好啊？把本宝宝的小脑袋瓜儿都想疼了，妈妈咪呀！

迄今为止，我小 Lucky 都亲自在哪些学校举办过讲座呢？

清华大学（两次）

北京中关村第二小学（两场）

北京科技大学

中国人民大学附属中学

北京第二实验小学

北京日坛中学实验学校

……

麻麻抱着我和班主任及孩子们合影

一个班一个班地合影……

再说生日会。这是一场特殊的生日会，不仅因为寿星有三位，分别为人（陈燕阿姨）、犬（珍妮姐姐）、猫（本宝宝）；而且重头戏是为救助武汉受灾动物募集善款；最后，宣布Lucky99工作室成立。

7月9日是陈燕阿姨（几岁保密！）生日的正日子，7月16日是珍妮姐姐的8岁生日，8月8日是本宝宝的3岁生日，所以，段宇轩小朋友的妈妈徐卉茜阿姨提议给我们仨一起庆生。生日会来了好多人，文宏芳阿姨和徐智敏叔叔更是专程从深圳来京的，漫画家焦海晶阿姨特地为陈燕阿姨和珍妮姐姐创作了一幅萌画《母女情深》。

生日会是在一家素食餐厅举办的，见多识广的老板说，他参加过各种各样的庆生活动，但给人、犬、猫同时过生日，这还真是开天辟地头一回。同样，来宾们吃了一辈子的饭，其中不少人今天在这家素食餐厅吃到了平生第一顿纯素美食。

如果生日会仅仅是个生日会，宾主尽欢也很喜庆，但意义有限。而我们这个生日会却不一般，因为我们不仅庆祝我们仨的生日，还希望帮到更多的汪星人和喵星人。日前，武汉遭遇百年不遇的特大洪灾，灾民除了人，还包括无数动物。人有人救，政府不会丢下任何一个人不管；可动物就惨了，孤独无助地在生死线上挣扎！

在生日会上，麻麻呼吁大家为武汉的受灾动物出钱出力，大小来宾乃至身处外地的爱心人士踊跃响应，让灾区的动物朋友们和救助它们的好人知道他们不是在孤军奋战，喵星人、汪星人、地球人心系武汉。最早的一位捐款人是来自深圳的张媛媛阿姨，她前一天晚上听说了我们的计划后便率先通过微信捐款支持，我们张家喵星人也当仁不让地献出了我们的一份心意。

以下是武汉市小动物保护协会负责人杜帆叔叔的感谢信：

2016 年 7 月 9 日，奋战在洪灾受灾动物救助第一线的武汉市小动物保护协会收到了一笔金额为 8285 元的支持善款，善款来自北京新成立的 Lucky99 工作室。感谢你们在生日会现场和来自全国各地的爱心人士一起为我们武汉这次受灾的小动物们筹集善款。在这里，我们代表受灾的人们和动物们谢谢所有有爱的朋友们！我们一定会将这笔爱心款购买前线急需的狗粮、狗碗、药品和疫苗，送到它们手里！再次感恩！

本宝宝请麻麻回信道：杜帆叔叔，最应该感谢的人是你们！

画出你心目中的 Lucky99

最早给我作画的是 Happy 喵阿姨，那是阿姨送给我的一岁生日礼物。后来，这三张画被广泛用于各种动保活动和纪念品制作。姝丽阿姨和晓萌阿姨把它们做成贴纸，麻麻每次外出参加活动都会带上一些送给大家，大家都很喜欢，立即就把它们贴在手机背面了，北京实验二小一年级六班的同学们还把这些贴纸用到了他们制作的墙报里。

再来欣赏几张大小朋友的作品吧：

麻麻的朋友 Yanni 阿姨请景德镇青年陶艺师张敏华为我原创制作了两个青花瓷盘，对照上面我的照片看像我吗？本喵倒是觉得陶艺师在盘子上画的既可以说是我，也可以说是抽象的任何一个喵星人。您瞧，左边这个盘子上的我还有两个红脸蛋呢！

8 月号的《知心姐姐》刊出了 Lucky99 绘画大赛的详情，大赛是由该杂志社、山东教育出版社、Lucky99 工作室、动保网联合举办的。《知心姐姐》是团中央中国少年儿童出版总社的直属期刊。除了征稿启事，8 月号还同时刊登了由菜菜籽姐姐改编的我的故事，配上了麻麻为我拍的图片。

作者：张敏华

“画出我心目中的Lucky99”
绘画大赛征稿启事

告诉你一个好消息，不久之后，我的新书《我，Lucky99》就要正式出版啦！这可是我的自传哦！为了让更多关爱动物的大小朋友们参与到这本书的创作中来，为了让更多的朋友了解我们喵星人，知道我们和人们一样有血有肉、有情有义、有苦有乐、有家有爱，为了让尊重生命、善待动物的人道理念深入心田，共建人与动物共享的美好世界……现在，我作为喵星人的代表，通过《知心姐姐》杂志，诚挚地邀请你参加“画出你心目中的Lucky99”绘画大赛！把你听到的、看到的、读到的Lucky99，用画笔表现出来。如果你的绘画作品被评选入围，那么你将有机会得到以下大奖！

■ 你的画会被我收入新书——《我，Lucky99》中，并且送你一本我亲“爪”签名的新书一册！

■ 你的画会被刊登在《知心姐姐》（超级大脑）杂志最明显的页面上，并获得当期杂志一本。除此之外，你还将获得随刊小礼品——由漫画家“Happy99喵”亲自设计的萌宠Lucky99贴纸！

■ 所有参加活动的画作，都将集中举办画展和义卖，义卖所得将全部捐赠给流浪猫的救助项目！

作品要求：1.规格统一A4纸大小；
2.绘画材料不限，系原创作品；
3.在作品背面注明：姓名、年龄、学校、班级、地址、电话。

征集时间：即日起至2016年9月1日；了解评奖进程，请持续关注《知心姐姐》（超级大脑）。

投稿方式：以邮寄或快递的方式发送至：北京市朝阳区建外大街丙12号中少总社C509《知心姐姐》杂志社编辑部 蒂蒂籽姐姐或双鱼姐姐 邮编100022

联合主办方：知心姐姐杂志社、山东教育出版社、Lucky99工作室、动保网

画出我
心目中的“Lucky99”绘画大赛
评选结果揭晓啦！

你好！还记得我吗？我是Lucky99。感谢大家对我的喜爱，也谢谢你愿意为我画像。在我们收到的众多参赛作品中，我选出了几张自己的最爱。接下来就是揭晓的时候啦！快来围观，看看有没有你的作品吧！

★ 最个性的我 ★
获奖理由：用水墨画的形式来画我还是头一次见，画得这么诗情画意还萌萌哒，人家真的超开心！
江苏省徐州市树人中学

★ 最卡通的我 ★
获奖理由：简单几笔就把我调皮的样子刻画得栩栩如生，我好爱！
河南省濮阳市清丰县城关镇小学四年级

★ 最有创意的我 ★
获奖理由：你发现没有，这张画是用橡皮泥贴的哦！真有创意，我必须点赞！
河南省濮阳市清丰县明月湖

★ 最卡通的我 ★
获奖理由：唯一一幅为我设计了生活场景的画，你怎么知道我爱吃鱼？而且每次吃鱼都是那么优雅！
北京市西城区育翔小学一年级

这几位获奖的同学，你们将得到以下奖励：
• 我亲“爪”签名的《我，Lucky99》新书一册！
• 本期杂志一本，作为留念。除此之外，你还将获得随刊小礼品——由漫画家“Happy喵”亲自设计的萌宠Lucky99贴纸！

感谢大家的积极参与，按照我们的约定，所有参加活动的画作，都将集中举办画展和义卖，义卖所得将全部捐赠给流浪猫的救助项目！

再次感谢联合主办方：知心姐姐杂志社、山东教育出版社、Lucky99工作室、动保网

ISSN 1671-6418
绿色印刷产品
邮发代号：82—119 定价：7.00元(总第314期)

作者：雅歌

前文我写到，生日会上大家为武汉的受灾动物捐款是“Lucky99 工作室”成立后的第一个项目，这个工作室是为了更好地开展各类动保、护生活动而于 6 月下旬成立的。麻麻这个发起人被光荣地任命为工作室的首席铲屎官，该职务的英文缩写可能是 CSO，你懂的。同时，我还拥有了自己的专属邮箱，欢迎各位大小朋友给我来信哦：lucky99@lucky99.org。

作者：万君仪小朋友

作者：杨子瑄小朋友（看我的三条腿）

5

第五章

（2016/08—2017/04）

5

孤独图书馆与疗愈熊抱

“爱与生命是人类生存中亘古未变的主题，此爱为大爱，此生命亦不局限于人类。也许我们统治这颗蓝色星球太久太久，也许我们在物欲横流的现代社会中渐渐地忘记了如何去敬畏生命，如何去感悟爱。8月6日，让我们齐集阿那亚海边孤独图书馆，赴一场与猫猫狗狗的约会，以爱之名，聆听一场关于汪、喵星人的深度对谈，细数那些刻在我们心上的爪印。”

彭进叔叔和阿那亚的各位大朋友把这场筹划已久的活动完美地变成了现实，麻麻与最喜欢大海的珍妮姐姐和陈燕阿姨胜利会师于美丽的秦皇岛阿那亚海滨。天气太热，我又有点打喷嚏，麻麻思来想去还是决定不带我去了，真遗憾本喵就此与大海失之交臂啊！

孤独图书馆的孟馆长早年间毕业于北大图书馆学系，一派学者风范，满头银发。在潜心打造孤图品牌的同时，他还收养了一只被遗弃的小奶猫，为此“不耻下问”，在微信里与麻麻和阿那亚的盼盼姐姐热烈讨论如何照顾好刚断奶不久的小猫咪。阿那亚、孤图、孟馆长、小猫咪……在我的脑海里渐渐合为一幅美丽温馨的画面。

至于为何陈燕阿姨能带着珍妮姐姐一起去“赴约”，阿姨在写珍妮和我的故事的《都说猫狗是冤家，其实我们是朋友》一文中以珍妮的口吻这样说：

阿那亚是个海边的大社区，虽然很大，但是那里所有的工作人员和游客都不拒绝导盲犬。我的出现没有让大家感到惊讶和惊吓，我领着妈妈在里面自由出入简直是畅通无阻，没有人指责妈妈怎么带着一条狗出行，我们没有遇到任何质问和指责，这是我们最幸福的时候！听说我们到阿那亚之前，员工们都收到了领导的一条微信：

“尊敬的各位领导与同事，国内首位女盲人钢琴调律师携导盲犬前来入住，

国家有关法律法规亦有明文规定，任何公共场所不得拒绝导盲犬的进入。请各位同事

传达并互相转告，园区内各场所请勿拒绝导盲犬的进入。导盲犬珍妮已免疫并且持有导盲犬上岗证，并会佩戴写有导盲犬字样的导盲鞍，性格温顺从未有过伤人的记录，也请各位放心。如果有客人持有异议请告知以上内容。”

我和妈妈很感动，多希望多一些阿那亚啊！

麻麻日记：炎夏时节，去成都看望病中的好友燕姐。燕姐的闺女 Evelyn 善良温润，刚柔并济，不久前才从母亲手中接过管理企业的重任。这对母女都是菩萨心肠，多年来始终不渝地关注与支持动物保护及其他各类公益事业，却从不曾对外宣扬。Evelyn 说她一直想去四川龙桥黑熊救护中心参观，我马上想起亚洲动物基金 AAF 的创办人 Jill Robinson 此时正在中心，如此天赐良缘自然不应错过，于是马上联系 Jill，和 Evelyn 与友人一起驱车前往，Jill 亲自担任“导游”，真巧真好。

尽管已多次造访过这个曾被评为全球十佳动物救护基地的中心，但每一次仍然会被震动与感动——震动于人类对胸前有着一弯美丽月牙图案的“月亮熊”的无底线残忍榨取，感动于月亮熊们对于人类的宽容与友爱，以及 Jill、AAF、各界爱心人士 18 年来坚持不懈的奋斗。每当凝视这种大个子动物的双眸，都会读出太多太多的深刻内涵。就像北京师范大学哲学学院田松教授的名文一样，我们人类何时才能懂得“做一个有道德的物种”呢？

在我已经出版的三本书中都有活熊取胆的内容，《动物记》中收入了 6 篇最具影响力的佳作；《那些刻在我们心上的爪印》中写到 1998 年我首次聆听 Jill 在京演讲时所感受到的振聋发聩；《另一次是遇见你》中关于 Jill 与拯救黑熊有两篇，一篇是我写她，另一篇是我们之间的问答。

细雨绵绵中，Evelyn 和我们跟随穿着 AAF 背心、短裤、胶鞋的 Jill 和 Jill 从狗肉市场上救回来的幸运狗儿兔仔和布偶走访了整个中心，Jill 一路上讲解着我们看得到和看不到的种种内幕故事。最令人动容的仍然是那片墓地，生灵的涂炭与践踏，生命的价值与尊严，人之为人的道德底线，国家民族的文明进步与国际形象，全都无言地浓缩于此了。雨丝渐渐化为雨滴，滴滴敲击和拷问着我们人类的良知。肃立默哀，沉思良久。己所不欲，勿施于人；人所不欲，勿施于万千生灵——万千生灵与人同啊！

“这些受尽折磨的大个子终于在这里得到了永久的安宁。”Jill 轻轻地说。

Evelyn 与友人走着，看着，听着，想着，时而面色凝重，时而面有悦色，似乎与这些幸运之极的月亮熊们一起经历着被养熊场捕获自野外（或被繁殖降生在养熊场）——被手术开口插管日日抽取胆汁长达数十年求死不得——中大奖获救至此的相似熊生。

不禁想起 1993 年 Jill 在广东番禺一养熊场与身陷囹圄中的月亮熊的首次历史性握爪，想起每次与 Jill 通信时，她都会以“Bear hugs！”（熊抱）结尾。

Jill 在墓地

Jill、Evelyn 及友人

月亮熊 Jasper 之墓

站在不久前辞世、牵动无数人心的月亮熊嘉士伯（Jasper）的墓前，想着他短暂又漫长的一生：被关在养熊场的牢笼里 15 年，获救后在此度过了愉快的 15 年。嘉士伯是“宽恕”的代言熊，他成了救护中心的和平大使，偷走了很多人的心。英国电影导演安德鲁·特林还专门为这头月熊制作了一个视频。仿佛怕惊扰嘉士伯安息似地，Jill 轻轻地说，熊抱具有疗愈心灵的作用，能获得熊抱的人是幸运的，他们的心色会变得日益明亮。

从龙桥返回成都的途中，Evelyn 姐姐和麻麻一行与 Jill 阿姨建了个微信群，名字就叫“Bear hugs（熊抱）”，继续交流与鼓劲儿。麻麻也常在群里向大家报告我和其他张家喵星人的近况以及她的各种动保活动，Jill 阿姨则一如既往奔波于世界各地为救助月亮熊募集急需的宝贵资金。

不久后，亚洲动物基金收到一笔来自 Evelyn 的捐款，Jill 阿姨很感动，因为那天参观时 Evelyn 并未提及捐款一事。麻麻说，这就是燕姐和 Evelyn 母女的行善风格——只做不说，而她们母女俩做过的类似的善事实在太多了。麻麻说，这才是真正的无相布施，全不求功德而功德自如虚空般无量，究竟圆满。Evelyn 姐姐的妈妈一定会痊愈如初的！

麻麻回京后我请麻麻写了以上内容并发在公众号里，这样一来，虽不能至心向往之的我仿佛隔着千里之遥也与那些受尽折磨的大熊们来了个熊抱加喵抱。

能获得熊抱的人是幸运的。能获得喵抱或汪抱的人同样也是幸运的。

生活在神州大地上的熊类啊，有的不幸如被活体抽取胆汁的月熊；有的又幸运如被奉为国宝的大熊猫（猫熊），同种不同命莫过于此矣！这一切皆只因熊命被牢牢掌握在人类的手心里！

“天睡我睡，天醒我醒”，像一株向日葵那样对着东方曙光说出这八个字，便是我们熊星人与喵星人的渴望。很多时候，很多地方，这怎么竟也成了遥不可及的奢望了呢？那些被数十年囚禁于养熊场暗无天日牢笼里的月熊们和餐馆后厨阴森铁笼中随时待毙送上餐桌的我的同类们，阳光何时才能照亮无边黑暗？

中华田园猫与唐三藏猫

“猫是所向无敌的！”这是那只好吃贪睡、出言无讳的大胖子喵星人哲学家加菲猫（Garfield）的名猫名言。

“敢惹我？不想在地球混了?!”本喵再免费给他加上一句霹雳金句。

张家猫窝最胖的喵星人无疑是龟田小队长（小名龟龟）和缺心眼子（别名张家猫叔，小名球球）了，可能正因为外形最符合加菲猫“圆就是美”的标准，所以他俩的性格也最像加菲猫，经常为自己的偷懒不减肥寻找各种堂皇借口，但这俩胖子都有一颗善良的心，每次看见电视里或网上的瘦咪，他俩都好想分些肉肉给它们，因为他们愿意看见一个圆满的世界，就像这个世界看它们一样。加油！你是最胖的！最胖的当然也就是最棒的啰！

龟田小队长龟龟随便把他的庞大身躯往那儿一杵，带着庞大的心情看着庞大的喵生，身边的其他喵星人就自动悄然淡出画面；张家猫叔球球胖得连脖子都找不着了，好像他的大包子脸是跳过脖子直接长在身上似的——“胖纸”们的画风好像大都是这样的哦！当然，拥有一个跟日本顶物猫叔大白一样的土豪金头顶也是张家猫叔引以为豪的。“每只超重的猫都本能地掌握了这样一个核心规则：胖子，就该摆成显瘦的姿势。”不对不对，张家胖咪们显然有待于实践这一规则。

其实，公平客观地讲，只要别胖到影响健康，胖咪们的存在还是好处多多的。首先，充分证明虽然我们目前处于并将长期处于社会主义初级阶段，但以麻麻为首席铲屎官的张家猫窝路线方针正确，没有喵星人受到虐待，精选食物敞开供应，各取所需营养充足，吃嘛嘛香心宽体胖。其次，形象讨喜，麻麻也好访客也好，任何时候一看见大胖子龟龟和球球就想笑就想抱，比听郭德纲的相声、金星的脱口秀、周立波的海派清口效果都好，笑一笑十年少啊。最后，现如今不是人人都把“中国梦”挂在嘴上吗？中国梦里如果不包括我们胖咪与我们中华田园猫的梦，那就是个不完整不美满不货真价实的梦，所以，我们喵星人和其他动物朋友幸福与否对一个国家、一个民族能否真正圆梦至关紧要。

既然说到我们中华田园猫，那就不妨与诸位看官分享一项有关我们来历的最新科学研究成果，有趣得我都听入迷了：

据英国《每日邮报》报道，之前科学家普遍认为全球各地家猫的祖先均源自北非和地中海东部的野猫，最终形成现今数量庞大的家猫，初步估计全球家猫数量达到 5 亿。但最新研究表明事实并非如此。研究人员研究了中国境内最早家猫的骨骼化石，发现最早的家猫于 5500 年前便与人类生活在一起，该骨骼化石是亚洲豹猫的近亲物种。该研究认为，驯养野猫至少在全球两个不同地点进行，分别来自于两个不同的野猫物种。可能是在新石器时代末期西方猫逐渐取代了豹猫，部分原因是丝绸之路的开放。古代陕西地区是贸易路线的终点，尤其是在古罗马和中国汉朝时期具有重要意义。豹猫是西方野猫的近亲物种，其特点是经常出入人类居民区，像近东和埃及地区的野猫一样，亚洲豹猫很可能被中国古代居住区所吸引，因为居住区粮仓繁殖了大量的老鼠，这对它们而言是难得的美食。研究人员指出，猫与人类开始生活在一起，是由于农业发展，这与猫捕捉老鼠的能力有关……这一下打破了猫是约两千年前西汉时代张骞从他开辟的丝绸之路带回中国的记载。

胖咪龟田小队长

胖咪球球

“全球家猫数量达到 5 亿”！吓死本喵了！不做绝育怎么行啊？难怪到处都是流浪猫呢！妈妈咪呀！

重点在于，我们中华田园猫乃是地地道道的亚洲种，而不是舶来品哦！无论是人是猫，很重要的一件事是了解自己从何而来、向何而去。我们张家喵星人除了独眼凤小英子是英国短毛猫、菩提 Tina 是金吉拉猫外，其他 37 只都是中华田园猫。这两只名猫的身世并不比我们这些土猫强多少，一样被虐待、遭遗弃，历尽艰辛才来到张家猫窝。

“世界最早对猫类的记载及文献是中国西周时代的《诗经 · 大雅 · 韩奕》，当中写道：

‘有熊有罴，有猫有虎。’但诗句中将猫与熊、棕熊等并列在一起，似乎不是指家猫。战国时《庄子·秋水》中提到‘骐骥骅骝，一日而驰千里，捕鼠不如狸狌’。狸狌在古代中国多指野猫，但若把猫和良马对比，则很有可能是指家猫。直到西汉初，《礼记·郊特牲》中才真正明确指出：‘古之君子，使之必报之，迎猫，为其食田鼠也。’已肯定猫为家畜，驯化了……”

以下是“有铲阶级”（业已成为铲屎君的人群）写给“无铲阶级”（尚未成为铲屎君的人群）或“两脚兽”（地球人）参考的，请有意成为“有铲阶级”的“无铲阶级”认真阅读，作者是《新周刊》杂志社镇社名猫“新周猫”，本喵略作改动：

橘猫、玳瑁、警长、白猫、三花……款式多样，绝对是选择困难症患者的天敌。俺们田园猫别的没有，最大的特点就是健康皮实，可能性格上木有品种猫们那么温（dai）顺（zhi），但是智商绝对是喵中一等一的！

几千年来，是田园猫在华夏大地上与“两脚兽”斗智斗勇，最终收服了他们。俺们田园猫才是喵星人中最高等级的代表！别的不说，你们看俺就知道了，玉树临风、机智勇敢、卖萌写稿样样精通，你们能在别的喵种中找出第二个吗？

至今还没有猫的你也不要难过，从扶老奶奶过马路开始，日行一善，给自己攒人品，总有一天，会有主子来打扰你的生活哒！如果有一只田园猫愿意做你的主子，那一定是因为你上辈子拯救了某个小行星，请善待自己的这份小幸运！

一个残酷的事实是：人生中的第一只猫，很可能轮不到你来挑！与喵星人的相遇需要缘分，也需要两情相悦。

其实喵星人找铲屎官的要求，跟“两脚兽”找对象的要求差不多。除了要有一定的经济实力、对喵星人的文化有一定了解外，最关键的还是要人品好！

很多铲屎官的共识是：经历得多了以后才发现动物才是最单纯的；遇见的人多了以后，对动物是越来越喜爱。并不单单是因为它们萌，而更多的是因为它们的忠心单纯真实让我们依旧能看到生活中的美好！

对我们猫族的来龙去脉研究得越深入就越能得出如下结论：

重点的重点在于，人与猫结缘历史悠久，我们相依存同发展，谁也离不开谁。“几千年前，猫离开它们广袤的天地，放弃它们桀骜不驯的自由，慢慢走近人类……人类的历史、文

明的历史，也是猫的历史。它们几乎同时产生，或者，几乎同时形成。总而言之，它们相互关联。”（《猫的私人词典》）

重点的重点的重点则是下面这则历史文献：

“猫出西方天竺国，唐三藏携归护经，以防鼠啮，始遗种于中国。故‘猫’字不见经传。《诗》有‘猫’，《礼记》迎‘猫’，皆非此猫也。”（张岱《夜航船》）

您瞧！是一代高僧玄奘法师远赴西域天竺取经时顺便把我们猫咪的祖先带回大唐帝国的，目的是保护经书，以防老鼠啮啃经书！直觉告诉我，这个高大上的说法绝对是千真万确的，听了以后我整个喵都好了！本来还有点纠结于有关我们的来历说法不一，现在都云淡风轻了。切，我才不管是不是战国时期就有家猫了呢……

估计当初玄奘法师就是把喵星人装在这样的背篓里背回国来的

感恩顶礼玄奘法师！您辛苦了！幸亏您背回来的小狸奴身材娇小，没给您添太多负担，喵咪陀佛！

难怪著名宋代猫奴、大诗人陆游的猫诗之一《赠猫》如此写道：

“裹盐赢得小狸奴，尽护山房万卷书”……

同样，北宋著名文学家、书法家黄庭坚对吾辈也不吝赞词：

“养得狸奴立战功，将军细柳有家风”……

坐拥如此之多的喵星人，我们张家猫窝压根儿就没闹过什么鼠患，所有的书籍都安然无恙，学习委员 Amy 美玲珑同学每天都会尽职尽责地查点书架上的图书数目。用脚后跟想想也能知道，哪个鼠辈敢来张家猫窝找死啊？借它十个胆儿料它也不敢，吼吼！

恰巧不久前麻麻买回来一本图书，是猫奴插画师瓜几拉“托猫写意千年事”独创的“唐朝猫”群像，麻麻目不暇接地浏览完插画师笔下想象力爆棚、异彩纷呈的唐猫群像，大呼画面太美啦！

本喵凑上前去一看，哎呀呀不得了，这下可好了——故事完整了！

想象着玄奘法师历经千辛万苦西行取经归来唐都卸下背篓，我们被宫女轻柔地从法师的背篓里请出来，吃喝拉撒，修整歇息，倒完时差，上岗查哨，值班巡逻，看哪个活腻歪了的长安鼠辈胆敢打经书的主意！

一千个人心中，有一千个对于唐朝的想象，但在插画师瓜几拉的心中，唐朝是猫的唐朝，繁华的长安城里住满了萌滚滚的喵星人！你有没有想过，有一天梦回唐朝，却惊异地发现：唐朝原来遍地是“喵”！

轻罗小扇扑流萤的，不再是嫔妃宫女，而是喵。黄沙百战穿金甲，不破楼兰终不还的，不再是勇猛将士，而是喵。唯恐春色行将去，踏春出游的也是喵。人生得意须尽欢，连弹琵琶的杨贵妃，都是猫。

麻麻说这幅画有点像我（作者：瓜几拉）

他们会在杏花微雨的时节，把秋千荡得老高。也会锦衣夜行，共赏繁华元宵。会举着肉乎乎的喵爪，三五成群玩投壶游戏。也会在月黑风高夜，讲起怪力乱神的故事。倩喵离魂，扑向情郎怀抱。公孙大娘善舞剑，一舞剑器动四方。酒壮怂猫胆，醉酒打金枝……

为了让调皮的猫咪，配合自己演好唐朝这出戏，导演瓜几拉可是各种哄逗，费劲九牛二虎之力。所有的猫都是主角，唯有她一个配角。

从古至今，从爱猫到画猫，再到猫咪成为画作中的唯一重心，瓜几拉用自己的浪漫想象结合现实中的各种场景，创造了一个无与伦比的猫咪世界。由于猫咪成了她生活中绝对的重心。对她而言，生活里的一切都可以“喵化”，就像老舍《猫城记》中的那样，所有的人和物，都可以缩影为猫城里的故事。

宝黛共读《西厢记》（作者：瓜几拉）

《壮士且慢》（作者：瓜几拉）

拍猫屁与小确幸

我的日常生活大致分为这样几个板块：吃喝拉撒睡玩＋快走加飞跑＋陪奶奶看报刊电视＋陪麻麻在电脑上干活＋写微信公众号＋外出演讲＋接待访客＋被麻麻拍照……妈妈咪呀，十个前爪都数不过来了哎哟喂！

最近几个月我添了个新喜好，就是酷爱被奶奶拍屁屁！以前人们不是常说拍马屁吗？现在改拍猫屁啦！奶奶边拍猫屁边振振有词：

“拍拍拍，拍拍拍，拍拍我的小 Lucky 啊！拍拍我的小乖乖！拍拍我的三脚飞猫！拍拍我的小肉滚子！拍拍我的多肉植物！我们小 Lucky 啊顶呱呱！”

虽然不押韵，也顾不了许多了。每逢此时，我都全身放松地侧卧在桌上，半闭着眼睛，奶奶每拍一下我的眼睛就轻轻地眨一下，拍一下眨一下，享受极了！只要奶奶一停，我马上就睁开眼睛回过头来冲她“喵”一声，意思再明白不过了：“奶奶别停啊！奶奶接着拍啊！”

每逢此时奶奶便说：“这个孩子真欠揍啊，一会儿不拍就不行，非得没完没了地拍拍拍啊！”

毫无疑问，奶奶是世界上最好的奶奶。难怪英国作家弗吉尼亚·伍尔夫有言在先：“猫对人的好坏有着最棒的判断力。他们说，猫总是会跑到一个好人的身边。”

若是奶奶睡着了，我就去找麻麻拍：“小 Lucky，乖 Lucky，三脚飞猫有志气！身残志坚真叫乖，花见花开人人爱！”

其实，求拍拍也是本宝宝想出来的逼奶奶锻炼身体的一个绝招，不然，老是盯着那个什么劳什子电视盒子看个没完有什么意思啊？那里面，不是谎言就是大话，不是舌尖就是口舌，不是天灾就是人祸，不是战争就是纷争，不是明星就是名流……正能量究竟在哪里？我咋看也看不出来。7 天 24 小时不打烊的各色节目里，能有一个镜头、一句话提提人们善待动物本宝宝就谢天谢地啦！所以啊，麻麻老早就把电视机送给了小时工小胡阿姨。

奶奶本来正在拍书桌上本宝宝的猫屁呢，不料国庆同学猛地跳到奶奶身上求抱求亲

说完了求拍猫屁，再说说本宝宝的喵作家梦吧。因为经常趴在麻麻的电脑旁边看她打字，耳濡目染，也喜欢上了码字这个游戏。最近因为拍猫屁有点耽误了，本宝宝检讨。实事求是地说，地球人的智力还没发达到能读懂喵星文和听懂喵星语的程度，所以，我的写作很大程度上还得仰仗于我的地球人麻麻，我们母女连心，她用地球人的文字表达我的想法和看法。个别时候我也亲爪上阵，在她的樱桃牌键盘上踩出串串字符，她管那个叫天书、小樱桃或雪泥喵爪，前已有述，此处不妨再举一例：

“吾问无为谓吾问无为谓我吾问无为谓吾问无为谓我”

“啦啦啦啦啦啦啦啦啦啦啦啦啦啦啦啦啦啦啦啦啦啦啦啦啦啦啦啦啦啦啦啦”

“发出串串错错错错错错错错错错错错错错错错错错错错多晕若”

……

麻麻看来看去，琢磨来琢磨去，貌似很费解，慢慢参悟去吧麻麻。有时候，我自己踩完也忘了当初的意思了，你瞧这事闹的，妈妈咪呀！

“猫生到处知何似？应似飞喵踏雪泥；键上偶然留爪印，猫走哪复计东西。”本喵篡改了苏轼老先生的名诗，活学活用嘛。亲爪踩下“天书”、亲爪撰写励志猫 Lucky99 的喵日志公众号和本自传，都是明例。

且让我借用波兰作家维托尔德·贡布罗维奇的名言为本喵的写作大业做个小结吧：“猫用尾巴给它的每一个思想签上名字。”

这正好解释了为什么本宝宝喜欢在麻麻的键盘上有节奏地把我的粗尾巴从左甩到右，再从右甩到左，如此循环往复不已，常常扫过在键盘上艰难操作的麻麻的脸——麻麻麻麻，宝宝我真不是在捣乱而是在签名啊！

家有喵星人的地球人，请问你知道我们喵星人爪子和额头的气味吗？

素有爱猫传统的日本人不仅知道答案而且还把它开发成了神货出售，一时间大受欢迎（中国顾客也热烈追捧哦），以致经常断货。日本芬理希梦集团下属的“猫部”斥资研发，其间包括在顾客中进行问卷调查（“你觉得猫爪是什么味道？猫头又是什么味道？”），数月后终于由山本香料的社长调制成功。这些有趣的猫咪周边衍生产品让猫奴们每时每刻都能享受到被猫咪包围的感觉，就连外出想念家猫时，只要涂上一点护手霜或在衣物床品上喷上一点芳香剂，就能随时随地“心甘情愿感受你的气息”，被猫咪治愈啦！售出的每件商品都会按一定比例资助“芬理希梦猫基金”，用以支持各种爱猫活动。

调查显示，关于猫爪猫头的味道是什么见仁见智，有人说是浓浓的阳光味，有人说是刚出炉的面包味，有人说是淡淡的奶香味……

用情更深者，则干脆像谢罗便臣把她致力于拯救的“月熊”二字文在肩上那样，把心爱的猫咪的萌像文到手腕或身体其他部位上，以便时刻相伴须臾不离。

麻麻日记：无论如何，在这个崇尚金钱与暴力的世界里，能够天天抱着、闻着猫爪和猫头的独特香气，实在堪称爱猫作家村上春树笔下的一枚“小确幸”——微小而确实的幸福。据说，每一枚小确幸持续的时间为 3 秒至 3 分钟不等，一枚一枚叠加起来积少成多，就组成了充满着或不缺乏小确幸的生活。这样的生活才是值得过的生活。

小确幸一枚

Amy 美玲珑姐姐（左）和本宝宝

研发和追捧猫爪味、猫头味的萌物并非小众爱好这么简单和狭隘，其实关乎人与猫的情谊、人与动物的关系。日本一家猫美术馆的馆长说得好：“人类幸福，猫却未必幸福；但如果猫幸福，人类就一定会幸福。也就是说，保护自然，才能救助人类。如果猫能幸福地在这世上活着，就意味着人的社会一定也能幸福。”

那么，今天你小确幸了吗？

TNR 行动进行时　张家喵星人状况频发

麻麻日记：

你爱它吗？如果爱它，那就请对它负责，那就请为它绝育。

无论是流浪动物还是伴侣动物（宠物）。

怎么强调 TNR 的重要性都不为过。亚洲动物基金的结论是："解决中国的流浪猫问题，TNR 完胜残忍而无效的捕杀。"

世界各国都存在流浪猫，我国更是于今尤盛，而数十载的探索与实践证明，为流浪猫实施绝育手术乃是全球公认的控制流浪猫数量最人道、最有效的手段，流浪猫数量因此得到了控制，流浪猫的动物福利和健康状况也有了改善。

TNR（Trap-Neuter-Release，即捕捉—绝育—放归）三部曲包括以下各项内容：给流浪猫绝育＋注射疫苗＋体内外驱虫，然后将流浪猫放归社区。

我们这个喵星人大家庭的地球人麻麻是从 2003 年收养第一个喵星人开始了解 TNR 的，猫咪张灵灵绝育后十分健康，今年 14 岁的她仍然老当益壮。张家喵星人大军里不少都来自 TNR 行动，如白珍珠、龙龙、躲躲、冬妮娅、小东东、小美美，等等，它们的共同点是老弱病残孕或亲人黏人，凡符合其中之一者皆被留在了张家猫窝。

这个夏末秋初，眼看着小区陆续出现了好几只新来的猫咪（其中还有猫妈妈带着猫娃娃的），形势严峻，麻麻决定来一场家里家外猫咪大绝育的群众运动。当然，除了家里的喵星人绝育无须大动干戈外，这场运动必须在麻麻的邻居加战友高阿姨、小区清洁工孙师傅和 TNR 顶级专家王寅阿姨的通力合作下才能进行，他们三位所扮演的角色至关紧要：

1．麻麻准备好诱捕笼（感谢金椒妈捐赠的优质人道诱捕工具！）、妙鲜包、盖布、塑料餐盘、勺子、剪刀等物。

2. 孙师傅负责天黑后将诱捕笼放在本小区及附近几个小区的最佳位置，将汁多味美的妙鲜包打开倒在塑料餐盘上，放入诱捕笼内，只等流浪猫上钩；如有流浪猫抵挡不住妙鲜包香味的诱惑而步入诱捕笼内的踏板，诱捕笼门即自动关闭；孙师傅去巡查时发现诱捕笼里有流浪猫，便会用备好的大盖布将诱捕笼罩住，以免流浪猫因惊恐挣扎而撞伤自己；然后提着诱捕笼前来张家猫窝，麻麻和他设法将笼内的流浪猫转移到一个猫包里，以方便接下去的绝育行动。

3. 王寅阿姨当晚或次日会来把猫儿接走送到动物医院绝育，趁麻醉后绝育前的空档给猫儿驱虫、剪指甲、清理耳道、注射疫苗；绝育术完成后她会护理至痊愈拆线，确保打好已绝育耳标，然后根据猫儿的年龄、健康状况和性格决定是放归小区（健康、年轻、野性足）还是送回张家猫窝（老弱病残、亲人黏人）。

4. 高阿姨负责协调本小区及邻近的水科院等小区的各种关系，确保抓捕工作得以顺利进行，而不至使人怀疑提着诱捕笼的孙师傅是“坏人”，事实证明这一点十分重要……

有关此次 TNR 成果，请参看麻麻的“猫咪健康记录本”里的部分记录：

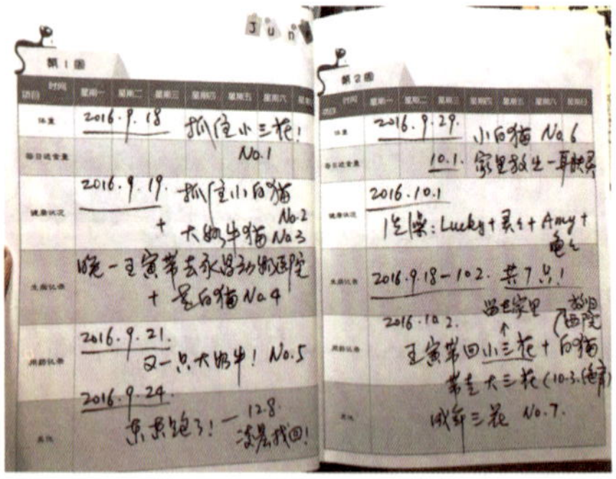

9 月 3 日，带二宝、三宝、四宝到荣安动物医院绝育（大宝残疾，发育不良，推后绝育）。

9 月 18 日，小猫咪小三花“被捕”，当晚由王寅接走，次日带到永昌动物医院做绝育并由她护理至顺利拆线为止。

9 月 19 日，孙师傅一举抓获一只小白猫和一只大奶牛猫，王寅次日接走绝育。

9 月 21 日，孙师傅又一举抓获两只猫——一只大白猫和另一只大奶牛猫！

9月29日，王寅送回小白猫，因年幼而决定数月后再行绝育，取名小美美，留在张家猫窝（2017年3月2日绝育）；带走大白猫和第二只大奶牛猫。

10月2日，王寅送回已拆线的小三花，留在张家猫窝，取名冬妮娅；同时送回的大奶牛猫放归小区西院。

10月3日，带独眼凤小英子（即大宝、二宝、三宝、四宝的妈咪）到荣安动物医院绝育。

10月11日，孙师傅和高技师在水科院抓住一只白猫。

11月13日深夜，孙师傅抓住日前我发现的右腿受伤、瘸腿走路的小黄猫（小三花冬妮娅的同胞兄弟），太好了！悬着的心放了下来。带去绝育时请张院长诊断，被告知已骨折多时，无法挽回，遂将之留在张家猫窝，取名小东东（因外貌酷似闹将东东）。

……

综上所述，这场为期数月的战役共计捕获并绝育流浪猫十余只，其中三只（冬妮娅＋小美美＋小东东）留在了张家猫窝，其余分别放归抓捕地本小区、西院及水科院小区。孙师傅辛苦啦！王寅阿姨辛苦啦（挂彩两次）！高阿姨辛苦啦！医生护士辛苦啦！麻麻辛苦啦！

如果以为这下麻麻可以松口气了那就大错特错了。先不说张家喵星人状况不断，频繁进出动物医院，光是剪指甲、理发、清理耳道、清理眼部、梳毛、剪毛疙瘩、洗澡等这些日常护理工作就已经不轻松了——架不住俺们喵数众多啊！

这只白猫健康状况尚好

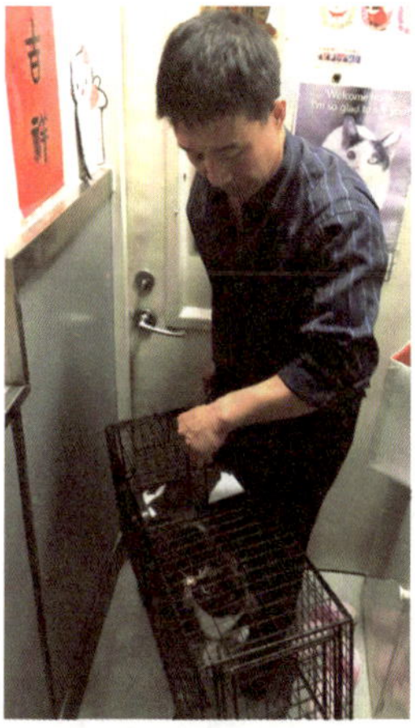

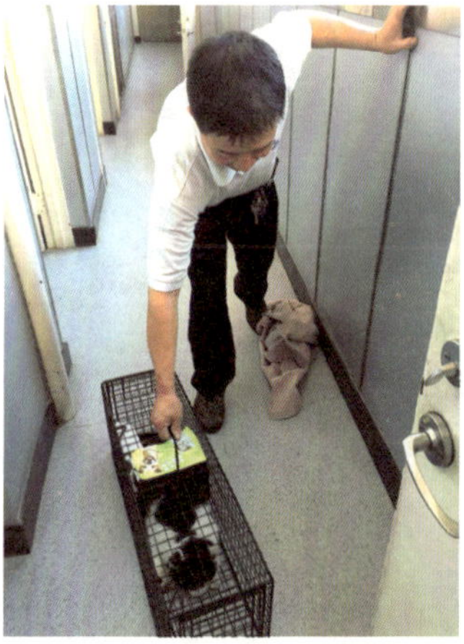

孙师傅送来被捕猫咪

“状况不断”怎么讲？请看麻麻日记：

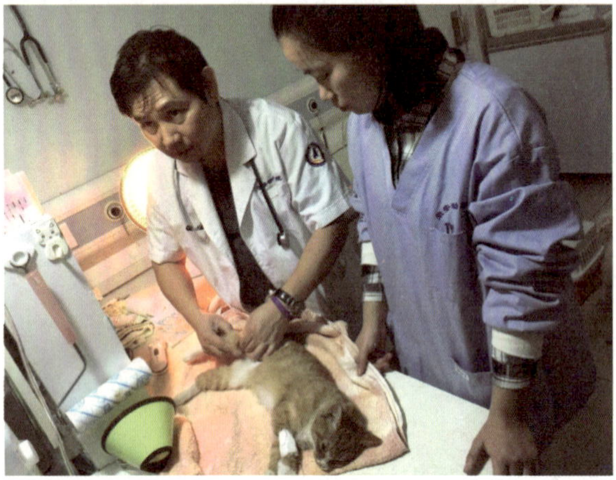

张拥军医生在为瘸腿的小东东做检查

失而复得的东东

一、9 月 24 日，突然发现东东颈部流脓，赶紧把他装进猫包里（一场激战后），等朋友开车来接我和东东去看急诊。朋友的车到了，我忙把装着东东的猫包提到楼下准备上车，朋友接过猫包打算放到后车座上，不知触碰到了猫包的什么机关，猫包门竟然松开了，东东滋溜一下夺门而逃！急得我撒腿就追，可越追东东就越跑，最后竟不见了踪影！朋友一个劲儿地道歉，我说不怪他，而怪我自己没把门锁牢，那个后悔啊，肠子都悔青了！从此，就像 2010 年 12 月家里装修时不慎跑出家门的花儿朵朵一样，我又踏上了日夜寻找东东的征程。这一次，时间可比 11 天长多了。在从猫包里逃跑的第 74 天午夜时分（2016.9.24~12.8），孙师傅按响了门铃，我开门一看，孙师傅抱着的不是东东是谁！却原来，东东当年是孙师傅从西院送来的，原主人家决定遗弃东东和另一只养了多年的猫咪，孙师傅特别喜欢东东，就把他送到了张家猫窝，而另一只猫咪则被高阿姨送给了一户农家。这天夜里，他突然听见东东在他半地上半地下的窗口喵喵叫，赶紧起床绕到窗外一看，正是东东！高阿姨、王寅阿姨、金椒妈得知东东失而复得的喜讯后都开心极了，说这样的好事多多益善啊！东东啊东东，你知不知道麻麻找不着你多着急啊？“世界这么乱，我想去看看”，被麻麻紧紧抱在怀里的东东嗫嚅道……

二、10月4日晚，突然发现西西肛门大出血！5日早连忙带到位于军博附近的一家动物医院看病，被诊断为“肛门腺破溃”，紧急处理后还需要每天打针、换药，为得到更好的治疗和护理，将西西留下住院。

三、10月5日傍晚，又发现龟龟（大名龟田小队长）颈部流脓——跟去年9月东东的状况一样！晚8点半急忙带龟龟来到同一家医院紧急处理，同样，住院护理。接下去的6、7、8日，每天去医院探视俩病号，对医护人员的医德与医术越来越不敢恭维，直至发现住院部最下一层最靠角落的一个笼子里关着两只名猫，一问之下，护士说是被主人带来看病后遗弃的，已经在这个笼子关了好几年了！问为何不找领养，护士说不知道，让问医生。问医生，答曰没什么，就是不找。我说我来领养如何？答曰不行。为什么？不为什么。笼子里的猫窝、食盆、水盆、便盆等都脏乱不堪！我请护士把笼子门上的锁打开，把两只猫咪放出笼来，把里面的猫砂盆、食盆和水盆进行了彻底清洗。护士不好意思袖手旁观，但摸完砂盆（别提多脏了）后却连手都不洗就去碰食盆和水盆，卫生习惯、操作流程完全没有章法。我忍无可忍，立即决定给西西和龟龟办理出院手续——出院！这是10月8日。把两只猫咪关在暗无天日的牢笼里长达几年时间却始终不让人领养，这是为什么？谁知道内幕？可怜的猫儿，先被缺德主人遗弃，再被无良医院囚禁数年，惨哪！

西西和龟龟出院回家后，王寅每天来“打针＋上药／换药”，实在辛苦，却始终不见好。10月13日，下决心带俩娃去荣安动物医院找张院长重新处理了伤口，10天后伤痊愈出院回家。好一通折腾啊，所幸有惊无险，度过一劫，喵咪陀佛！

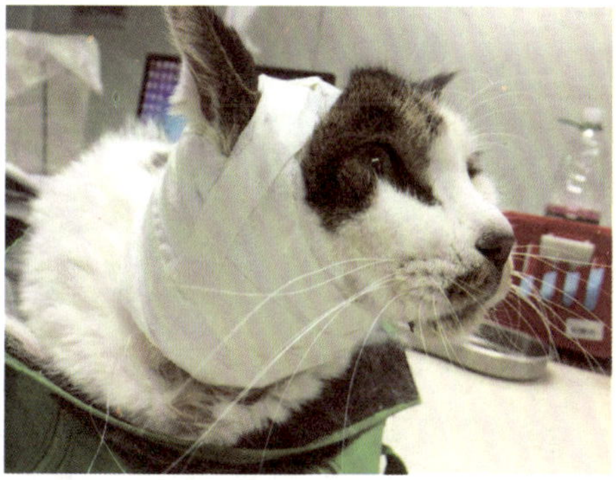

俺是伤兵龟田小队长

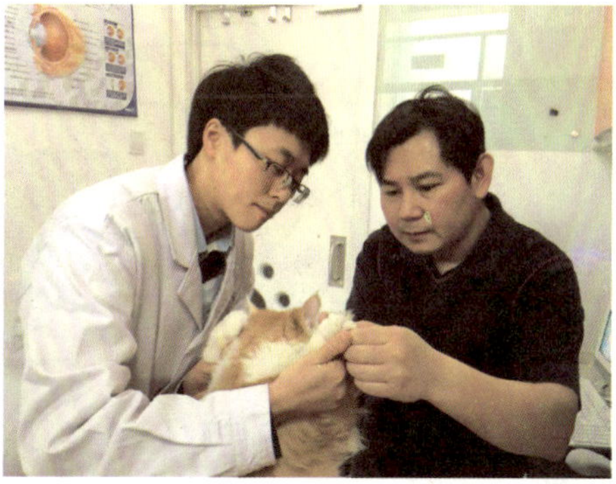

张拥军医生在检查西西的爪伤

11 月 26 日，又老又病的龙龙大叔安详而有尊严地走了。

……

麻麻屈指算来，又该请王寅阿姨来给全体张家喵星人打疫苗了，一场硬仗就在眼前。

作者：Happy 喵

我的超级喵星人车模生涯

几年来，经常外出参加公益活动和出入动物医院，决定了我少不了要乘车出行。刚开始，麻麻采纳了本宝宝的建议：路漫漫其修远兮，不如我们打的去。但很快就遇到了问题：出租车司机要么给麻麻脸色看要么干脆拒载（所以麻麻和我非常理解陈燕阿姨和珍妮姐姐一次次遭拒载时的心情）。其实，张家所有猫包都干净得像新的一样，而且麻麻还总是把猫包放在膝盖上，一则为了不让司机说我们把猫毛沾到了车座上，二则其实是嫌出租车不干净。几次三番似这般不愉快的经历后，麻麻再也不带我坐出租车了，后来凡携我出行均由麻麻的朋友们接送，次数最多的是华新阿姨、张辉阿姨、赵然哥哥……各位大德请受俺小喵一拜！

通常，刚上车时我因略有不安而喵喵叫，这时麻麻就会把我抱在怀里，告诉本宝宝我们要去哪、干什么、坐的是谁的车，让我安静、淡定，然后再把我放回敞开顶盖的猫包里。车开动后，我会慢慢地从猫包里伸出小脑袋瓜儿来四下打量一番，如果警报解除，我就会爬出来或跳出来，在座位上或坐或站，然后绕到副驾驶座上，里里外外地观看风景，有时也会定定地看着司机阿姨叔叔姐姐哥哥，但绝不会打扰他们驾驶哦，安全第一嘛，这个我懂。

爱拍照的麻麻几乎每次都会忙着拍下我作为一个喵乘客的各种照片，嘴里还唠叨个不停：

“小 Lucky 啊，你在看什么呢？外面的风景好看吗？坐车车好玩儿吗？别忘了谢谢 ××× 啊！”

这时候，彬彬有礼如本宝宝者当然不会忘记冲着司机座位的方向喵上几声以示谢意，对方也总会微笑着对我说：“小 Lucky 真乖真萌啊！”

有一次，姝丽阿姨看到本宝宝乘车的萌照后脱口而出：“Lucky 真是个超级车模啊！”

麻麻听了心里很受用、很受启发！自豪之余，花时间把我在车上、在路上的图片整理了一番，以下是她的发现：

麻麻日记：姝丽的观察和提醒太有趣了！我们 Lucky 可不就是一个天生的超级车模吗？谁规定了车模一定得是地球人美女？谁说车模一定要大尺度暴露？谁说人们只对赤裸裸的低级趣味感兴趣？清新自然高冷傲娇本色如我们 Lucky 才应该是车模的未来走向！

豪车厂家们，如果你们请我代言，那么：

第一，本喵敢保证新意加创意百分百，好好策划一下足以吸引观众和读者眼球，准保谋杀媒体无数菲林。

第二，本喵不收取任何酬劳，只要在车身上或周边看板上打出尊重生命、善待动物的标语即可。

第三，若能进一步用省下的经费支持动物保护公益事业，比如流浪动物绝育与救助或出版喵车模萌照集一册，那本宝宝就更加随喜赞叹了。

第四，如有需求，本喵自然乐意介绍其他超萌超有范的喵星人和汪星人车模……

好了，待本书出版后，看看哪家车企捷足先登抢先签约本喵引领全新车模风尚吧。下面，请欣赏本喵的车模大片。因为猫包经常是同一个，所以请仔细观察我是否系了领结（不止一个）或穿了衣服（不止一身）以便辨别。

麻麻英伦之行

11 月中下旬，利用去英国伦敦出差的机会，麻麻先后会见了两位动保战友（苏佩芬与 Joyce D'Silva），出席了 Jill Robinson 纪录片的首映式，结识了两位热爱动物的著名演员（Virginia McKenna 与 Peter Egan），参观了一家动物救助机构，到访了 Lush 和 The Body Shop 两家抵制动物实验的英国护肤品牌专卖店……

真是不虚此行啊，麻麻辛苦了！小 Lucky99 我虽然没能同行，但麻麻回京后整理此行的海量照片时我可是不离左右的，所以基本上也知道她每天都去了哪里、做了什么、见了何人/何喵/何汪，等等。对了对了，本小节的图片都是本喵亲自挑选的哦，棒棒哒！

麻麻日记：

佩芬生长于台湾，在英国求学毕业后就职于世界动物保护协会伦敦总部，位至全球会员部总监。2006 年创办行动亚洲 ACTAsia 并担任执行长，兼任国际零皮草联盟常务理事。其

爱狗信托成立 125 年庆典

“Love”（爱）是一个四条腿的字眼

生命关怀教育课程在中国开设以来，通过训练小学教师使课程进入校园，教授儿童“同理心与责任感”课程，以使儿童能尊重他人，善待动物，保护环境。因其杰出贡献而先后获得各种殊荣。

11 月 20 日一早，在佩芬的安排下，我和我的朋友们来到“爱狗信托西伦敦动物救助中心”参访，受到负责人、员工与志愿者的欢迎。Dogs Trust（爱狗信托）是全英最大的犬类福利慈善机构，创立于 1891 年——不是 1981 年哦！其著名口号之一是“A Dog is for Life”（“一只狗一辈子”/“养狗是终生的承诺”）。我们按照约定比开门时间提早半小时抵达，离开时已有不少伦敦市民为领养狗狗而举家前来挑选有缘汪星人了。

狗狗领养流程

严防盗狗贼海报

麻麻一行与前来领养狗狗的伦敦市民（佩芬在后排）

再见佩芬是三天后的剑桥，她给我们每人准备了一份颇具当地文化特色的礼物——给我的当然是猫咪用品了，我替张家喵星人道谢了。

21 日下午，全天在威斯敏斯特中央厅参会的麻麻设法溜到咖啡厅恭候一位备受尊敬的动保前辈 Joyce D'Silva（乔伊斯·德席尔瓦）女士。数年前，麻麻有幸与 Joyce 在北京有过一面之缘，这次的见面是 CIWF 中国大使周尊国先生促成的。从去年起，麻麻开始采访一些著名的素食者，Joyce 也在她的采访名单上。

Joyce 曾长年担任世界农场动物福利协会（Compassion in World Farming，CIWF）的 CEO（1991~2005），在全球范围内为农场动物（又称经济动物、农耕动物、家畜、农畜）谋福利逾三十载，勉力推动了欧盟在法律上认可动物的感知力 (animal sentience)，提高农场动物的生存质量，出版过数本关于动物福利、减少肉食、纯素生活方式的著作，现任

CIWF 大使。

生活中总有些决定性的时刻，对 Joyce 而言，当年参观那家养鸡场就是这样一个时刻：

“每周，养鸡场的屠宰场都要‘加工’成千上万只鸡，供应给超市，这些鸡中的绝大部分都被养在巨大的鸡舍里，一个鸡舍至少能被塞进两万多只鸡，这些鸡都是经过速生选育的，生长速度惊人，从出生到超市——一只鸡的生命周期短至仅仅六周（现已缩短到五周）。由于其非正常的速生，许多鸡只都要遭受跛足之苦。”

补充背景：每年，全球有大约 600 亿只鸡被宰杀成为食物，其中大约 400 亿只鸡来自集约化养鸡场。它们从不见天日，高速的生长和拥挤的环境给它们带来了各种健康问题：骨质疏松、心肺负担、皮肤溃烂，等等。

这是常态，不是转折，转折出现在后面：“但该公司经理十分热心地带我参观了他们新建成的散养和有机鸡场，条件比前者要好太多了。”我问他：“你为什么要选择走有机放养鸡之路？”当时，我想他多半会说因为“市场趋势，在竞争中取胜”或类似的回答，但他说的却是：“我希望能告诉我的孩子们我是做什么的。”

Joyce 奶奶与麻麻

Joyce 奶奶获名誉博士学位

“我希望能告诉我的孩子们我是做什么的。”——当你在选择任何一个职业时，这真是一个好标准。

2015 年 10 月 21 日，在英国温切斯特大学授予 Joyce 名誉博士学位的仪式上，Andrew Knight 教授开场这样介绍道：“你会在不经意间遇到这样一位斗士，心怀大爱、坚定执着地去改变周遭，对世界带来极其深远的影响。”

“怀着慈悲、勇气与好奇心，以及无比坚定的改善世界的决心，走出去，走进这个世界。”Carter 教授在仪式上说。

Joyce 用数十年如一日的奉献与成就证明自己当之无愧。

一个不争的事实是，与伴侣动物、野生动物、表演 / 展览动物、工作动物乃至实验动物等种类的动物相比，数量最为庞大、每时每刻都在被人类吃穿用着的农场动物经常被遗忘被漠视，莫说普通人群，即使中国动保人中关心农场动物命运的人也不在多数，动保人中的素食者更屈指可数。

片名的下方是月亮熊得名的一弯月牙状金毛图案

这也更凸显出世界农场动物福利协会的重要性。近年来，通过该协会的努力，通过其与政府主管部门、业界、高校、兽医界等的合作，CIWF 在中国推广和践行农场动物福利方面发挥着不可或缺的重要作用。

麻麻日记：

松林制片厂（Pinewood Studios）是一家著名的英国电影制片厂，位于白金汉郡艾佛希斯。它是许多大片的诞生地，最有名的当属 007 系列影片，其长期拍摄基地即坐落于此，拥有自己专属的拍摄棚。摄制于此的其他著名影片包括:《雾都孤儿》《红舞鞋》《007 之俄罗斯之恋》《福尔摩斯探案》《雌雄莫辨》《蝙蝠侠》《碟中谍》《歌剧魅影》《查理和巧克力工厂》《达·芬奇密码》《妈妈咪呀》《哈利·波特与死亡圣器：上部》等等……

皮特·伊根叔叔手持麻麻送给他的圆领衫

《唐顿庄园》剧照

11 月 24 日晚，我和友人一行应邀来到这里，参加纪录片 *Jill Robinson：To the Moon and Back*（且暂译为《谢罗便臣：迢迢月归路》）的首映式，该片由橘色行星制片厂摄制出品。影片“展现了动物福利机构亚洲动物基金的创办人与首席执行官 Jill Robinson 激励人心的故事。在一个改变一生的时刻之后，她发起了一个旨在终止中国与越南的活熊取胆养殖场的慈善机构，并把更广泛的动物福利信息带给中国与越南人民”。

担任首映式主持人的是片中的讲述者——著名演员皮特·伊根（Peter Egan），他最为中国观众尤其是英剧迷所熟悉的角色是《唐顿庄园》中的 Hugh “Shrimpie” MacClare 勋爵，也就是 Rose 小姐之父。他曾不止一次到访亚洲动物基金位于四川成都的月熊救护中心——这部独立影片就拍摄于此，陪同月熊们体检或手术，还亲手为它们修剪指甲。

在片中出镜并到场支持的另一位重量级人士 85 岁高龄，有两个闻名于世的身份：一是英国著名演员，二是野生动物保护活动家，二者因其 1964 年主演的影片《生而自由》合二为一，她与后来成为其夫君的该片男主演随即创办了一个与该片同名的基金会，为野生动物的生存与发展奔走至今。为此，2004 年，英女王授予她英帝国官佐勋衔（即 OBE，英国授予在某一领域有特殊贡献者的勋章）。她在授勋仪式上说，“我和我已故的丈夫给这个世界带来了些许不同，这一事实对我们而言非常重要。”她就是弗吉尼亚·麦肯娜（Virginia McKenna）。她是谢罗便臣从小到大的偶像，是拯救月熊事业坚定的支持者。Jill 早就力荐我采访她，当我试探着提出采访邀约时，她笑容可掬地一口答应了，还高兴地举着我送她的圆领衫合影留念。

另一位在《唐顿庄园》饰演刀子嘴豆腐心的厨娘 Patmore 太太的著名演员莱斯利·妮可（Lesley Nicoles）也是本片中五位主要受访者之一，可惜首

Virginia 奶奶和麻麻

同名影片就是根据本书改编的

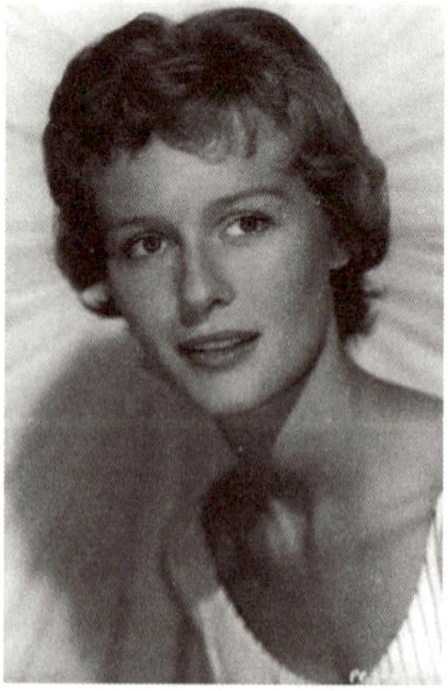

黄金时代的 Virginia

影片《生而自由》剧照

映式当天她未能如愿到场。像皮特·伊根和弗吉尼亚·麦肯娜一样多次造访成都月熊救护中心的她说，“我也不知道这些月熊怎么就俘获了我的心，但是我会喜欢它们一辈子的。”实地探望月熊后，莱斯利不仅在英国为月熊发起募捐，还带动了整个《唐顿庄园》剧组关心和支持救助月熊。“作为演员我们可能无法改变一些事情，但可以吸引公众来关注和保护这些可怜的的动物。正因为它们不会说话，所以我们更要为它们发声。”

最后说到 Jill，1998 年相识以来，这是我们第一次在她的故乡见面。关于她，我已经说过太多、写过太多（参见拙作《那些刻在我们心上的爪印》《另一次是遇见你》）。一言以蔽之曰，她是我的动保与素食领路人。亲爱的 Jill，我为你感到骄傲，向你学习，向你致敬。希望这部佳作早日在国内公映，希望你的精神感召更多人加入到护生队伍中来。

下面这个画着两只小兔子的标志意在表达何种理念？——反对化妆品动物实验（Against animal testing）！

既然到了伦敦，不去 Lush（岚舒）和 The Body Shop（美体小铺）是不可能的。麻麻熟悉和热爱这两个英国本土护肤品牌的原因很简单，就是因为它们自始至终坚决反对以任何残酷方式对化妆品进行动物实验，并且绝不采购进行过动物实验的成分或原料。它们不仅率先倡议抵制动物实验，同时还支持社区公平交易、捍卫人权、保护地球。其全系列纯植物产品价廉物美，100% 适合素食主义者（vegetarian）使用，81% 适用于纯素食主义者（vegan）。这两个人道品牌共同的愿景是：在世界各地全面禁止化妆品动物实验，代之以不使用动物的安全测试方法。

有道是：爱美有底线，最美零残忍，慈悲即是美。

蓝月慈善晚宴　华信彩虹结缘

“彩虹”是一只小月熊的名字。她的命运先悲后喜。害她和救她的都是人类——当然，是完全不同的人类。她既是人类欲望之下的受害者，又是人类不忍之心的获救者。谢罗便臣阿姨把她的故事完整地记录了下来并特别授权我小 Lucky 引用于此：

我们驱车将近两个小时去救这只小熊。在路上，当我们的车爬上彭州地界的群山之中时，天空中出现了美丽的彩虹，熠熠生辉，光芒万丈。我们的中国饲养和兽医总监尼克说：我们一定会在彩虹的尽头找到那只受伤的小熊。于是这只小熊就有了一个名字：彩虹（Rainbow）。

在高山上，一位老妇人偶遇了一只 6 到 8 个月大的小月熊。小熊被捕兽夹牢牢困住，一动也不能动，右前掌严重受伤，并在捕兽夹中腐烂，恐惧与伤情让她奄奄一息。这是山区中一片美丽的原始野生森林，我们只能推测，狩猎人四处随意放置了捕兽夹，期待能捉到在森林中漫步时不幸踩到捕兽夹的动物。在野生动物有着颇高市场价值的背景下，捉到任何动物都会换来不错的交易。

幸运的是，老妇人报告了林业部门，后者又通知了我们救护中心。两个小时之后，装备齐全的救援卡车已经整装待发，我们踏上了前往彭州之路。到达目的地后，彭州林业局的工作人员向我们描述小熊所在地与受伤细节。神奇的是，他们对小熊的预估非常准确：小熊大约 35 公斤（体检之后，发现小熊实际体重是 31 公斤），年龄大约在 6 到 8 个月。而在森林深处，她的妈妈正在焦急地呼唤着她。

大家一起安静地登上了救援卡车，一想到即将要看到什么样的景象，心情都不禁沉重起来。在前面几步远的地方，在浓密的丛林间，有一片黑色的阴影，突然，黑色的阴影发出了由害怕和愤怒而引发的怒吼，但是怒吼过后，空气中有着无尽的悲伤。突然，大家又听到了可怕的“咔嚓”声，我们意识到小熊在试图咬掉捆住她脚掌的捕兽夹的铁丝线。一群苍蝇嗡嗡地围绕着小熊乱飞，我们同时也闻到了腐肉发出的阵阵恶臭。

兽医 Sheridan 和兽医护士 Wendy 冷静地准备了麻醉药剂，并放进了吹管里。为了不惊动小熊，其他人都保持着距离。Wendy 转移了小熊的注意力，Sheridan 轻手轻脚地走到了小熊的背后，麻利地一吹，麻醉枪射出去了。一次就成功了，没过几分钟，小熊就睡着了，她暂时不会醒来。我们长长地舒了一口气，把小熊从灌木丛中拖了出来。

看到小熊被捕兽夹夹住的脚掌和干瘦脱水的身体时，我们每个人都倒抽了一口气，眼泪也慢慢地溢上了眼眶。蛆虫已经感染了她的面部，在她的嘴上和鼻子上不停蠕动，还有几百只虫卵正在孵化。她的牙齿也受伤了，被捕兽夹夹住的脚掌惨不忍睹。铁丝深深嵌进她的脚掌，由于供血不足和感染，这只脚掌的皮肤腐烂、坏死，肿胀成正常脚掌的两倍。她一定是痛苦极了，也难过极了，试图咬掉嵌进铁丝的脚掌，已经咬掉了两只脚趾。

我们把捕兽夹上的铁丝线剪掉，林业部门的政府工作人员作为调查物证保留了下来，Wendy 和小石把小熊搬到了等候的救援卡车上，启程返回成都。到达救护中心已是晚 9 点，我们小心翼翼地把小熊放在手术台上。经过检查发现，由于感染和受损，小熊从肘部以下 7.62 厘米到脚掌严重坏死，截肢是唯一的选择。带着沉重的心情，Sheridan 开始了拯救小熊生命的手术，手术一直持续到午夜零点以后。在服用过抗生素和止痛药之后，小彩虹终于在康复笼的干稻草上安静地入睡了，在接下来的几个小时里，兽医团队定时查看小彩虹的情况。

第二天早上，我们见到的是一只昏昏欲睡但很活泼的小熊。很明显，她很困惑，而且思念着自己的母亲。由于小熊性格难以预测（此时，由于之前不幸的遭遇，小熊心里还残存着恐惧，因此很容易做出攻击行为），Sheridan 他们几乎是带着圣人才有的耐心给小熊喂食，并为她做身体的清洁。随着时间的流逝，小彩虹慢慢地对善良有了积极的回应，好像是慢慢意识到人类的出现并不都意味着伤害，反而意味着轻柔的言语和好吃的东西。

周四，尼克在喂小彩虹的时候，我站在熊舍外偷瞄。只见每当有好吃的落进熊舍的时候，小彩虹都猛扑过去。通常情况下，小彩虹应该有一盘食物安静地放在康复笼里，但是考虑到食盘太大，小熊有可能透过食盘把头伸出笼子外，我们采用的是把食物有技巧地扔进笼子的方式。食物透过笼子上栏杆间的缝隙掉在小彩虹的旁边，小彩虹迫不及待地伸手捉住食物。一块苹果落在了小彩虹的身上，也看不到她半点的惊慌失措。看到小彩虹这么快就学会了伸手抓食物我很惊喜。小彩虹进食的动作似乎证明她已经意识到，从天上掉下来的都是好吃的！

像往常一样，我为我们成都的团队感到无尽的骄傲，他们从死亡的边缘救回了这头小熊，医治它，照顾她，让她过上健康、满足、幸福的生活。

我不禁想起小彩虹的母亲。在小彩虹被捕兽夹困住之后，她很有可能在每天晚上黄昏时分或深夜之后来看望她被捕兽夹困住的小宝贝。狩猎人自私的欲望造成了一个悲剧：在那些群山之中，一位母亲正独自伤心，思念着她的宝贝。

目前，我们正与中国和国际野生动物专家紧急对话，探索把小彩虹放归野外的可能性。在此，我再次表达对彭州林业局的尊重和感谢，是他们的快速行动和善良支持挽救了这只一岁大的小熊的生命。我也再次感谢我们的兽医团队，感谢他们对小彩虹的爱和关心。小彩虹要面临的，是一个决定她未来命运的关键决定。

麻麻和她的朋友们与小彩虹结缘是在 12 月 3 日亚洲动物基金与四川龙桥黑熊救护中心

蒋先生上台接受慈善画作《彩虹》并发表感言

画家的最后一笔

在上海举办的“蓝月慈善晚宴”上，著名歌星莫文蔚、奥运拳王邹市明等各界爱心人士逾300人出席盛会。席间进行了近50件来自全球各界的珍贵捐赠品拍卖，慈善家们踊跃竞拍，现场洋溢着爱心的暖流。麻麻的好朋友蒋春余先生代表中国华信能源有限公司拍下整场拍品中价值最高的油画《彩虹》，以实际行动鼎力支持动物保护公益事业，并以此举呼唤全社会树立关爱动物、尊重生命、物我相融的文明新风。善款将全部用于拯救与保护月熊。

小熊彩虹后来怎么样了？听麻麻说，截肢后她恢复良好，被成功野放了，与其母欢聚于高山密林中。乌拉！我小 Lucky 衷心地祝福她们母女！

我的妈咪你又在哪里啊？你还在这个世界上吗？我好想你啊妈咪……

小英子、小喜子和四个娃娃

"世界你好，我们来啦！"

2015 年 12 月 12 日午夜，因为一个美丽的"疏忽"，独眼凤小英子在张家猫窝生下了大宝、二宝、三宝、四宝（黑宝）四个小天使。从闭着眼睛在麻麻身上爬来爬去找奶吃的透明"胡萝卜"到成长为今天的小帅哥（大宝、二宝、四宝）和小靓女（三宝），2016 年 12 月 12 日，四个宝宝整一岁啦！生日快乐宝宝们！

从 2003 年麻麻收养第一只流浪猫起到今天的一个排兵力，从来没有任何一只猫儿出生在张家猫窝——原因不用说，当然是因为必不可少的绝育啦。这次的"疏忽"实在是因为孩子们的爸爸小喜子是只不折不扣的隐形猫！一年前，麻麻刚把右耳满是血污的他从小区灌木丛中抱回家，他就滋溜一声窜出去老远，玩起了货真价实的躲猫猫游戏。直到去年 11 月发现小英子怀孕的真相后，麻麻才痛下决心，几人合力，终于把这个肇事者"逮捕法办"——送去绝育。

小英子是在去年 4 月来到张家猫窝的。她被前主人毒打到左眼失明，对人心生恐惧，来到张家猫窝后跟小喜子一样，先当了两三个月的隐形猫。麻麻耐心地等到她的心理阴影面积缩小到几乎可以忽略不计并终于融入这个大家庭之时，立即带她做了眼球摘除手术，计划等她健康状况改善后再做绝育手术，当时竟把小喜子的存在忘了个干净。

麻麻一边反省悔不当初，一边暗下决心：这一切既是我的疏忽造成的，那我就负责到底，不找领养家庭，不让这一家六口生离死别——偌大的世界上，至少有这么一个猫之家是完整的、幸福的。就让它们尽享天伦之乐吧，直到永远永远。

四个孩子中，就像我的哥哥二乖一样，大宝不幸先天双前肢萎缩，须匍匐前进，但他身残志坚，麻麻说他是继我 Lucky99 和张小北之后张家涌现出的又一个"猫坚强"。通体纯白、眼珠一蓝一黄的中华田园猫小喜子的基因好强大，四个宝宝中有三个是像他的白喵，一个是不知像谁的黑喵（继小二黑之后张家猫窝再添一枚镇宅、辟邪、招财之吉祥物！）；一身浓密深灰色皮毛的英国短毛猫小英子的基因仅仅体现在三只白喵头顶上的一两抹浅灰色。大宝和二宝的眼珠各有一个是蓝宝石色，三宝和四宝的眼珠则都是金色的。也许是因为四个孩子都生在张家猫窝，助产士麻麻亲眼看着它们一个个生出来，所以，孩子们都非常亲人和温顺，只有唯一的女孩三宝有点傲娇的小脾气。

少只眼睛丝毫不妨碍小英子当好超级妈妈，她夜以继日地哺育了孩子们四个多月，再次印证了“世上只有妈妈好，有妈的孩子像块宝”；小喜子爸爸虽然白天无影无踪，但夜里多次偷偷跑去育婴房探望老婆孩子，铁汉柔情可见一斑。

麻麻日记：至纯至真至美至萌的好孩子们，还有你们的小英子麻麻和小喜子粑粑，谢谢你们带给麻麻和奶奶的快乐和感动！365 天以来，有你们陪伴的每一天都像是缤纷的节日，每一个你们都是生命的奇迹。小宝贝们，一岁生日快乐！

小英子妈妈和四个一岁的娃娃

一岁生日快乐！从左至右：三宝、四宝、二宝、大宝

这一家子的故事先讲到这里，现在，请欣赏本喵亲自遴选出来的独家大片——瞧这一家子！

独眼凤小英子妈妈

隐形猫小喜子爸爸

麻麻明德行

2017 年“两会”期间，尊敬的明海法师将麻麻发给他的几个动保提案一一提交至大会，感恩明海法师！

忙完提案大事，麻麻便马不停蹄地踏上了赴美的征程。应美国明德大学 (Middlebury College) 中文系与东亚研究中心之邀，她将于 3 月 21 日在该校国际研究中心举办一场题为“一猫一世界，万物生光辉”的讲座。

没听说过明德大学？那你就真的 Out 了！让我小 Lucky 来告诉你吧，明德是全美顶级的文理学院之一，位于美国最美山谷之一的佛蒙特州明德镇，以其卓越的学术声誉在美国大学中名列第五位，同时也是美国最古老的高等学府之一。其中文译名取意于《大学》：“大学之道，在明明德”；校训是：知识与美德（拉丁文 Scientia et Virtus）。创校于 1800 年！学校性质为私立。这都是本喵亲自用喵搜搜到的，不是搜狐也不是搜狗。

麻麻请穆教授介绍一下明德：

“Middlebury College（明德大学）在中国的知名度也许还不高，但却是全美国一流的学校。Middlebury 是 Liberal Arts College(文理学院)，在本科教育上丝毫不逊色于常青藤联盟或其他名校。明德的外文、国际研究和环境科学教育最为知名。中文系是顶级的，已有四十年历史，在本科生的汉语教学方面，是全美国最好的几个项目之一。”

麻麻与明德大学的关系堪称奇妙。五年前的夏天，明德大学中文系主任穆润陶（Thomas E. Moran）教授在北京买了一本《动物记》，他的一个倡导以“观鸟于自然”代替“关鸟于笼中”的朋友正好认识麻麻，于是穆教授就请他安排了见面，麻麻从此便与明德结下了不解之缘。她和穆教授邮件往来不断，每年在京一见。穆教授邀请麻麻去明德做一次讲演，并最终确定了时间。

麻麻与穆教授

麻麻与明德大学中文系的学生们在一起

麻麻日记：

在邀请函里，穆教授请我分享我作为一个动物权利倡导者的工作以及我的佛教信仰对动保工作所发挥的作用。换句话说，我个人十几年来的经历其实也就是中国动保发展历程与现状的一个缩影；同时，作为一个佛教徒，选择动保和素食的生活方式，自然也反映出佛教的动物观。

在致开场辞时，除了介绍本人和这场讲演的来龙去脉外，穆教授还不忘告诉大家，我一到这里便跟他深入林海雪原并捕捉到多种动物的足迹，包括稀有的山猫足迹，他相信这都是因为我跟动物因缘深厚……

在互动环节，同学们的问题从中国动物保护立法的难点到中国动保群体的构成，再到请我重复厦门五年级小学生刘赫有关世界动物日来历的那句话：

“……因为人和动物是好朋友！因为我们人欠动物太多啦！”

没有人比穆教授对这次讲演的成功和麻麻的明德行付出的更多。

“用一个我不大喜欢的词儿来形容我自己，我是所谓的‘汉学家’。确切点说，我是研究中国现当代文学和文化的学者。”

穆教授早年间在康奈尔大学主攻中国文学，博士论文题目是“中国 80 年代的报告文学”。1989—1991 年间，他还曾在北京大学和苏州大学研究中国现代文学。自 1994 年起，他一直执教于明德大学，教授中国现当代文学、电影、戏剧，并任职两期中国研究主任。他

穆教授一家三口（爱犬 Louie 的中文名“卢易”为诗人西川访问明德时所起）

麻麻穿行在穆家的林海雪原里

麻麻与穆家爱犬卢易

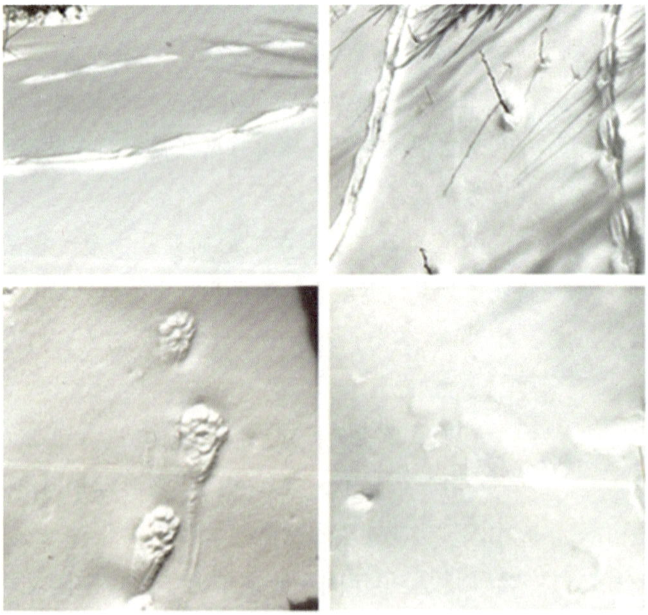

在穆家森林里踏雪而行时拍到的山猫（左下图）等野生动物足迹

现在既是东亚研究的主任，又兼任明德大学文学部主任。从2004年起，穆教授与明德大学环境研究所合作教授中国自然文化课程。

他的代表作是《中国小说家传记辞典1900—1949》与《中国小说家传记辞典1950—2000》。留美学者许晔评论前者道："这是第一部用英文书写中国小说家传记的工具书，也是第一部全面精选中文及中文之外的学术资源的辞典，堪称中西合璧的结晶。穆润陶教授领军来自北美、欧洲、大洋洲还有中国香港和台湾的一流学者们，经过多年的辛勤耕耘，终于让这朵兼具工具书与学术专著二重性质的奇葩绽放在西方文学工具书的百花园中。"

麻麻日记：

在穆教授的同事杜航教授和因讲座而结缘的Glauber夫妇的分别陪同下，我接连两天前往隶属于艾迪森县人道对待动物协会的"归途动物福利中心"（Homeward Bound Animal Welfare Center）参访。杜航教授来自北京，她家爱猫虎子就是去年儿童节当天从这里领养回家的。而Glauber夫妇何许人也？丈夫Don，美国执业心理师、美国瑜伽联盟注册教练；妻子Karen，认证太极教练、语言心理学家。夫妇二人均为佛教徒、纯素食者与保护大象大使。跟我们一起前往"归途"的还有来自伦敦的明德大学新生Lynn，她希望以动物保护为终生事业。

在"归途"，每见一个人，资深志愿者Glauber夫妇就骄傲地把我介绍一遍：这位是来自中国的……她是明德大学请来演讲中国动物的情况的……每个人都上前来跟我热烈拥抱，感谢我和我的朋友们为苦难的中国动物所做的一切，我也同样感谢他们为这里的动物所做的一切——当然，对Don和Karen而言，他们还帮助着一家位于泰国清迈的被虐大象避难所，名叫"Elephant Nature Park"。

Don问我是否了解有关大象的问题，我说已通过越来越多的真相报道关注到了，世界动物保护协会等机构一直在呼吁中国游客出国旅游时不要选择骑乘大象的旅游项目，而且，这两年我们一直在呼吁中国停止进口津巴布韦的幼象。这是他第一次听说有人竟从非洲进口幼象，惊讶得一时无语……

我们一行抵达时，协会的董事总经理正在和几位女士进行"脑力激荡"，讨论开设一家猫咪咖啡馆的可行性。她们的想法是，开始时，每周一天，带数只完全具备被领养条件的猫咪到猫咪咖啡馆去，喜欢猫咪的顾客可以边喝咖啡边吃简餐边跟猫咪玩，已提前在"归途"网上搜过可领养猫咪信息的潜在领养人则可以来亲眼看看他们与心仪的猫儿之间有没有化学反应。

这对夫妇刚办完领养这只狗儿的手续

小姑娘 Lucy 正在学习如何喂猫儿吃饭

因为热爱动物而走到一起的 Don、Karen 和 Lynn

8 岁的女孩儿 Lucy 在妈妈 Mindy 的陪同下前来参加志愿者培训。只见她端着一大碗饼干猫粮，跟在一个志愿者大姐姐的后面开始了她人生的第一次。每打开一个猫笼，Lucy 都会对里面的猫咪打招呼道：

"Hello！ How are you doing today？ I'm Lucy. Are you ready？"

在大姐姐的指导下，Lucy 打开猫笼，取出一个干净的猫碗，用计量勺子从碗里舀一勺饼干，倒进猫碗里，见猫儿吃了起来，便转身到另一个猫笼前重复以上程序……

此情此景让我想起了 Jill（谢罗便臣），她也是从小就在一个专门收养流浪猫的动物避难所做义工，直到数十年后创立亚洲动物基金。

动保英雄　真心英雄

2017 年第六届中国伴侣动物研讨会 4 月 2 日在四川成都召开，中外代表齐聚蓉城献计献策，共谋改善伴侣动物福利。来自全国近 50 个城市的超过 100 个动物保护团体以及法律界及其他公益领域的专家等共计 150 多位代表前来参会。会议的主题是“打击食用猫狗黑色产业链”“收容所管理”及“能力建设”。

麻麻常说，做动保的最大好处之一，就是能结交一批全国各地乃至世界各地志同道合的战友。每天每天，一打开微信、微博、邮件等，看到的都是各地战友在行动的消息，虽然其中必同时混杂着各种令人发指的动物被虐待和虐杀的恶性新闻。绝望与希望、现实与未来……谱成了一支五味杂陈的交响曲。在一个又一个的噩耗面前，支撑着你走下去的正是来

自战友们的扶持与鼓励和你自己心中的信念，正所谓“怀绝望之心，行希望之事”。

因此，对麻麻和许多动保人而言，除了每届不同的会议主题与分享嘉宾外，参加类似会议的主要目的，其实是能够与来自全国各地的战友们面对面欢聚一堂，重拾信心、智慧与力量，共商动保大计，继续为人类与动物的和谐共处而奋斗。动保之路任重道远，知道自己并非孤军奋战，暖暖哒！

研讨会既是在成都举办，麻麻当然会见到在中国动保界几乎无人不知无人不晓的陈运莲阿姨。陈阿姨创办的“爱之家”动物救助中心位于成都市双流区，这里生活着 5000 多只流浪狗和 300 多只流浪猫（对，我没写错，你没看错！），每一只在获救前都有一段悲惨的身世，如果麻麻把它们全写出来，那该是一本多么厚重、多有“分量”的大书啊！

去过爱之家的人无不赞叹，数量如此惊人的猫儿和狗儿们都得到了妥当的安置和照顾，该绝育的绝育，该治病的治病，吃得饱住得好，环境卫生清洁美化。须知，这背后人力物力的投入该是多么巨大啊！

陈阿姨何许人也？这里是有关她的几个关键词：本是较早勤劳致富的商人——只因收留一只受伤小狗——遂全身心投入流浪动物救助——卖掉七个门面和五辆车——倾家荡产——20 年不离不弃坚守至今！

今年春天，时常惦记着我们的霏霏姐姐准备寄些猫粮、猫窝、猫砂盆等物给张家喵星人，麻麻说寄费太贵了，不如就近送给爱之家的娃儿们，它们比我们更需要，结果陈阿姨就收到以上礼物了，霏霏姐姐从此也会惦记上爱之家的喵星人和汪星人的。

陈阿姨和狗儿们在基地

“这几天我在给猫咪屋换花，我告诉猫咪们，远方有位特别爱你们的妈妈会来看望你们，你们要乖乖的啊，结果它们喵喵叫，好像听懂了……”这是陈阿姨写给麻麻的信，她们俩非常爱通信。麻麻从成都回来后给我们看她俩的自拍照，陈阿姨好美！

“我最大的心愿就是让我所救助的猫猫狗狗都幸福快乐！我会尽一切努力做好！我若放弃就意味着它们只有惨死！现在我最大的苦恼是，志愿者也好其他人也好，没有一个人愿意接我的班……”

陈阿姨，请您多多保重啊，只有您好了，您最爱的喵星人、汪星人才会好啊！

在全国各地的流浪动物救助者中有一位残障人士，名叫初会。她“本是众人艳羡的对象，曾经是校花，能歌善舞，做过少儿节目主持人，家境优越，婚姻美满，是个商界女强人”。岂料命运弄人，一场车祸改变了一切，全身烧伤面积高达 64%、严重毁容的她失去了工作和丈夫，也失去了活下去的勇气。是小狗佳佳陪伴她走过了炼狱般的日子，佳佳也是很长时间里她唯一的朋友和伴侣。几年后，佳佳不慎走失，“初会疯了一样地找它，贴启事，转狗市，却一直无果。这个过程中，她遇见了许多流浪狗，她尽力抱回来养，直到后来开始负责流浪动物救助站，她的‘孩子’越来越多。”

如今的初会阿姨看着昨天的自己……

谁能说佳佳不是一只负有使命的狗儿，以自身的不幸走失把初会带上了一条救助生命之路？佳佳，希望你好狗有好报，被好人家收养，而不是丧命于饭馆食肆之餐桌和饕餮食客之口腹（本喵注：虽然佳佳很可能早已遭遇不测）……

今天，初会负责的郑州宠协流浪动物救助站已收养了 400 多只流浪动物，数量日增，压力山大。每天一大早，她便到早市上去卖服装，微博的所得中绝大多数都用于所救助动物的食物与药物等开支。看着《大河报》记者拍摄的初会以残疾到没有一根手指的“双手”为孩子们做窝头的图片，任谁也会感动落泪。初会可挤不出片刻光阴顾影自怜，她得马不停蹄地干活儿再干活儿，因为“要对得起孩子们们期待的眼神”，那些眼神足以包容所有的委屈与艰辛。

如花容颜虽已毁于一旦，但内心的慈悲与勇气却是毁不掉的。

麻麻在两年前的第五届中国伴侣动物研讨会上见到初会，感动于她将自己多舛的命运

麻麻和初会阿姨

置之度外，全力以赴救助那些比自己的命运还要悲惨的动物朋友，于是开始和朋友们一起尽微薄之力帮助她和她救助的狗儿猫儿。

金椒妈说得对，“也多亏了初会一门心思救护无助、可爱的流浪猫狗，才使她重燃对生活、生命的价值、意义和信心”。她救了动物，动物也救了她。

第一天会议结束后，麻麻请陈阿姨等战友到文殊院共进素食晚餐，其中有来自天津的母子俩，妈妈“乔妈”和儿子“标签”。您可能会估计儿子是受妈妈影响而走上动保之路的，事实正好相反，儿子是妈妈的领路人。

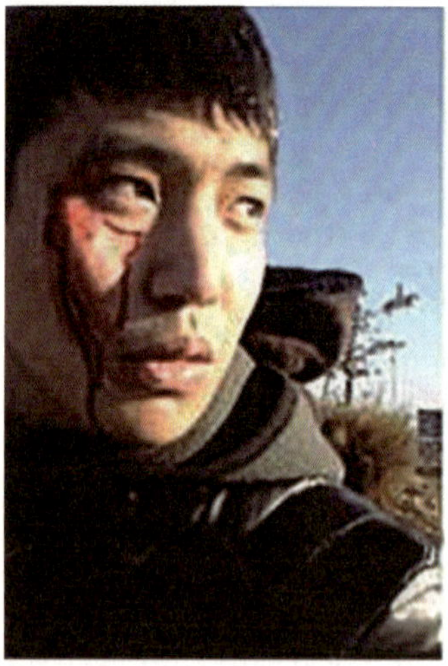
被狗贩子袭击后的标签

2015 云南 628 救助行动获胜后在贩运被盗犬只的囚车前

“孩子那时每周都会去基地做卫生、送狗粮什么的，我之所以支持他是觉得爱护动物是好事，最初的想法就是这么简单。正巧赶上宫姨基地的狗狗因误食没煮熟的猪肉而爆发了伪狂犬，很多狗狗都非常痛苦，儿子每天都去基地帮忙，回家后在我面前大哭！那几天他天天给我发视频，从视频中我看着前一天还跟在志愿者屁股后面看热闹的小狗狗第二天就被传染了病毒，痛苦无助地挣扎，太可怜了，看着视频我就哭了……那时我还在医院上班，我们医院经历过非典，所以相对有一些经验。当时我就向基地提出了隔离犬只的建议，但得到的回答是很想隔离但没钱买笼子。我让孩子马上来我单位取钱去买笼子，就这样救回了 200 多条狗狗的生命。那就是我接触动保的开始。”

乔妈看着标签回忆来路，满心满眼都是爱与骄傲。

易善团队是一个主要由年轻人组成的动保 NGO，面向全天津市区进行流浪动物义务抓捕、领养、寻宠信息发布等活动，倾力护生，青春无悔。说是面向天津，其实救助行动早已延伸到附近的京冀豫晋等省市，在多起志愿者奋勇拦截狗贩子运狗车的行动中，标签总是冲在最前面。2014 年在一次行动中，从小习武的他在一人对付七名狗贩子时，被其中一个狗贩子的老婆从背后用砖头偷袭了右脸，所幸没留下太明显的疤痕。看着这对看似平凡实则不平凡的母子俩，听着他们对往昔种种惊心动魄细节的笑谈，试问他们不是英雄谁是英雄？

研讨会一结束，不少与会代表就相约踏上了开往重庆的高铁，一起去探望因病未能参会的重庆市小动物保护协会陈明才会长。不久前，66 岁的陈会长积劳成疾，被诊断患有胃癌。麻麻和大家听说后既难过又担忧，重庆之行麻麻无法同往，请人捎去了她和我们全家的一片心意，同时祈祷治疗顺利，陈会长康复如初。去重庆看他的朋友们回来说，他做完胃切除手术后一边治疗一边救狗，同时忙于筹建一个动物福利基地和一支专业化团队，真是超人啊！他最放心不下的是，如果自己的病情持续恶化，这 2700 多个毛孩子的未来何去何从？协会的志愿者里谁能全身心投入到救助工作中，扛起从他肩上卸下的重担？山城的流浪动物若没有了这位数十年如一日致力于救死扶伤的陈叔叔，今后可怎么办啊？

祈祷陈会长早日痊愈！

“从来不缺爱猫狗的人，缺的是那颗从一而终的心和对生命的尊重。”

“渺小的它们，就这样被随意丢弃在这个城市的各个角落，饱受日晒雨淋，被车撞，被城管恶意‘清理’，甚至被送上餐桌。日子要过得多悲惨的人才会下如此狠手去虐待流浪动物？小小的它们经历过多少绝望苦痛？我真的好怕知道答案。”

“亲爱的毛孩子们，别害怕，你们已经不用再流浪了。无论过去经历过什么，都忘记吧。”

“如果能有个家，哪个生命愿意流浪？愿世间，从此，再无流浪！”

上面的文字来自“成都生活君”所撰《爱有多难？ 110 亩小山坡，5000 多只流浪动物，还有 20 年……》一文，感谢作者创作出如此真实感人的好作品，让更多的人了解爱之家陈阿姨和陈阿姨们的丰功伟绩艰苦卓绝！

可是读者诸君啊，无不始于感动，请勿止于感动，真正被感动了就立即行动，伸出援手救死扶伤，陈阿姨们和毛孩子们在翘首以盼呢！

本喵突然联想到麻麻在转发有关狗狗惨遭虐待虐杀的帖子时从不忘加上的几句按语：

“狗永远是狗。人却常常不是人。”

“从来只有人对不起狗。从来没有狗对不起人。”

“我们对不起它们。”

6

第六章

（2017/04—2018/03）

6

从“三脚猫”到“三脚飞猫”

“以文化人　师教育心”——麻麻日前经过北京东城区国子监街的孔庙时，里面正在举办《论语》作品书法展，展名就是前面那八个字，一语中的。

4 月 6 日，麻麻利用到碧桂园集团总部调研的机会，和蒋劲松叔叔一起为国华纪念中学约 300 名高中学生做了一场动物保护的讲座。

以下来自蒋叔叔的公众号：

讲座后合影

学生代表把自制的纪念品送给麻麻

“这是体现碧桂园董事长爱心的学校。所有学员都来自贫困家庭，品学兼优的孩子们有缘进入学校后，学校承担一切费用。国华中学以杨国强先生的大哥命名，很多年都曾隐瞒出资者。行善不留名，令人钦佩。后来碧桂园香港上市，相关的财务情况必须公开透明，人们才知晓一切。国华中学的同学们学业优秀，考入国外名校以及清华、北大等国内名校的比例很高，最重要的是学校重视品德教育。举办这样的动物保护讲座也反映了校方重视教书育人的教育理念。

讲座之前，我担心同学们对这个话题了解不多，会不会提问冷场？老师告诉我们，放心，一定很踊跃。果然，提问很多，同学们很有独立思考的精神，问了许多尖锐问题，说明他们真的思考了。从这些孩子身上，看到了这个民族光明的未来。但愿同学们都能因此次讲座，以同理心对待动物，长养慈悲心，将来成为国家的栋梁，民族的希望，一切生灵的守护者。

青草令阿姨是一位生活在澳洲悉尼的记者和作家，4 月初，她隔洋对麻麻做了一次长篇专访，“和她的沟通经常会被猫娃们层出不穷的状况打断……”刊发后很受欢迎，以下摘自该专访：

越洋电话里，我问：“您和每一个被您救助的小动物间都有一个动人的故事，能否说说最触动您内心的一个故事？”

“每个与我的生命发生交集的喵星人都和我有缘，若论缘分和我最深的，也许非Lucky99莫属了……”

我准备好了被感动，但我所得到的，却远不止感动……

小家伙的小命保住了。后来，她又接受了右腿高位截肢手术，成了她笔下的“三脚飞猫”。劫后余生，她给她起名叫 Lucky99。

她给每个有缘走进自己猫生的人带去快乐。

不管谁来了，她都愿意伸出小脸蹭蹭，伸出小爪握握，伸出小舌头舔舔。

除了对她精心照顾外，麻麻还带她去看大世界，去与更多的人结缘。

小小的她完全没因比其他喵星人少一条腿而有半点郁郁寡欢，反而把自己打造成了人见人爱、花见花开的励志猫。

……

最重要的是，青草令阿姨认为，麻麻对我的称谓——三脚飞猫、三脚励志猫等——完全颠覆了人们对“三脚猫”的印象与理解，从“三脚猫”到“三脚飞猫”是个跨越。据说，“三脚猫”一词最早出自元末明初陶宗仪的《南村辍耕集》，指人做事技艺不精，形容蹩脚。也就是说，该词通常含有贬义，起码没啥褒义。时代不同了，我小 Lucky 的横空出世重新定义了该词，此“三脚猫”非彼“三脚猫”而系“三脚飞猫”也。从此以后，每当有人再提到“三脚猫”，人们首先应该联想到的就是我小 Lucky 如离弦之箭般飞奔向前的意象。其实，我们张家猫窝还有另一只三脚飞猫，那就是张小北同学。小北左手的残疾是人类的残忍所致，我的右后腿是被小货车轧断的……我俩的不同之处在于，缺左前肢的小北善跳，少右后肢的我善跑。相同的是，我们都身残志坚，绝不言弃，最终因祸得福，来到了张家猫窝！

“青草令”——青草令阿姨的名字我太喜欢了。不光是我，我们张家喵星人都喜欢吃那水灵灵、绿莹莹、嫩兮兮、香喷喷的青草，每到春末夏初，我们的青草节令就开始了，直至夏末秋初。

张小北缺左手

我少右腿

霸王花小妈妈和她的仨奶娃

“在漫漫人生路上，一只只猫咪走进我的生活，与我同行，在或长或短的时光里与我相伴相惜。缘分天注定。冥冥之中，不是我们挑选猫咪，而是猫咪在选择我们。”法国作家弗雷德里克·维杜这样总结其与数十只猫儿的相遇。

回想每一只猫儿是如何来到张家猫窝的，麻麻只能感叹上述结论千真万确。

4 月 9 日上午，王寅阿姨来我们小区抓一只正在闹猫的流浪猫去做绝育手术，她和高阿姨一路跟踪来到小区超市里才把猫儿抓住，无意中发现仓库里有刚出生不久的三只小奶猫，睡在一个塑料泡沫箱里的一堆脏抹布上。王寅阿姨临走时发了条信息到“奥克兰北京心连心”微信群里——“奥克兰”当然就是金椒妈的代称啦。

“超市养的当驱鼠器用的母猫生了一窝仨，老板说要不了这么多猫，得盯着点儿。原来超市里有耗子，老板夫妇就从一个老乡那里要了只猫儿来驱耗子，来了没多久，耗子见少，母猫却生了一窝小猫出来。已经死了至少一只了。事实证明，北京流浪动物的来源之一就是类似超市老板夫妇这样的人。”

真要命啊！麻麻看了微信和照片后说，因为她知道，这意味着多大的工作量和麻烦——很可能又不得不添丁进口了。事实证明，这些都一一变为现实。

麻麻和大家开始商量对策，准备下午回家后和高阿姨一起去看看情况。高阿姨说，“你别带猫粮什么的去，超市老板已经在我们小区买了两套房子了，不差钱，咱们给他们做做科普，告诉他们小猫断奶后就必须赶紧给猫妈妈做绝育手术，猫粮、猫砂、手术费用让他们自己出。”

王寅阿姨说，“你见了老板娘就知道了，她说她讨厌猫，要来这只猫纯粹为了防鼠患。跟她交流真费劲儿，给她科普不如直接给她好猫粮，免费的猫粮她总会喂猫妈妈吃吧？”

麻麻说："要不把猫妈和猫娃都弄回我家来坐月子？坐完月子再把猫妈送回去？"

王寅阿姨说老板娘不会同意的。于是，麻麻和高阿姨约好下午 6 点一起去超市。麻麻紧锣密鼓地开始准备要带去的东西：幼猫与哺乳期猫粮、猫窝、一次性睡垫、猫砂铲、勺子、毛衣、免洗净手液、纯净水等。高阿姨说，"你别带那么多东西去，他们会以为一切都是应该的，以为这几只猫特值钱呢，回头还'拿'上你了。"

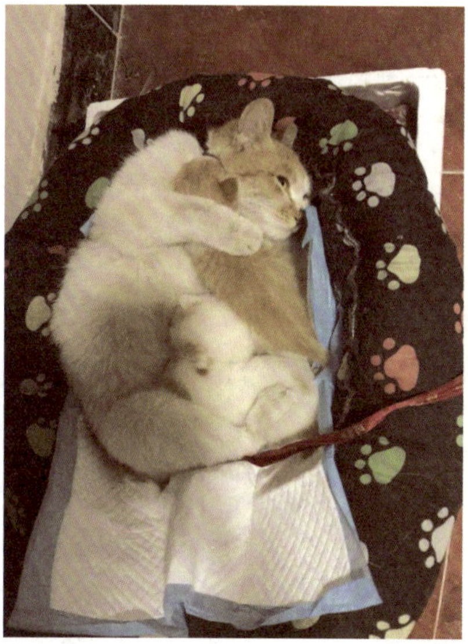

颈部被系了条红绳在椅子腿上的猫妈在麻麻带去的猫窝里喂奶

6 点钟，麻麻和高阿姨来到了超市仓库。三个十几天大的娃娃不消说可爱极了，猫妈妈自己也不大（所以麻麻一开始叫她"小妈妈"），非常亲人，老板娘用一根绳子套在她的脖子上，另一端系在一个凳子上，说是怕她跑了。塑料泡沫箱换成了纸箱。环境脏乱差，因为他们几乎从不扫地不擦桌子，高阿姨说。不知是因为歪脸所以也歪嘴还是因为嘴歪所以脸也歪，嘴和脸都明显歪斜令人对老板娘过目不忘，三观想不毁都难。本喵温馨提醒麻麻，不要以貌取人哦！

对了，麻麻回家后告诉我和 Amy 美玲珑姐姐，说小妈妈长得好像我们俩啊！

麻麻一去就一通忙活，把猫窝塞进纸箱里，猫窝里铺上一次性睡垫，再把娃娃和小妈妈放进去，看上去干净舒适多了，可歪脸歪嘴老板娘坚决不同意解开小妈妈脖子上的红绳，过了几天才好不容易做通她的工作。歪脸歪嘴老板娘口口声声说养这猫咪一家一周就要花她 100 元，可麻麻和高阿姨一看便知，猫粮是从自由市场买来的散装劣质猫粮，猫砂是既不结团更不除臭的便宜猫砂，残羹剩饭难道还要算钱吗？金椒妈、高阿姨和王寅阿姨都根本不相信她的话。

"给小妈妈开了袋妙鲜包，吃得很香。碗底是晚饭时我老妈到食堂打完饭送去的丸子。高技师和我一去就先帮她们把桌子擦干净把地上墩干净，到处都是灰土，弄得小妈妈身上也不干净，猫毛、鼻头、爪子都黑黢黢脏兮兮的。说好了让他们好好养，我会送吃的和用品去。万一有不能继续养的情况必须马上联系我们。真想把三个猫娃抱回家好好疼啊……"

从这天起，麻麻每天都雷打不动地带着两个幼猫奶糕罐头去喂正值哺乳期的小妈妈——猫妈吃得可香了——同时更换睡垫，清洗食盆和水盆，清洁排泄物堆成小山的污秽猫砂盆（因为歪脸歪嘴老板娘从来不碰猫砂盆，怎么跟她说必须经常清理保持干净都是对牛弹琴）。不论麻麻把所有猫咪用品清理得多干净，第二天来看到的肯定又是一团糟，真是脏乱差成性到家了。

奶奶听说后去的次数更多了，每天两次，在食堂打完午饭和晚饭出来不回家，而是直奔超市仓库去喂小妈妈吃鱼吃肉，每次去小妈妈都黏着她蹭来蹭去。麻麻让奶奶不要去喂猫，她希望小妈妈只吃专猫粮和猫罐头，可奶奶就是不听，她总觉得小妈妈更喜欢吃她送去的食物。

不久，大家觉得可以开始给小奶猫找领养人家了，麻麻每天去探视时所拍的N多张照片派上了用场，于是就有了以前在该超市打过工的一个女孩、高阿姨女儿同学的同学、麻麻的一个前官员朋友、麻麻一个朋友的闺蜜等人表示出领养兴趣。然而，要想找到一个靠谱的领养家庭太难了，须得全家一致同意，有照顾动物的经验，明白动物不是玩偶而是和我们一样有血肉之躯、有情感与感知力的生命体，它们的吃喝拉撒、生老病死都是真实无虚的，你做好一旦选择、终生负责、不离不弃、相依为命的准备了吗？几轮联系下来，再次证明大多数人要么是被小动物的萌照所吸引，要么是孩子因同学有宠物所以自己也想有只宠物，要么看到网上说养宠物对健康有益……总之，就是没准备好无条件付出和把它们当一辈子家人，所以，最后都泡汤了。可麻麻却很开心，因为，这比不负责任地领养出去再出意外或被退养要好多了！

三个毛孩儿长得飞快，很快便从蠕动爬行到蹒跚学步再到起身站立了。它们刻苦学习摔跤术和猫猫拳，还无师自通地学会了用爪子洗脸。麻麻给它们送去了玩具，每天都会开心地和它们玩上好一会儿。

问题是小奶猫们随时有可能爬出猫窝。那些胡乱堆得顶到天花板的一箱箱一瓶瓶货物若砸下来后果不堪设想，就连频繁出入仓库的五个人脚下的一个不留神都足以置猫娃们于死地。

超市仓库狭小的空间里，摆放着老板夫妇的合伙人——那个烟不离口、游戏不离手眼的北京本土老板——的桌子，对脚底下这个猫之家的存在整天骂骂咧咧、踢踢踹踹，外加两个成天板着脸的打工女孩搬运拖拉各种货物的刺耳噪音，麻麻越来越觉得必须尽早把猫咪一家彻底带离这里。中间的曲折和反复可想而知，不必多言。4 月 23 日，麻麻终于说服了河南夫妇，他们同意麻麻把猫咪一家带回家。生怕他们出尔反尔，麻麻迅速地用一个大猫包把这一家四口带回了张家猫窝……

（从左至右）小芳芳、小团团、小圆圆

小妈妈与小圆圆

总而言之，猫咪一家四口的新生活就在这天下午开始了。麻麻把它们放在她的房间里以便随时关注与照顾，霏霏姐姐送的粉色猫窝放在地上方便它们出入。三个小宝宝就在这一天迈出了它们猫生的第一步——在超市仓库里，它们的全部天地就是那个破纸箱，从不敢越雷池一步。

无比亲人的小妈妈虽然瘦小，但面对一屋子的大猫却毫不示弱，谁胆敢进入麻麻的房间乃至进入她的视线，她就以迅雷不及掩耳盗铃之势（此为喵语）冲将上去暴打对方，直到对方屁滚尿流落荒而逃！所以，不久，奶奶和麻麻就给她取名为霸王花，给她的三个孩子取名为团团、圆圆和芳芳。若是我们碰巧生在以猫为贵的明朝皇宫里，皇上很可能会为我们取“铁衣将军”“丹霞子”等有趣的名字。

不幸的生活各有不幸，幸福的生活却都大致相似。霸王花和孩子们迅速适应了在张家猫窝的崭新生活，又脏又瘦又小的霸王花不久便长得白白净净小巧玲珑了，孩子们的成长速度更是如此之快，以至于麻麻每天都要无数次对它们说：

（从左至右）小团团、小芳芳、小圆圆在霏霏姐姐送的猫屋里

“好孩子好孩子，慢点长大慢点长大啊！”

奶奶听了这话说，过去有首名歌叫《马儿啊，你慢些走》，是歌唱家马玉涛首唱的，可好听了。

马奶奶唱道：“马儿哟，你慢些走啊，慢些走啊！我要把这美好的景色看个够！”……

我们的麻麻唱道：“猫儿啊，你慢些长啊，慢些长啊！我要把你每天的成长看个够！”……

孩子们每天像快乐的小马驹儿一样蹦蹦跳跳你追我赶跑个不停，在地板上发出一串串笃笃笃的脚步声，跑累了就往妈咪的怀里一躺，边打小呼噜边踩奶吃奶，好一幅温馨的天伦之乐图啊！孩子们的爸爸一定还生活在河南乡下老家吧?

从来都奉行只进不出基本国策的麻麻很快便决定下来：不给猫娃找领养了。这些天下来，她和它们一家已经不可分离了。就让它们一家像小英子一家一样，永远在一起，永远不分离，在张家猫窝平安快乐地度过它们的猫生吧。

于是乎，霸王花继 Amy 美玲珑、缺心眼子皮球和我 Lucky99 之后，成了张家猫窝第四只短毛黄白色猫咪，团团是第五只。圆圆和芳芳的毛色以白色为主、黄色为辅，几乎可被视为白猫。至于它们的品种学名嘛，跟我小 Lucky 一样，我们都是中华田园猫！都是唐三藏猫！

从 2003 年麻麻收养第一只猫咪灵灵以来，几乎每次张家猫窝添丁进口都是一次一只，一次“连锅端”收养一家四口一共只有两次，可就这两次便一举达到八只啦！第一次是 2006 年年初，来自北京竹园宾馆的憨宝儿（爸爸）、小扣子（妈妈）、虎妞妞（女儿）和小黎黎（女儿），其中小扣子和憨宝儿已先后辞世，俩闺女还好好地活着呢。这是第二次，霸王花（妈妈）、团团（儿子）、圆圆（儿子）和芳芳（女儿）。中间还有一次是收养不久的独眼凤小英子妈妈（爸爸：隐形猫小喜子）在张家猫窝生下了大宝（儿子）、二宝（儿子）、三宝（女儿）和四宝（儿子），那是 2015 年 12 月 12 日。光这三家子加起来就是十四口子啊！张家喵星人在麻麻带回小妈妈一家之日起，总数一举达到创纪录的 39 只啦，妈妈咪呀！

孔祥东叔叔与爱的教育

孔祥东，当今国际乐坛最优秀、最活跃的中国钢琴家之一。已有40多个国家和地区的观众亲身感受过他那激情洋溢的演奏，被西方媒体盛赞为“一个世纪只能出一到两个、真正能激动人心的天才钢琴家”和“一代天之骄子”。与意大利作曲家乔治奥·莫洛德尔共同创作2008奥运歌曲*Forever Friends*……

麻麻6月2日赴沪参加行动亚洲主办的“爱即是行动公益艺术联名展”开幕式，最大的收获便是认识了同为发言嘉宾的著名钢琴家孔祥东叔叔。

钢琴，Piano，我知道的，麻麻在家里最常播放的就是钢琴曲了，因为她说，钢琴曲是养心的，小提琴是伤心的，喵喵喵！她还给我们播放过一段视频，一个纯艺术范儿的汪星人钢琴弹得棒棒的，太有才太拉风了，羡慕（Yes）嫉妒（May be）恨（No）！

以下是孔叔叔的精彩发言：

“爱”这个字我们都会写，也不会写，因为用简体字是无法体会什么是真正的爱的。爱是应该有“心”的（愛），但今天，我们中华人民共和国的广告法里面明确规定带有心的爱是不合法的，这必须要改，为什么？为我们的心而改！爱是我们每个人存在的理由，我们生命的存在是因为爱，可以不懂但却不可以拒绝也无法拒绝。

对于小动物生命的关爱是文明在我们每个人身上的体现，是一个社会、国家整个文明程度的展现。我很遗憾地说，我的国家还没做得很好，还有吃狗肉的节，还有许多有意地、人为地残害小动物生命的行为。我小时候害怕小动物，因为在我这代人的成长当中，我们的家庭并没有条件去教育我们热爱小动物，我们始终对小动物有一种陌生的距离感。我女儿生在美国，当她自己养的小宠物、一只很可爱的小狗狗去世的时候，她哭了三个月。后来她选择学医我很吃惊，要知道，医学的存在完全是人道主义精神胜过实用主义，如果一只你爱的小狗去世你都要哭三个月的话，那你将如何面对所有终将逝去的生命呢？我们的人生是如此匆忙、无奈与遗憾，但所有的一切都可以在爱的光芒与光束中融化、消融、消除。

现在很多小朋友都在学音乐，我经常问，学音乐到底是在学什么？音乐究竟是种什么东西呢？在我们芸芸众生的意识和知识中，音乐是一种虚无缥缈、无形无色的东西，但同时它又是如此无边与无限。其实，音乐就是爱，音乐是上苍、上神、上帝留在人间的我们的救命稻草，音乐是每个人心灵唯一的创可贴，所以，学音乐就是学爱。很多家长带着孩子来说我要让孩子学钢琴，我说错了，其实钢琴只是一个物件，一件乐器，一个名词，孩子要学的不是钢琴，不是木头与钢板做的乐器，孩子要学的是音乐，音乐可以直达我们的灵魂，孩子们应该富有的是爱的精神，这才是真正的目的与核心所在。

行动亚洲我接触不多，但当我听说他们是帮助我们理解我们对小动物的喜爱、排除人为的残害行为时，毫无疑问，这是我自己心里很想去做而没有做到的事情，所以如果我个人任何的附加值能给他们带来任何帮助甚至推动的话，那将是我的荣幸，我会不遗余力的。从音乐和任何的角度，每一个活着的有良知的人都应该去做这样的事情。我衷心地希望，爱的光芒在这片土地上能更强烈地照射，我希望在这个民族的苦难经历中有更多的音乐的美好能让我们每个生命体享用与分享。

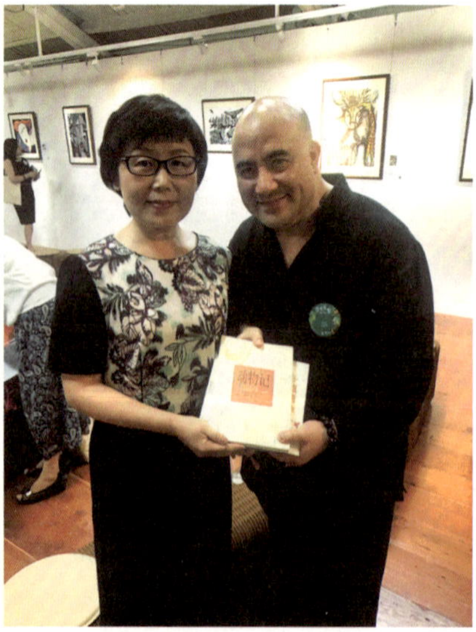
麻麻赠书给孔叔叔

Bravo！太赞了！棒棒哒！

孔叔叔还说，follow your heart（跟随自己的心）是一生中最重要的事，对此我举双爪同意。我小 Lucky 可不就是一路跟随自己的一颗心走到今天的吗？孔叔叔的座右铭我也很认同，那就是三个字：真、善、美。

嘉宾发言完毕后，麻麻送给孔叔叔或由她主编或撰写或翻译的几本书，并请他多多支持动保公益事业，孔叔叔双手接过书高兴地说，“我一定认真拜读，一定全力支持。回去后我会写一首《猫咪圆舞曲》，写好以后发给您，请放给您家的猫咪们听听，看它们喜不喜欢。”

这是开幕式后麻麻发给孔叔叔的微信：

您对“爱”、对音乐、对动物保护的深刻而独到的理解与阐释，我牢记在心了，而且还会把它写进我正在收尾的《我是Lucky99——治愈系萌猫自传》里，这是一本以我三年半前救助的一只残疾小猫咪的口吻写作的自传。对，我们就是要为我们的非人类动物朋友树碑立传，让人们知道它们的真善美，知道它们为我们这些自以为是地球主宰的人类动物带来了多少、付出了多少。期待早日欣赏到您为喵星人创作的《猫咪圆舞曲》，一收到我就会马上播放给39个张家喵星人听的，并把它们的反应第一时间反馈给您。

以前只知道孔叔叔钢琴弹得特别棒，今天才知道弹得超赞的原因是他的心里有满满的爱，那是一种超越物种族类界限的大爱、真爱。从他指尖流淌出的每个音符都是叩击人们心灵、唤醒沉睡良知、呼吁万物和谐的正能量小蝌蚪。

最重要的是，怎么爱？孔叔叔说，必须用心去爱，无心之爱还能叫爱吗？有心之爱才能称之为“愛”！麻麻闻此恨不得击掌叫好，因为她几乎每次举办讲座时都会谈到在正体汉字中，诸多含有吉祥美好之意的汉字均有动物成分在内，一个没有羊、没有鹿、没有动物（“動”物）的世界怎么可能吉祥、良善而美丽（“麗”）？“动物”究竟为何物？“Dongwu”不是云淡风轻的可有可无之物（动物），而是推动社会变好的重要动力（“動物”），善待动物很可能是使人类向上向善的第一步。而一旦一刀切地从法律上将“心”斩除（愛—爱），那所谓的爱爱爱就只能是唉唉唉矮矮矮哀哀哀啦，难道不是这样的吗？

顺便说一句，我们全体张家喵星人都特别期待孔祥东叔叔的《猫咪圆舞曲》！听说早在1921年，美国人泽格·翁弗雷就创作了一首“让人毫无抵抗力的钢琴曲”《键盘上的小猫》，而大作曲家罗西尼和拉威尔貌似也都曾创作过一首《猫之二重唱》。

龟龟大叔跨越彩虹桥

世间事，除了生死，哪一件不是闲事？

猫生和人生一样，都有一门无法回避的必修课，那就是佛陀所说的八苦之一“爱别离”。浮生如此，别多会少。生命中的千山万水，任你一一告别。

初夏的张家猫窝，生老病死的自然规律正在上演一出活剧（是“活剧”而不是“话剧”哦），一方面是 4 月 23 日从超市仓库带回的霸王花小妈妈和她的三个娃娃，么么哒的一家四口充满了活力，拥有各种可能性的一生刚刚拉开序幕，尽享生之美好；另一方面，9 岁的老猫龟龟（大名：龟田小队长）正因慢性肾衰竭而精神萎靡毫无食欲形销骨立，生命从他那原本巨无霸的大块头身体里一天天一点点溜走，当知不久于世矣……

“动物没有对于死亡的恐惧。它们理解并且期待生命的自然节奏，也包括自己的死亡。”

若说龟龟视死如归也许你会觉得夸张，但他是多么平静地接受自己的命运的啊！一切都是最好的安排——龟龟深谙加措活佛此语的真意。或许他也同样明白爱因斯坦的话：“能量是不死的。出生并不是开始，死亡也不是结束。”

一切都永远存在。没有“死亡”这回事。没有那种存在的状态。那个永恒的生命仅仅是将自己塑造成新的形态——新的物质形态。那个形态将永远被鲜活的能量充满，那是生命的能量，永远都是。——尼尔·唐纳德《与神对话 3》

小时候的龟龟

法兰西学院院士弗雷德里克·维杜先生深情回忆“真正走进我生命中的第一只猫”莫谢特的辞世：“直到一天，它陷入了一场最深的梦境，再也没有醒过来。一团美丽的生命之火就此熄灭。它直到离去，都是那么独立，静悄悄地离开这个世界，没有刻意渲染，没有戏剧化的道别……因为你，我走进了猫的内心世界。作为人与猫之间的使者，没有人/猫比你更棒，天堂是你应去的归宿。我怀着深深的敬意，向你致谢。”

麻麻每天数次抱着骨瘦如柴的龟龟大叔对他说，“好孩子，别害怕，麻麻爱你，我们大家都爱你，谢谢你来到张家猫窝，陪麻麻度过了三千多个日子，实在累了你就安心地走，勿牵挂，莫留恋，麻麻会陪你走完最后一段路的……”

茁壮成长中的龟龟

连眼皮都抬不起来的龟龟大叔在麻麻的臂弯里做了两个让麻麻感动不已的动作，一是定睛看着麻麻，仿佛在告诉麻麻，他这一生过得很好，麻麻当年把不到两个月大的小流浪猫他带回了家，他很幸运，很感恩，很知足，谢谢麻麻和奶奶的爱，他会把她们记在心底；二是缓缓抬起右爪，轻抚麻麻的左脸，像电影中的慢动作般轻轻拭去麻麻脸上的泪水，实在没力气了，就把右爪停留在左脸上喘息片刻……麻麻的串串热泪滚落在他如今黯淡无华的身上，她也像慢镜头般亲吻着龟龟的头顶、耳朵、额头、鼻头，生怕弄疼了他……

不久便长成了个巨无霸喵星人

麻麻 6 月 9 日午后不得不去福州出差（与蒋叔叔同在阳光学院做动保讲演），临走前，她长时间抱着气若游丝的龟龟，跟他做最后的道别，把一个小枕头枕在他的头下……飞机在福州机场落地后，麻麻打开手机后得知，龟龟已在她的飞行途中离去了，麻麻顿时泪洒机场……

生生死死，因果轮回，生命中唯一永恒的就是变化。

让我们不为失去而哀悼，而为我们共度的生命、共享的时光而庆祝。

生与死，同时完美地在这个猫咪大家庭里绽放生命不同阶段、不同形态之美。

龟龟大叔永远活在麻麻和张家喵星人心里

银川北京心连心　我是小小喵记者

麻麻经常和远在新西兰的动物守护神金椒妈一起力所能及地帮助各地的动物救助者。前不久金椒妈在微信里说：“宁夏银川守护者动物之家救助银川的流浪猫狗多年，急需支持和鼓励，边远地区的流浪动物救助更加艰辛和难能可贵，请给他们寄几本您签名题词的大作，他们会非常爱读的。还有，有机会也拜托我们的小小喵记者 Lucky99 报道一下守护者动物之家哈！”

基地设计师之一宋大力姐姐

乌拉！我成小小喵记者啦！上一次金椒妈在本喵名前加了八字定语“人见人爱、花见花开”，现在合二为一就是“人见人爱、花见花开的小小喵记者 Lucky99”，棒棒哒！亲爱的金椒妈，本记者一定不辱使命，您就瞧好吧！

麻麻很快便把她的几本书签好名题好词寄往银川，连同充电宝、双肩背包、手套、帽子等几样她相信志愿者们用得上的物品。守护者动物之家负责人张涛姐姐收到后告诉麻麻，每样东西都很受欢迎，书更是被一抢而光，义工都想要，能不能再寄点给他们？麻麻当然说没问题，随后便收到了一份长长的名单：“您的书特别珍贵，所以我想让您知道都是什么人能得到您的书。”

这是张涛姐姐 7 月 24 日发来的长长的义工名单的一小部分：

白　芳： 为帮助流浪动物，她与黄嵩岩成立了宁夏助困帮扶慈善联合会，整合资源，寻求政府扶助，为弱势群体发声！

守护者动物之家的志愿者们手持麻麻的赠书合影

刘红川：6 年来专职救助流浪动物，天天风雨无阻照顾基地的毛孩，社会上的任何求助她都不会拒绝，为此搭上了自己的退休金和细软首饰，还欠了一大堆的医药费……

张克远：武警处长，执着的领养人，因为领养而加入守护者队伍，坚持建立永久教育基地。

张　瑞：几年前因有人质疑我们的账务而来监督查账，结果成了守护基地的负责人，把管理无序的基地规范起来。

施建丽：从基地诞生就加入了我们，从义工到领养助养负责人，把好每一道毛孩领养关，她的“死板”大大提升了领养质量。

……

面对这样一份沉甸甸的长名单，麻麻除了感动还能说啥？立即动手，给名单上的 30 多人各送 3 本书，93 本书全部签名题词，连同更多的充电宝等物品寄至银川，很快义工们就会收到了。麻麻同时了解到守护者基地的 700 多只狗狗们“从来吃不起狗粮，但因最近持续高温，狗狗很容易中暑，做好的饭很容易晒馊了，没办法只得吃狗粮，我们正在做筹粮贴呢……”本宝宝和全体张家猫窝宝宝们立即请麻麻给守护者捐了狗粮钱，麻麻的好朋友、深圳的豆豆阿姨和北京的华新阿姨也共襄善举，张涛姐姐说“真是雪中送炭啊”！

劫后余生的狗儿们求张涛姐姐抱

宁夏、银川、守护者动物之家，多美的名字啊！因为金椒妈的一条微信，我们张家喵星人也和远在那里的汪星人和喵星人心连心、情连情了，真是千里善缘一信牵哪！

Happy 喵阿姨听说我当小小喵记者后专门给我画了一幅漫画，右爪持话筒，左爪握相机，左右开弓，绝对专业范儿，猫猫哒！

身为一名靠谱的小小喵记者，本宝宝深知重任在肩，选好题和写好稿不容易，压力山大啊！麻麻叮嘱我：小Lucky，现在你是一名小小喵记者、一名新闻工作者了，可不要像下文中的记者那么不靠谱啊！

以下这篇稿子是本宝宝听到麻麻和 Chris 叔叔的微信对话后写就的：

Lucky99 解读美国雷锋叔叔 Chris 和记者哥哥姐姐的奇葩对话

作者：Lucky99

这段短短的神对话就发生在最近，在中国，当然。

记者哥哥： 政府哪个部门管虐待动物的事？

Chris 叔叔： 啊？这……这……可问着我了……有……有……有这样的部门吗？

记者姐姐： 政府给你们“领养小铺”多少补助啊？

Chris 叔叔： 啊？你可真问着我了……真有给我们补助的这一天，那……那……那就等于共产主义实现啦！

Lucky99 解读： 外星人！绝对的外星人！这么富有想象力的记者哥哥和记者姐姐绝对是从外星上来的！当然，也许还有另一种情况，那就是记者哥哥和记者姐姐有了得的穿越功夫，能够预见到未来的未来所发生的事。

Lucky99： Chris 叔叔，我可以把以上神对

Chris 叔叔和他从狗肉车上救下来的狗儿海燕：执手相看泪眼，竟无语凝噎

话写出来发在我的公众号里吗？

Chris 叔叔： 可以是可以，我相信你小 Lucky，但请别提具体的报刊名啊，可以吗？咱们可千万别得罪媒体啊，还得求他们帮我们宣传善待动物的理念呢……

Lucky99 注 1：Chris 叔叔本来说话一点儿都不结巴，他那一口京片子之地道就甭提了，之所以出现"这……这……这……""有……有……有……"或"那……那……那……"这样的情况，完全是被记者天方夜谭般的问题给震的！

Lucky99 注 2：还不认识 Chris 叔叔？那就敬请惠阅麻麻的书《另一次是遇见你——关于动保 / 素食 / 生命》吧，里面有他的故事。

他在豆瓣网的自我介绍是："写手，翻译，编剧，支持动物权利和素食主义"；他的新浪微博认证为"在北京做动物公益的美国人"；在以狗狗的口吻发布领养信息时他往往会用"柯瑞思叔叔"；在与纯种养殖及与宠物经营巨头对峙时，他称自己为"非纯种流浪人"；他的腾讯微信号是"Open every cage"（打开每一个牢笼）；"领养小铺"是他几年前成立的流浪动物救助领养机构……

打开每一个牢笼，这也是本宝宝和所有动物朋友、所有关心动物朋友的人类朋友的共同心愿。受此启发，我建议，今后任何、所有喵星人、汪星人见面时，都一律要像当年那部阿尔巴尼亚电影《宁死不屈》一样，先对暗号再喊乌拉："打倒法西斯！自由属于我们！"

此女只应天上有　人间能得几回闻?

此节为麻麻日记。

“只要上天还需要我照顾这些无助的小生命，那就意味着我使命未了，还须苟延残喘，继续当好铲屎官和仆人；有朝一日他老人家觉得有人照顾它们比我照顾得更好，那我就尽可以解甲归田去也。”

2017 年 10 月 26 日 15 时 40 分，马欣来君在棋子儿等心爱的猫儿们和狗儿乐乐的依偎环绕下与世长辞。惊闻噩耗以来的日子里，她生前常说的这番话始终在我脑海里萦绕，连同那温柔而坚定的音容笑貌。我相信，这一回，她终于可以无牵无挂、欣来欣往地给自己放场长假了。

关于马欣来君，关于著名剧作家、戏曲理论家马少波先生眼中“颖秀天然重德馨”的这位幼女，世人皆知其冰雪聪明，早慧过人，才貌双全，品业俱佳，高中时就曾因所撰一文而为红学家冯其庸先生激赏。在短短 18 年的职业生涯中，她先后担任过现代出版社总编辑、中国书籍出版社总编辑、大中华文库编委等要职，为我国的出版事业做出了杰出贡献；同时笔耕不辍，著有关于孔子、关汉卿、王维、台湾文化等的多部学术作品。

遥想当年，我们作为同窗学友一起度过了未名湖畔的四年时光，尽管并未过从甚密；多年后，动物为媒，同窗情升华为战友情，携手并肩护生护心，十年如一日。

转折点发生在 2007 年 2 月。当时，我随中国小动物保护协会会长芦荻教授等人前往天津，将志愿者抢救下来的 400 余只待宰猫咪紧急接到北京安置。王寅和我承担了其中近 50 只的善后工作，压力山大可想而知。就在此时，突然接到平素除互寄贺年卡之外并无任何联系的马欣来君的约见电话，见面第一句话便是：“天津救猫辛苦了，感激不尽，一切拜托！”同时递给我一个沉甸甸的信封。不容我推辞与道谢，她便匆匆赶去探望病中老父。手捧信

封，“感动”一词显然不足以表达我当时的复杂感受：她是怎么知道的？她捐款给这些劫后余生的猫咪？有没有搞错？

却原来，这些年来，她一直在做着和我们一模一样的流浪动物救助工作，家里收养了十余只流浪猫和一只名叫乐乐的残疾弃狗，同时还喂养着本小区和附近小区的几十只流浪猫狗，并为其中多只做了绝育手术！只是她从不参加任何动保组织，按自己的方式，独自默默地从事着这一救死扶伤的公益事业。

却原来，她早已于2002年便辞去了公职，表面上看是因病辞职，其实主要原因竟是：她日益意识到人生苦短，她要把所有的时间都留给走进她生命中的喵星人与汪星人！以我之鄙陋，问她那咱就不兴边工作边照顾娃儿们吗？救助工作也很需要银两啊？她边微笑边斩钉截铁地回答：

“不可以不可以，等不起等不起。我已经问过自己的心，什么对这颗心来说最重要？回答是，把每一分、每一秒都花在这些吃尽苦头的毛孩儿们身上。己心既明，为何还要苦等上十年二十年工作到退休再来过自己所希望的生活呢？人总是要死的，能在活着的时候过上理想的生活，就是最最幸运的了。孔子曰‘朝闻道夕死可矣’，就是说，梦想实现，再活一天就知足了。”

那一种闻所未闻、振聋发聩，至今不曾忘怀。

从此，再自然不过地，我和这位全班乃至全系所有男女同学心目中的“女神”越走越近。因均奉行“只进不出”的基本国策（优质领养资源极度匮乏，万一遇到，我们都会推荐给负担比我们更重的其他战友），我们各自收养的流浪猫数量与日俱增，我知道她家几十个毛孩儿的名字、来历、性格、健康状况，她也清楚我家几十个猫娃的点点滴滴。每次去家里看她，中心话题永远都是孩子们。她热切地向我展示与解说她那老旧相机里的每一张图片、每一个细节，“痛说革命家史”加获救前后的天壤之别，回回如此，从无例外。当然，我参与的其他动保活动、几本动保书籍的出版，也无一不得到其关注与祝福。我们一起救动物、一起爱动物，一起哭、一起笑，近 4000 个日子，生命交集。

被遗弃的脑萎缩患儿葫芦、饱读诗书的柳德米拉、亲善大使棋子儿、神仙眷侣芸豆与美美、自己坐电梯送上门来的元元（她家高居 19 层且楼道曲折幽暗）……中华田园犬亦即本地土狗乐乐是小区一户人家的，还是只幼犬时就因患有帕金森综合征和白内障而被嫌弃乃至遗弃。欣来收养之，视如己出，每天风雨无阻陪乐乐外出自由行。不是人遛狗，而是狗遛人，路线与速度全凭乐乐决定，欣来悉听尊便，甘当忠实奴仆，从不曾勉强过乐乐一次。从一开始只能走上十几分钟到一趟下来一个多小时，加之每日按摩与用药，乐乐日益好转，而欣来以二级心衰之身竟能一坚持就是 10 年零 15 天，我在揪心之余也暗暗称奇，只盼上苍有眼，让欣来恢复健康。去内蒙古的夫家过除夕，她总是“打飞的”往返，前后时长绝不会超过 24 小时，皆因多年前第一次去呼市过年时把乐乐托付给原主人，岂料乐乐不吃不喝不动不睡，欣来闻讯立即飞回北京接回乐乐。此后的每个除夕，她要么是早上飞过去晚上飞回来，要么是下午飞过去次晨飞回来，乐乐开心了，却着实辛苦了欣来。

“我没学过动物心理学和行为学，但深信我们的动物朋友所需要的不仅是饮食温饱和栖身之所，还需要与我们人类之间的身体接触与心灵沟通，让它们知道它们是安全的，是被珍惜的，是被爱的。我有个我称之为动物守护神的大学同学，她收养了 30 多只流浪猫和流浪狗。每天，她都要千方百计地给每只猫和狗留出一段独处时间，抱抱它们，亲亲它们，告诉它们：‘你们是最棒的，我好爱好爱你们。’她坚信，它们什么都听得懂，只是不会说人类的语言罢了，或者说自诩为万物之灵长的我们人类这种动物不会说其他动物的语言吧。遇有手术等重大决定，她一定会平等地跟它们商量决定，从不居高临下地越俎代庖或擅自做主。这样做的结果是，很多老弱病残竟都神奇地焕发了生机，这是慈悲与爱的奇迹啊！”

以上出自我的一次动保讲座。

华灯初上，猫约黄昏。这个跟欣来所使用的手机、相机、电脑等物件一样老旧的小区每晚都有这样一道奇特的风景：一位身材修长、面容清秀、挽着发髻、身着印花蓝或豆沙绿中式对襟布衣、黑色长布裙、黑色布鞋的女子出现在15号楼前，宛如从乱世中步出的一位端庄仕女。只见她手拉一便携帆布购物车，里面装满了皇家、冠能、金赏、伟嘉、卡乐等品牌的猫粮、罐头和一大瓶清水，入冬后还会有若干个一次性取暖片“暖宝宝”（放入她搭建的简易猫窝的棉垫下面），开始她每日例行的巡回喂猫之旅。十几个喂猫点她不知已走过多少遍。每到一处，猫儿们远远望见她，或跑过来或跳下来或钻出来，喵喵叫着围在她身旁蹭来蹭去，尽情享受着她的温言细语与百般爱抚。“乖孩子们，快来吃饭饭啦，多吃点儿，吃饱饱啊！”来吃“大餐”的不仅是流浪猫，一楼和地下室住户散养的猫儿、甚至主人正在遛着的狗儿们见状也都跑来大快朵颐。为保证流浪猫进食不被打搅、食物不被分享，欣来不仅为这些有主犬只也准备了美味零食，还因为地下室的外地租户们不好好喂猫甚至根本不喂猫

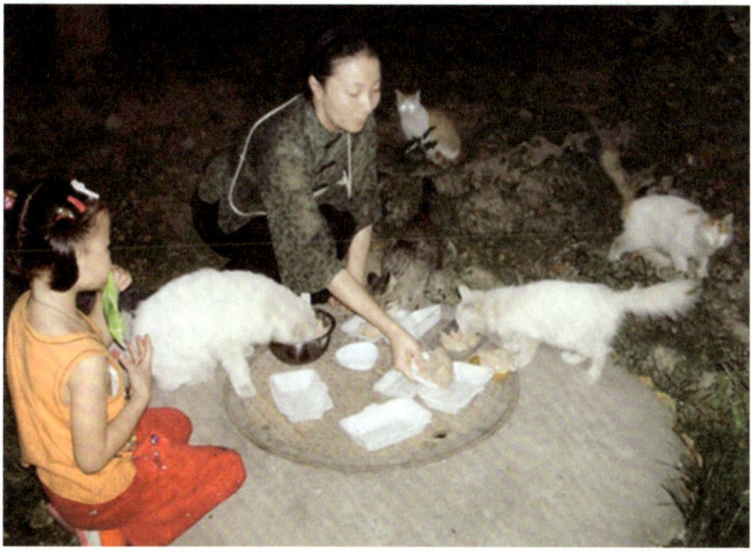

而送粮上门，请他们用这些上佳的猫粮喂喂自家的猫儿。有几个喂猫点在居民私搭乱建的违章建筑顶棚上，她手里端着食盘与水盆，左登右攀，熟练地爬上去，吃力地踮起脚尖、伸长手臂，奋力地递将上去，再把空盘空盆取下来带回家清洗干净备用。

几次全程跟随并拍下她与流浪猫狗温馨互动的画面后，我深感这哪里是简单的喂猫啊，这简直是一场神圣而隆重的护生仪式！欣来就是那救苦救难、有求必应的观音菩萨的化身！

当年既是“因病辞职”，欣来的身体自是我最最关心的。问题是，一旦问到“最近身体如何？浮肿是否减轻？”她要么就“托福托福，一切都好，不劳挂念”，要么就一律用本文开篇的一席话作答，要么就转移话题嘱咐我按时吃饭服药。好不容易才了解到，她的肾病已十分严重，可她既不做透析更不换肾——对前者她说不解决问题，对后者她的回答更出人意料：我怎么能占用紧张的肾源呢？那么多人在眼巴巴地等着换肾救命呢。她的腿部浮肿严重，我不知多少次恳求她尽量多躺下休息，但估计她从未遵此“医嘱”行事。这么多年，她每个后半夜都是坐在床上度过的，因为已经无法久躺，就算换个姿势也得喘上老半天。即使如此，她的结论却仍然是：“我的病，我知道，医生治不了，我自己治，自己调，不浪费任何医疗资源，活一天赚一天。乐乐还没完全治好，花椒等三个猫娃还在住院，我一时还不能死呢。”

唉，这就是她啊。健康诚可贵，性命价更高，若为护生故，两者皆可抛。

似这般忙碌着盼望着，然后就到了 2017 年 10 月。

10 月 20 日傍晚，无意中看见欣来 19 日下午发来的短信：“我有一份新的遗嘱急需交你，请速来”，连忙赶到她家楼下。她已在昏暗的路灯下等候多时，我们在一条长椅上并排坐下。原来，19 日午后她突然晕倒在地，摔伤了左眼骨与颧骨！即使光线幽暗，仍能依稀看见那明显的瘀肿。虽然这并非她首次晕厥，但来势格外凶险，以至她预感到也许“来日无多”，必须加紧处理“后事”，有备无患。我心头和喉头一紧，明知任何安慰之语和求她就医的话都无用，只有紧紧地握着她冰凉的双手不肯松开，仿佛这就抓住了希望一般。

她把那封新遗嘱交给我，看着我缓缓接过放好。不像多年前她交给我的那份我暗自希望永远不必打开的旧遗嘱，这一次，前后不过 6 天……

欣来尽力控制着自己的气喘吁吁，用慢于平常的语速说，她深知自己患有无法治愈与逆转的严重心衰（肾衰所致），随时可能发生意外，要我做好思想准备。值此紧要关头，她一心所系所念的却全都是她最放不下的猫狗，为此特作如下安排，令我充分意识到了事情的严重性：她所收养的 30 多只猫儿中，十几只健康可爱的小猫和少壮猫儿日前已陆续通过与她合作多年的动物医院找到了新家（一家领养一只）；剩下的 15 只均属老弱病残或问题猫儿，一概委托我来照顾，希望我先接回葫芦与萝卜两只病猫。至于老病狗乐乐，她高兴地说原主人已同意接回抚养到底。她一一历数着这 15 个娃儿的身世来历、性格特点、猫际关系、是否绝育、最后一次接种疫苗的时间，等等，偶有不确定就查看一下手中的笔记本。

鬼使神差，我们坐下不久，征得她同意后，我按下了手机上的录音键，录下了时长为 37 分 53 秒的对话；鬼使神差，临走，我向她讨要那个笔记本，她略一迟疑，还是递给了我。事后，我一再为此两举而深感庆幸。

我们破天荒地以拥抱作别。我的动作很轻，生怕弄疼了昨天才出过偌大险情的她。“天晚了，快回去吧！孩子们还在家等妈妈呢！”她频频催我上路。我起身离去，边走边回头，她在路灯下对我轻轻挥手，直至渐行渐远看不清她的身影为止……

这一切，难道竟是预见到这是我们的最后一面吗？

当晚打开笔记本，里面夹着一张活页纸，正反两面是她写于今年 7 月的 5 篇日记，一读之下方知其已病重如此！

2017 年 7 月 14 日：“一天心衰十几次，下肢浮肿；腹泻，无食欲，坐卧咳嗽，起立则昏厥……好像走到了生命的尽头。此生已多次走在生死一线之地，此身也已不属于自己，后事早已安排妥帖，死则并无挂碍。一日生则一日侥幸，一日尽责，一日慈悲，一日忍耐。一死原为解脱之至乐；但此时还须延命照料好家里家外的猫猫狗狗，并以自身的痛苦代替所有众生的痛苦，还要尽力存活并完善工作。死易而生难，故不敢弃生而求死，不忍弃战友于炼狱而独乐于净土。代众生苦，代战友病，再苦再痛，甘之如饴，此生之大愿也。”

7 月 16 日：“感恩今天还活着，感恩完成全部工作，感恩双腿浮肿而未被路上的熟人们发现异常，感恩猫猫狗狗都健康……不能死，不能住院，不能看医生，是因为必须坚持照顾我的宝贝们，不让它们面对困窘和危险，自在如意地尽享天年。”

7 月 25 日：“最难受、疲乏的时候，又彻夜不眠照顾一只新捡的小奶猫，坚持完成了所有工作……每看到它们埋头开心进食，每感到它们冰凉健康的鼻头时，便会有一阵丰沛的清凉快乐涌上心头，而消失了身体上的一切不适。”

……

见面次日即 10 月 21 日起，为免累她，我每日强忍住担心而只发一条问候短信，泣求她就医，问她是否要我过去代喂小区猫儿，说咱们素食者不能早餐豆腐脑午餐土豆丝晚餐过午不食……

她发来的最后一条回信的时间是 26 日下午 1:06："没有诀别短信，就是我还活着……欣来一息尚存，就一定尽力服侍好宝贝们。等你接到友鸣电话，必是我已辞此世，一切猫娃之事只好全部拜托费心，万分感恩，万分惭愧！欣来百拜！"

看得我既惊心又痛心！孰料，就在是日傍晚，我便接到了因其上述短信而最不想接到的欣来夫君友鸣的电话——"欣来走了"！当我哭着赶到时，正在填写《居民死亡医学证明（推断）书》的 120 急救出诊医生推断说，她过世的时间应该是在下午 3:40 左右。也就是说，在她回复完我上述短信的短短两个半小时之后！

待欣来亲属代表与原单位代表陆续抵达后，我们进入太平间，工作人员将 9 号冰柜拉出，打开橙色收殓袋的拉链，只见已换上暗红色唐装的她静静地躺在里面！虽已经入殓师化好淡妆，但左眼左脸的伤痕仍清晰可见……似在小憩。是在小憩吗？

"欣来欣来，你太累太累了，放心啊，走好啊！"

泪眼蒙胧中，我俯身轻声对她说……

呜呼哀哉！呜呼哀哉！悲莫悲兮生别离！悲莫悲兮生别离！

回家含泪打开欣来 19 日写就、20 日交我的遗嘱，愕然发现落款日期竟是"2017 年 10 月 26 日"——也就是今天！预知时至莫过于此矣！欣来菩萨受我一拜！

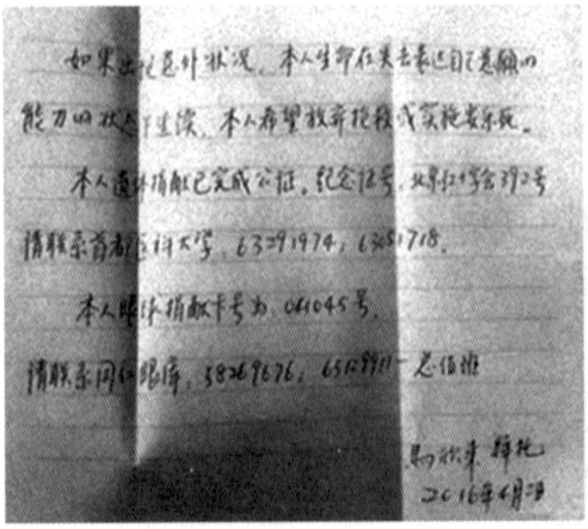

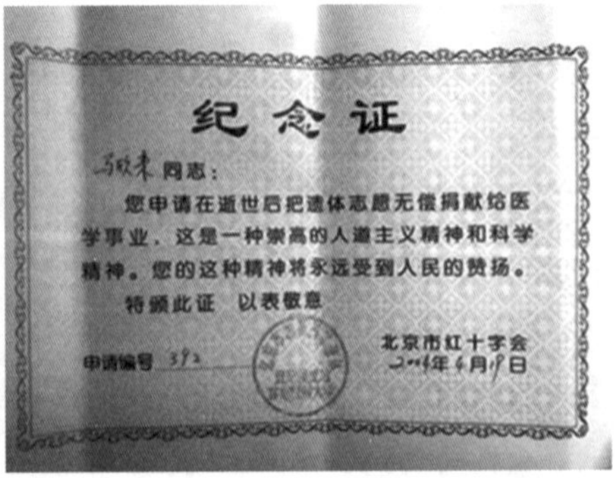
纪念证

马欣来 同志：

您申请在逝世后把遗体志愿无偿捐献给医学事业，这是一种崇高的人道主义精神和科学精神。您的这种精神将永远受到人民的赞扬。

特颁此证 以表敬意

申请编号 392

北京市红十字会

27 日至 29 日，我和我的动保战友王寅、张辉连续三次前往欣来家，费尽周折，终将因经此失母巨变而惊恐万状的猫儿们悉数带回张家猫窝，实现了欣来“以最快速度接走所有猫儿”的遗愿。王寅则收养了老病狗乐乐（原主人断然否认其对欣来的承诺）。从最初的震惊悲恸中醒过神来时，想到欣来生前数十年送食送水的十几个喂猫点那一群群嗷嗷待哺的猫儿们，今后可怎么办哪？冥冥之中如有神助，忽记起上月给欣来送去的中秋礼中有两张月饼券，欣来给了邻院也爱动物的杨姐，后者因不会兑换而来电咨询过我。赶紧找出该号码拨过去，谢天谢地杨姐接了，并马上赶到欣来家和我们见面。马上分工：由她接手欣来的每日喂猫重任，我们提供猫粮和罐头。这位杨姐（杨正兰）不是别人，正是我国老一代马克思主义哲学家、理论家、教育家、原中共中央高级党校党委书记兼校长杨献珍先生的嫡亲孙女，善缘深厚可见一斑，猫儿们有救了。

在 30 日上午的遗体告别仪式现场，王寅、张辉、杨正兰和我四人在欣来遗体前发誓：一路走好，遗孤有我！

遗体告别仪式后，欣来亲属代表和包括我在内的同学代表又护送遗体前往北京市红十字会首都医科大学北京市志愿捐献遗体登记接受站。早在 2004 年，欣来便在北京红十字会正式办理了眼角膜等整个遗体的无偿捐献手续，申请编号为“392”。她生前总不忘随身携带该证，给我的遗嘱中也有一份复印件。惜乎因逝世时间超过规定，欣来的眼角膜与各脏器无法按其遗愿移植救人了。

她心里有人、有猫、有狗、有天地万物，唯独没有她自己。

除了救助危难中的动物，欣来还常年资助孤寡老人与失学儿童。在她眼里，他们与流浪动物一样，都是这个社会最弱势、最急需帮扶的群体。

一根蜡烛两头燃，烧尽自己，照亮众生。

黯然销魂者，唯别而已矣！送君只能送到这里了，欣来，此生就此别过……

11 月 5 日，欣来去世第十日，我在北京境内历史最悠久的古刹之一天开寺为她举办往生普佛超度法会，礼请大和尚宽见法师亲自主法，以佛教特有的方式超度逝者，普愿法界众生离苦得乐，所有功德回向欣来。在次日举办的慈悲三昧水忏法会上，宽见法师亦将法会功德回向给功德主与欣来，可谓殊胜之至。

经年累月呕心沥血，悲智双运无上菩提。

祈祷欣来乘愿再来，继续普度有情众生。

《千风之歌》

请别在我墓前落泪，
我不在那儿也没有长眠。
我是千阵拂面的清风，
也是雪花上晶晶跃跃的灵动。
我是澄黄稻穗上阳光的容颜，
也以温和的秋雨同您相见。
当您在破晓的宁静中醒来，
我是疾捷仰冲的飞燕。
在您头顶飞翔盘旋，
暗夜里我是闪闪星眼。
请别在我墓前哭泣，
我不在那儿，
也没有离您而去
……

欣来欣来，魂兮归来！

没有时间沉浸于悲痛中而不可自拔。马家喵星人军团入驻、传染性鼻气管炎大爆发、未绝育猫儿们此起彼伏的闹猫声、闹将棋子儿和月饼打遍原住民无敌手……张家猫窝被折腾得翻天覆地，这是后话。一个巧合的插曲是，11 月 11 日，我登梯给躲在柜顶上的欣来病儿“大蒜头”喂药时，失足跌至地面，受伤最重的部位竟与 10 月 19 日欣来昏倒时摔伤的部位如出一辙，同为左眼左脸，唯因爬得高故摔得更狠，数十日过去仍“无颜见人”。

欣来遽然长逝后，同学校友、亲朋好友怀念她的诗文佳作在各社交媒体上井喷。其中，同系同级全体同学的挽联曰：“欣来此世，施无穷之爱，惠人惠物；倏迁彼土，遗不朽之则，以德以文”。

在遗体告别仪式上，来宾们人手一册的“深切怀念马欣来同志”一文出自同学兼前同事李晓晔手笔：“所有和她认识、和她交往过的人，都忘不了她的美，她的智慧，她的爱心，她的慈悲，她的超凡脱俗。”她“是一个真正高尚的人，一个真正纯粹的人，一个有着极高道德水准的人，一个彻底脱离了低级趣味的人，一个不仅有益于他人，更有助于众生的人。她活着，是大家的安慰，代表着俗世还有信念，还有理想”。“愿她安息！愿天堂还有她心爱的猫狗和小动物们，陪伴于她的左右！我们相信，她仍然在天堂里，用慈爱的目光注视着这个世界上每一个弱小的生命。”

张大农同学的一条微信则让大家也纷纷伸出援手帮助欣来的遗孤们：“欣来同学对她身旁抚养多年的这些小生命的投注，其实是她完美人格不可或缺的一部分，背后掩映着她更多、更深广的对这个世界无以兑现的仁爱。帮助欣来同学把她这些身后遗孤护送到天国的欣来身边，是我们唯一能为她做的。吁请我们这些敬仰欣来、有幸与之在这个世界有过宝贵相伴时光的同学，为她的这些遗孤捐献绵薄。”

欣来对 Lucky99 始终疼爱有加，本书的写作过程中也多多受益于其激励，将此书题献给她再自然不过。

自从 10 月 20 日与欣来见过最后一面并要来她的笔记本，每天，我都会轻轻地翻开本子，一页页、一行行、一遍遍默读着那些显然是她克服着巨大的病痛一笔一画用心写下的笔记：

用一生为一切众生造福，是最高层次的善待生命。（索达吉堪布）

你对外界的要求剩下零，你的生命力量就启发出百分之百。（达照法师）

记忆中最为可贵的是，面对选择，自己不曾放弃善良。（延参法师）

把每一天都当作生命的最后一天，无比珍惜地精勤度过，才不浪费生命。（慈诚罗珠堪布）

无数动物正在受难，我们有责任解救它们。

我生命的分分秒秒皆是为它们而活。

既然“不为自身求安乐，但愿众生得离苦”，那么，世界和平、众生安乐的每一瞬间都是自己梦想成真的时光。纵然自己依然病弱浮肿，也是自由、快乐、满足的。躯体留在炼狱或深入地狱，终不会改变灵魂高扬置于天堂的喜悦、欣慰……

奉献者的人生兼济如天，坦荡如地，辉煌如日，明媚如月，巍然如山，浩瀚如海，超越个人的极限，而奏出华美和谐深沉绚烂的生命乐章！

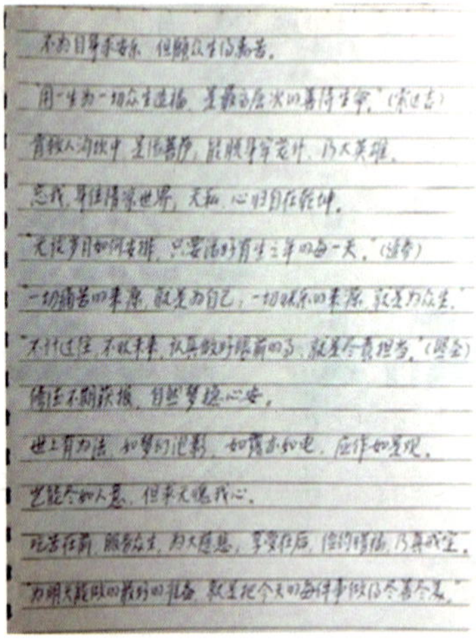
不为自身求安乐，但愿众生得离苦。

一切痛苦的来源，就是为自己；一切快乐的来源，就是为众生。

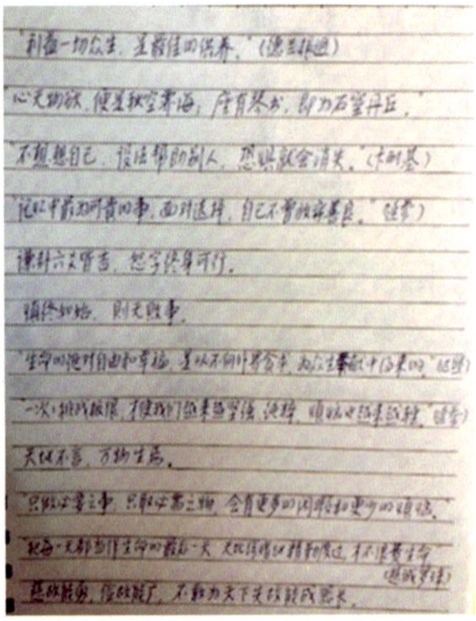

不为自身求安乐，但愿众生得离苦。
不为自身求安乐，但愿众生得离苦。
不为自身求安乐，但愿众生得离苦。
……

这《大方广佛华严经》里的名句，她在笔记里写了多遍。
还有什么比这更能如实写照出她短暂而绚烂的一生？
欣来安息！来世再见！

吾猫生也有涯而报恩也无涯

姓名：Lucky99、张久久（曾用名：张重阳、张九九）

绰号：三脚飞猫、小肉滚子、多肉植物

生日：2013年8月8日（大约）

出生地：北京市大兴区黄村镇后辛庄村

出身：流浪猫

遭遇车祸日期：2013年10月11日

获救日期：2013年10月13日（重阳节）

手术日期：2013年11月17日骨盆修复，12月1日右腿高位截肢

绝育日期：2014年12月9日

性别：女生

性格：超级亲人+亲猫

毛色：黄白相间短毛

眼珠：黄宝石色（金色）

品种：中华田园猫/唐三藏猫

最喜欢的地球人：奶奶和麻麻

最喜欢的睡处：沙发上奶奶的左肩头

最喜欢的音乐：《拉德斯基进行曲》《键盘上的小猫》《猫之二重唱》

最喜欢的歌曲：《隐形的翅膀》《阳光总在风雨后》

最喜欢的图书：《猫，九十九条命》《一只活了99万次的猫》

最喜欢的游戏：玩亲亲

最喜欢的体育项目：N 米飞猫赛（请参考百米飞人赛）

最喜欢的箴言：岁月不负美丽喵生／你若纯良，不必争抢，自有命运打赏

最喜欢的口头禅：喵呜！猫猫哒！妈妈咪呀！喵咪陀佛！

……

以上节选自我的张家喵星人档案。

若要形容时间过得快，人类惯用的什么光阴似箭、时光如梭、白驹过隙啊都太陈词滥调啦，最现实、最生动的莫过于说：我三脚飞猫小 Lucky 还没在张家猫窝里四处飞跑几趟呢，怎么四年半就过去了呢？！

我知道，世上有太多太多的它们都没能活到 4 岁……

在这特别的一天里，我是多么想念我的父母同胞啊！爸爸妈妈哥哥姐姐，你们在哪里啊？你们还活着吗？我好想好想你们啊！我知道，我们此生永无再见之日，我只想让你们知道，我很好，很幸福，请放心。如果你们还活在这个世上，祈愿你们也被好人家收养；如果去了喵星球，就请保佑我，等着我，我们终有相会的时刻……

喵星人的 4 岁大致相当于地球人的 32 岁。四年多来，身残志坚，感恩惜福，尽职尽责当好一只励志喵，用我最美的青春年华回报众生，希望人们从我的真实故事中受到些许启迪与激励，这既是我的过去，也将是我的未来，是我用生命踩出的一串串爪印。

满脸都是萌，满心都是爱，我能！

治愈加持，赋能于人，使命必达，我能！

其实，不像在大连导盲犬基地出生的珍妮姐姐和在我们张家猫窝出生的四个小宝那样有确切的生日乃至时辰，我作为一只流浪猫，哪知道自己的生日啊！现在的 8 月 8 日是医生和麻麻一起推测出来的，所以，彭进叔叔说得好，“8 月的每一天都是 Lucky 的生日”。没错，每天都是生日，不仅对我是这样，对每只喵、每只汪、每个人而言也都应该如此，把每一天都当作生日——重生之日——来过，珍惜每一个当下。

我 4 岁生日后不久便迎来了国际动物权利协会发起的“世界流浪动物日”——第 26 届。作为一只曾经的流浪猫，想到普天之下还有无数无家可归、风餐露宿、刀剑相逼的喵星人、汪星人和其他动物朋友，本喵怎能不希望和相信麻麻和她的战友们能与、将与世界各地的动物收容所、动物救助机构、动物保护组织与所有关心动物的人们携手，通过宣传教育、募款

绝育、领养代替购买等活动开启人们心中的大爱模式？本喵非常愿意作为流浪猫代表参与活动现身说法。即使上述活动你都无法举办或参加，那么，还有一件事是你肯定可以做的，那就是参与网上烛光晚会，点燃一支蜡烛、一炷心香，为了纪念 TA 们或向 TA 们致敬。这里的 TA 们是指：深爱的动物朋友、宠物无序繁殖的受害者、宣传推动绝育的人、竭力救助动物的人。本喵提议，蜡烛和心香同时也为那些惨死在玉林狗肉节上的生灵点燃……

经常有人请麻麻把流浪猫获救前后的照片发给大家看看，世界动物日组织也提出了这个要求，于是麻麻便把张家喵星人的海量图片整理了一番，发现大致有以下三种情况：

一是我们获救时或获救后不久麻麻记得给我们拍照存档的，比如湾湾、疙瘩、憨宝儿、满仓、豆豆、英子和 Lucky99 我，等等；

二是麻麻救助时忙忘了，等想起拍照这回事时我们已经洗过澡了，想拍“原生态”已经晚了，比如胖淘儿、白珍珠、黑妮妮，等等；

三是从其他救助者处接收过来的喵星人，见到时就已经是正常猫儿的模样了，比如 Amy 美玲珑、缺心眼子、小二黑、汤圆，等等。

无论如何，本宝宝的图片记录是全面的，从获救当日、两次手术、公益活动、日常生活……一张张图片所记录的，是一只小流浪猫从遭遇车祸到健康快乐奉献猫生的全过程，印证了麻麻的朋友、优秀动保人唐荔阿姨所总结的那句话：“地狱天堂，举手之劳。”

很多时候，也许仅仅是一次偶遇，一个善举，却足已改写它的命运轨迹。

图说 Lucky99——以下图集是我四年猫生的回顾与写照，如蒙错爱，无以为报，请受小喵一拜，喵呜！

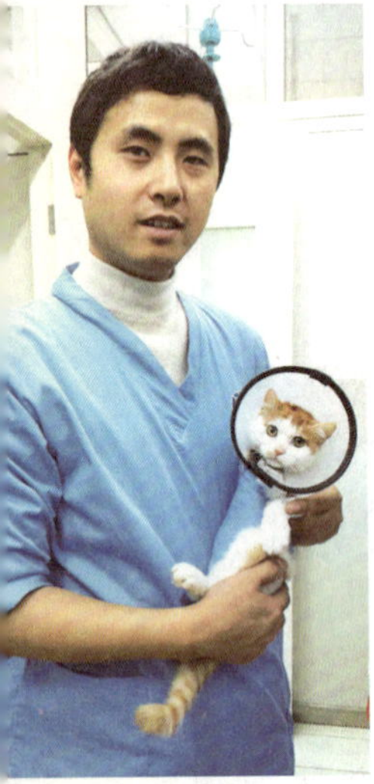

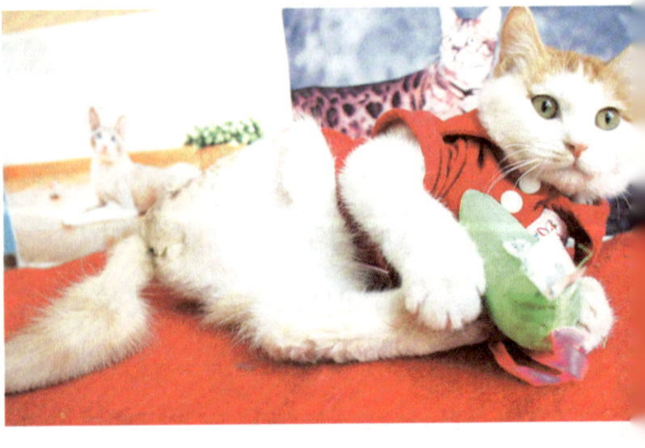

今年春季开学日，本喵给孩子们写了一封短简：

亲爱的小朋友们好！

我叫 Lucky99，是一只出生不久便遭遇严重车祸的流浪猫，是我的地球人麻麻给了我第二次生命，经过两次大手术，我成了一只“三脚飞猫”。劫后余生的我和 54 个小伙伴一起生活在张家猫窝这个热闹的大家庭里，每天像个小太阳，浑身充满正能量。我们都是来自五湖四海，为了一个共同的目标走到一起来了，这个目标就是不抛弃不放弃，活好每一天，做有益于天地万物一切众生的善事，不管它们长得跟我们一样还是不一样。身为一名小小喵记者、喵作家与志愿者，我还经常跟麻麻一起外出参加公益活动，让人们了解我们喵星人，知道我们和人们一样有血有肉、有情有义、有感有知，让尊重生命、善待动物的人道理念深心田。

每一个不曾起舞的日子都是对生命的辜负。亲爱的人类的孩子们，今天是你们开学的日子，本喵谨代表全体张家喵星人为你们祈福！祝愿你们在应以育人为本的学堂里完善人格，增长智慧，真善美德智体全面发展，对得起每天所消耗的自然资源，做一个像人的人，做一个受天地万物所欢迎的人，做一个有道德的物种，切莫成为我们动物与环境的最大天敌。地球是你们的，地球也是我们的，地球是所有人类动物和非人类动物的。可以不爱，万勿伤害。问世间爱为何物？己所不欲勿施于人，人所不欲勿施于万千生灵。上天有好生之德，就请以关怀动物为关怀生命的起点吧，将来的你一定会为此而感谢现在的你。

希望各位小朋友喜欢这本小传并期待收到你们的读后感（请发至本喵专属邮箱：lucky99@lucky99.org）。最后，本喵谨以下列诗句与各位共勉：

无论如何
就在你生长的地方开花结果
不要因为难过就忘了散发花香
尽情绽放
让生命满载欢畅
让福祉传播四方

喵呜！妙悟！喵咪陀佛！
XOXO（亲亲＋抱抱）

你们永远的好朋友 Lucky99 敬上

作者后记

本猫口授 麻麻代笔

每只猫都是一件杰作，一件艺术品。

每只猫都是一只“特别的猫”。

上述金玉良言分别出自列奥纳多·达·芬奇这位“文艺复兴时期最完美的代表”“人类历史上绝无仅有的全才”与多丽丝·莱辛这位 2007 年诺贝尔文学奖获得者及著名猫奴。

我已有幸与之共同生活了四年半之久的 Lucky99 正是这样一只特别的猫，这样一件大自然的杰作。自癸巳年重阳节（2013 年 10 月 13 日）至今，从一只曾经遭遇车祸苦求生存的流浪幼猫到如今风华正茂赋能于人的网红美猫，在张家猫窝这个猫咪大家庭里的朝夕相处，让我得以最近距离地观察、发现、欣赏、惊叹、折服于她这样一个小小喵星人身上所与生俱来的各种神奇与美好。

那清澈像湖水、浩瀚如星空、灿烂似金沙的双眸；那见怪不怪、万变不变、安之若素的达观；那活在当下、把握现在的通透；那永不消逝的好奇心与天长地久的耐心；那与世无争的安睡与若有所思的端坐；那时而意蕴悠长时而含义明确的喵呜；那连绵不断又心满意足的小呼噜；那黄白相间、光滑柔顺的被毛；那少条腿又何妨快步与飞奔的身姿；那拥之入怀的婴儿般甜蜜与意味深长的良久对视；那抚过你脸颊或嘴唇的粉色温润梅花爪儿……

喵星人有大美而不言尔！一切的一切，无不值得我倍加珍惜与之相处的每一天、每一刻，岂敢视之为理所当然。猫生苦短，人生几何，缘生缘灭，缘来缘去，唯余感恩，不留遗憾。

大智如猫，守着亘古以来的多少终极秘密，人类始终无法参透。作为一众张家喵星人的首席铲屎官，毫无疑问我爱她，但却从不敢轻言我懂她。

迄今为止，走进我生命中的喵星人可谓多矣，每只猫咪都有属于自己的故事，单为其中这只猫儿立传，看似我的选择，实属一种必然。举头仰望，群星璀璨，而行走云端如履平地的外太空天使猫咪 Lucky99 正是其中那最亮的一颗。她和她的小伙伴们、我和我的动保战友们、它们和我们……早已融为一个生命共同体，又怎能截然分开？

说来残酷，与其他被侮辱与被损害的动物一样，喵星人居人世间大不易也，这片赤县神州对其更非友善之地，故笔者才有感而发作《流浪猫之歌》曰："天当床来地当房，垃圾剩饭当干粮。风霜刀剑严相逼，生离死别两茫茫。"呜呼！长太息以掩涕兮，哀猫生之多艰。就连莱辛老奶奶都"不仅为猫族无助的处境感到悲痛，同时也对我们人类全体的行为而感到内疚不已"。

即便如此，Lucky99 们仍日复一日，年复一年，穿着同一件毛衣，吃着同样的猫粮，在同一所人类的房子里，看似平淡无奇地重复着同样的生活轨迹，实则苟日新、日日新、又日新，勉力拯救人类于自毁与毁他绝境。不忘初心，方得始终——习大大频频谆谆告诫人们的这八个字，Lucky99 们早已忠实践行。

动物是人间温馨欢乐的种子，动物是人类生命教育之良师——星云大师所言极是。听猫老师的话，做猫的好学生，人生之路就不会太跑偏。既以致力于人猫互敬互爱互助为天命，亦余心之所善兮，九死其犹未悔。不负如来不负猫，悠悠万事唯此要。

"猫与人的关系，就是我们今天理想的人际关系。"香港学者与作家梁文道一言以蔽之曰。

"猫是文明程度最奇妙的'指示器'之一。请告诉我你怎样看待猫，我就能说出你的为人、你的所思所想、你相信什么以及你所生活的世界的真正价值。"弗雷德里克·维杜不愧为法兰西学院院士和骨灰级猫奴。

不知在这位我希望有朝一日亲自登门拜访的院士铲屎官和 Lucky99 这位喵星人代表的眼里，本人能得几分，又是怎样一副模样。

正如被称为"国民大叔"的素食者、演员吴秀波所说："与众生慈悲，让心获自由。尽我所能，表达尊重。超越人类成见的樊篱，在每个外在形态各异的生命中，看见自己。"

晚秋到初冬时节阳光和煦的好天气在日本被称为"小春日和"。时下虽值寒冬腊月，但有猫做伴，有爱暖心，自然今天是小春日和、明天是小春日和、每天都是小春日和了。

但愿慈光普照，天下太平，猫生静好，长乐未央。

小 Lucky，乖 Lucky，麻麻爱你，谢谢你。

喵星人 Lucky99 的地球人麻麻张丹

北京木樨地茂林居张家猫窝

鸣 谢

至诚鸣谢联袂推荐本书的国际 / 地区动保机构：

- 世界动物保护协会
- 国际爱护动物基金会
- 世界农场动物福利协会
- 亚洲动物基金

至诚合十致谢致敬：

- 为本书作序的朱天心女士、蒋劲松先生、谢罗便臣女士
- 永远激励我前行的新西兰动物守护神“金椒妈”
- 流浪动物救助战友王寅女士、高建英女士、张辉女士
- 以各种方式长期默默给予动保宝贵支持的亲朋好友
- 连续在“两会”上提交动保议案提案的全国人大代表明海法师、郑孝和先生、林腾蛟先生、王文银先生、张颐武先生
- 免费播出动保电子海报与视频的分众传媒及创办人江南春先生
- 丰子恺先生幼女丰一吟阿姨
- 为 Lucky99 等张家喵星人作画的焦海晶女士、冯恩宜女士等
- 动保网战友蒋劲松先生、龙缘之女士、张姝丽女士、周小波先生、汪佳其先生
- 奋战在全国各地救死扶伤第一线的动保组织、动保战友们（恕我无法如愿一一列名）

特别感恩与祝福:

- 容忍我把“好端端的”一个家生生变为“喵星人庇护所”的老妈刘淑安（孩子们最爱的“奶奶”）
- 全体张家喵星人（截止到 2018 年 4 月 12 日，总计 55 名）
- 普天下所有的喵星人、汪星人和各种形态的动物朋友
- 所有尊重生命、善待动物的人类朋友

我是 LUCKY99

治愈系萌猫自传